KB269128

소리꽃 1

소리꽃

유익서 장편소설

1

발굴 작업

……아, 솔이가 세상을 떠난 지 해가 넘으니 나는 더욱 슬프다. 내가 솔이를 슬퍼하는 것이 아니라 솔이의 노래가 능히 나로 하여금 슬프게 하는 것이다. 솔이의 노래는 장악원의 노래가 아니라서 세상 사람은 믿지 아니하되, 나는 굳게 믿는다. 믿음이 깊기 때문에 슬픔도 따라서 깊고, 나와 한가지로 애석해하는 이도 또한 많다. 솔이는 마음이 곧고 현명하며 외모가 공순하고 말씨는 겸손하며 그 뛰어난 점을 감추고 드러내지 아니하지만 우리 지인들 가운데 음률은 으뜸이다. 그러나 그 타고난 자질과 성품이 월등하여 단번에 묘한 경지를 뛰어오르고자 하여 공부로써 먼저 하지 아니하니 이는 매우 고매하고 지혜가 넘친 까닭이다……

……嗚呼 率伊亡踰年 吾益悲 非吾悲率伊 率伊之歌 能使余悲也 率伊之歌 非樂院之歌 世人不信 而余獨信之 信之深 故悲之深 同余悲者亦

多 率伊心地通明 貌恭而言遜 內其歌而不出 吾知人中一人耳 然其資稟超
邁 欲一蹴妙到而不以工夫爲先 盖高明之過也…….

　솔이라는 가인(歌人)의 행적을 적은 글이었다. 뇌서(誄書)는 물론
찬(贊)이나 행장(行狀)과 마찬가지로 비명(碑銘) 또한 그 인물의 비
범함을 추어올리고 과장하는 것이 상투이다. 죽은 자에 대한 애도
의 마음이 생전에 보이지 않던 광휘를 새삼스럽게 찾아내려는 것
을 탓할 수는 없다. 남을 칭찬하는 데 인색한 사람도 죽은 자를 향
해서는 한껏 너그러워지는 것이다. 마음보다 붓끝이 저절로 '재주와
용모'를 추어주고 상상력을 동원하여 그 행적을 미화시킨다. 더욱이
추모의 정이 도타워 그 행장을 영원과 가장 오래 동행할 수 있는
돌에 새겨 기리려고 하는 경우 과장을 동반하게 마련인 것이다. 비
석의 글은, 용모가 빼어나고 하늘이 내린 재주를 타고난 가인의 생
애를 한껏 치켜세우고 있었다.
　비문 말미에, 가인의 노래를 담은 항아리와 그 생애를 기록한 목
판을 경해사 대웅전 앞뜰 5층 석탑 아래에 매장해 두었다는 내용
이 보였다. 그 말미가 눈에 들어온 순간 나는 숨이 딱 멎고 이어 가
슴이 뛰기 시작했다. 탁본을 떠 비문을 더 자세히 살폈다. 내용을
거듭 확인한 나는, 다시 숨이 턱에 차오르고 손끝이 파르르 떨렸
다. 허둥지둥 경해사로 올라가 주지 수홍 스님을 찾았다.
　30여 년, 종(鐘)이나 비석 따위에 새겨진 문장, 즉 금석문을 연구
한답시고 전국을 떠돌며 지냈지만 이렇게 흥분한 적은 없었다. 흥
분을 감추지 못하고 대중없이 설명을 서두르는 내 모습을 이윽히

8

바라보고 있던 수홍 스님은 신중히 탁본을 읽어 나갔다. 탁본을 읽어 나가는 동안 수홍 스님의 얼굴에 그려지는 변화를 나는 놓치지 않았다. 기대했던 대로 눈에 호기심과 홍분이 감돌기 시작했다. 직감적으로 나는 더 충동질하지 않아도 내 뜻이 이루어지리라 믿고 내심 안도하였다.

수홍 스님은 절집의 공적인 일이 필요로 하는 몇 가지 관행적인 절차와 두어 차례의 대중공사를 거친 다음 내게 연락을 해 왔다. 연락이 오기를 학수고대하고 있던 나는 가까이 지내던 문화재 전문 위원 두 사람을 대동하고 경해사로 달려왔다. 경해사로 달려오는 동안 나는 홍분을 감추지 못했다. 상당 기간 문화재 전문 위원으로서 활동해 왔으나 그 직함에 필적하는 업적을 쌓지 못한 나는 늘 초조했다. 그런데 이제 그 오랜 숙원을 풀게 되려나, 그런 기대로 줄곧 가슴이 설렜다.

서둘러 발굴 작업에 필요한 준비를 마친 다음, 5층 석탑 해체 작업에 들어갔다.

탑 두부의 복발에서 해체를 시작해 탑신으로 내려와 기단에 이르기까지 닷새가 걸렸다. 기단부의 지댓돌을 들어 올리고 그 밑의 널돌〔石蓋〕을 치우고 나서 반 길 정도 더 깊은 곳에 간직되어 있는 유물을 찾아내기까지는 또 닷새가 소요되었다.

일모의 손상도 허락지 않고 원상대로 감쪽같이 복원해야 할 뒷일을 염두에 둔 우리의 손끝에는 천 근의 중량이 실렸다. 그렇다고는 해도 예상보다 작업이 오래 걸리자 불안감이 고개를 들었다. 비문을 너무 믿은 건 아니었는지 마음이 쓰였고, 매장해 두었다는 물품이 없으면 어쩐다, 하는 의혹이 일어나기도 했다. 비문의 내용이 사실이라 할지라도, 혹시 먼저 다른 사람의 손을 타지 않았는지 그 것 또한 걱정되었다. 그러나 그런 의혹과 걱정으로 마음 졸이면서 도 우리는 신중히 작업을 계속해 나갔다.

허리 깊이만큼 더 파 내려갔을까, 단단한 널돌이 새로 나타났다. 그 아래 또 돌함이 버티고 있었다. 그 돌함을 열자 비로소 나무 궤 가 하나 보였다. 그동안 의혹과 걱정으로 얼마나 마음 졸였던지 나 무 궤가 보이자 반가운 나머지 눈에 눈물이 핑 돌았다.

장방형의 나무 궤 하나가 사방 두어 자 너비의 돌함을 꽉 채우고 있었다. 나무 궤를 들어 올린 나는 서둘러 놋쇠 걸이를 벗기고 궤 를 열었다. 과연 뚜껑 덮인 오지항아리가 하나 안에 들어 있었다. 파손을 막기 위한 배려인 듯 궤와 오지항아리 사이에는 빈틈없이 솜이 꽉 채워져 있었다. 오짓물의 광택이 시간의 거친 풍화를 잘 이 겨 낸 것인가, 항아리 표면이 금방 빚은 것처럼 반들거렸다. 비문에 의하면 그것은 가인의 '소리'를 담아 둔 항아리라 하였다. 평범한 오 지항아리에 어떻게 '소리'를 담아 두었다는 것일까? 그때 이미 축음 (蓄音)하는 기술이 있었던 것인가? 강렬하게 일어나는 호기심과 의 혹을 떨쳐 버리지 못하고 뚜껑을 열어 보려던 순간 나는 이해할 수 없는 강한 힘에 의해 손길을 제지당했다. 그 강한 기운이 호기심과 의혹을 억누르며 손의 움직임을 멈추게 했다. 대신, 함께 소장되어 있다는 가인의 생애를 기록한 목판을 찾으라는 마음의 명령이 불 같이 일어났다.

그러나 돌함 안에는, 목판은 물론 달리 더 들어 있는 것이 보이지 않았다. 불안감이 서둘러 가슴속에 댕댕 종을 쳐 댔다. 일단 항아리 궤를 들어 밖으로 올려 보냈다. 위에 있던 수홍 스님과 박 위원이 조심스럽게 그것을 받았다. 항아리 궤를 위로 올려 보내고 나자 가슴속의 종소리가 더 크게 기세를 올렸다. 종소리의 재촉에 쫓겨 불안한 눈길로 돌함을 다시 살폈다. 아차, 나는 깜짝 놀라 오른발을 올렸다. 발밑에 딛고 있는 줄도 모르고 불안한 종소리를 온몸으로 견디고 있었다니, 기겁을 하고 얼른 나무 궤에서 내려왔다. 비로소 종소리가 뚝 그쳤다.

두 번째 궤는 길고 납작했다. 흙을 털어 내자 옻칠을 한 나무 궤가 활짝 웃는 얼굴을 드러냈다. 마음속에 감당하기 힘든 흥분의 격랑이 일어났다. 물결 소리가 드높았다. 바람도 심했다. 어디선가 해일이 육지를 덮치고 있기라도 한 것일까. 온몸이 떨렸다. 경첩 같은 것 하나 없이 단조로운 나무 궤를 살핀 후 마음이 바빠 무릎에 올려놓고 뚜껑을 열었다. 누렇게 바랜 한지에 무엇인가 싸여 있었다. 한지를 벗겨 냈다. 검은 옻칠이 잘된 한 장의 목판이 환한 얼굴로 미소 지었다. 드높던 물결 소리와 바람 소리가 뚝 그쳤다.

글자가 마을이 된다

솔이 너는 '지극히 비현실적인 방법'으로 너의 일생을 내게 생생히 보여 주었다.

곡두*를 보았든지, 도섭술**로 재현되었든지, 그렇듯 솔이 너는 신비한 상상의 경로를 통해 내게로 왔다. 실재하지 않은 너의 출현을 마음으로 영접했든, 아니면 다른 영감을 통해 인식했든, 나는 너의 존재를 믿어 의심하지 않는다. 다만 사물과 사람이 만나는, 사람과 사람이 만나는 통상적인 예를 벗어난 특이한 경로로 모습을 드러낸 터라 놀라웠을 따름이다.

스무 해에 이르는 솔이 너의 생애는 목판 한 장에 고스란히 다 담겨 있었다. 글자 수는 600여 자에 불과했다. 당연한 일이지만 나는 매우 의아하게 여겼다. 발굴 현장에서 목판을 한 장밖에 찾아

---

* 눈앞에 없는 것이 있는 것처럼 보이는 환영.
** 실체를 바꿔 다른 모양을 짓는 변환술.

내지 못한 데 대해 품었던 불안감과 의혹도 나중에 해소되기는 했지만, 목판 한 장에 어찌 한 사람의 생애를 다 적실하게 담아 둘 수 있었다는 것인지 쉽사리 수긍이 가지 않았다. 아무리 돋을새김의 글자가 정교하다 할지라도 불과 20자 30행에 불과한데? 그러나 그 의문은 이해할 수 없는 방법으로 풀렸다.

그래, 이를테면 너는 눈으로 볼 수 있는 가시적인 존재도, 만지거나 냄새로 느낄 수 있는 감각적인 존재도 아니었다. 실제적 공간에 존재하지 않는 너는 안타깝게도 눈에 보이지도 않고 만지거나 냄새로 느낄 수도 없는 무형, 무취의 존재였다. 마치 글자로 그려 둔 책 속의 인물과 비슷한 존재인 것이다. 그러나 비록 글자에 담아 둔 것이라 할지라도 너는 책 속의 인물과는 또 다른 존재였다. 책 속의 인물이라면 응당 신언서판(身言書判)과 동용주선(動容周旋), 즉 인물됨과 행동거지를 핍진하게 묘사하고 친절하게 설명하여 마치 살아 있는 인물처럼 느낄 수도 있으련만, 너는 그런 존재도 아니었다.

솔이 너는 목판 한 장에 새겨진 한정된 600여 자의 글자 속에 은신해 있는 존재였다. 600여 자의 글자들은 표기나 묘사를 위한 글자들이 아니었다. 너를 은신시켜 둔 '때와 장소'들에 관한 기호들이었다. 네 은신처의 문을 여는 열쇠이고 네게 이르는 길인 셈이었다. 너는 글자를 보는 사람의 마음이나 정신 작용을 빌려 비로소 은신하고 있던 몸을 드러내 보여 주는 교묘한 존재였다. 그런데 교묘한 것은 거기에 그치지 않았다. 전생이든 금생이든 너와 내가 어떤 인연으로 엮이어 있는지 모르지만, 목판을 해독해 내는 능력 또한 나 하나에게만 주어져 있다는 것이 나로서는 이해할 수 없는, 기묘한 일로 여겨졌다.

　차례로 판독을 시도하던 수홍 스님과 전 위원, 박 위원은 영문을 알 수 없다면서 고개를 저었다. 그냥 바라볼 때는 목판 가득 글자들이 총총하지만 판독을 하려고 들면 곧 글자들이 사라져 버린다는 것이었다. 글자들이 목판 속으로 스며들어 간 것인지 마치 대패로 민 것처럼 밋밋한 널빤지로 변해 버린다고 이상스러워했다. 글자를 한 자도 읽어 내지 못한 그들은 내게 목판을 밀어 놓고 판독을 일임하였다.

　내 눈에도 20자 30행의 글자들이 일정한 글자로서 고정되어 있는 것이 아니었다. 내 눈과 마음을 통해 글자들이 해나 달로, 구름으로, 넓은 들로, 집으로, 마을로, 사람으로, 산천초목 풍경으로, 짐승으로, 바다로 무시로 변환하였다. 내 눈에는 그 모든 것이 확연했다. 눈에 비친 것을 마음이 판별하고 그것을 말로 표현해 내는 것은 어렵지 않았다. 목판에 그려진 풍경이나 인물의 언행은 내게 보이는 것 이상을 느끼게 하였다. 보이는 것 이상의 느낌을 말로 잘 표현해 다른 사람에게 들려주는 것이 내게 주어진 소임인 모양이었다. 목판의 내용은 내 눈과 마음을 투과하여야만 비로소 그 존재가 현현하는 것이었다.

　눈으로 볼 수 없고, 손으로 만질 수 없는 존재가 없지는 않다. 꽃향기나 새소리나 바람 등이 그렇듯이. 그러나 향기나 소리나 바람은 코와 귀와 살갗 등 사람의 감각기관으로 지각할 수 있으니 또한 문제가 될 리 없다. 하지만 너는 그런 감각을 통해서 지각되는 존재도 아니고 내 마음을 통해서만 보이니 이 안타까운 노릇을 어찌하면 좋단 말이냐.

　아무리 많이 쌓여도 부피가 없는 것이 시간뿐일까. 마음의 화학 작용인 사랑도, 그리움도 아마 그럴 것이다. 사물 역시 시각과 촉각의 힘을 빌려 비로소 세상에 존재하는 것이라면, 사람이 지각하고 인식하는 것만이 세상에 존재하는 것이라고 감히 단언할 수 있을까. 시간과 공간이란 항상 현재적인 것뿐일까. 시간과 공간의 현재적 자장을 벗어난 존재라고 해서 존재 자체를 부정해 버려도 되는 것일까.

　수홍 스님의 재촉을 받고 다시 판독에 들어간 나는 곧 아연해졌다. 아까 그렇게나 풍부하게 변환하던 목판의 글자들이 갑자기 얼어붙은 것처럼 굳어 있었다. 글자들이 내 시선이 닿는 것을 완강히 거부하였다. 너무나 생생한 그 거부의 기운을 감당하지 못하고 아연해져 있는 사이, 돋을새김의 단정한 글자들이 어찌된 영문인지 목판 속으로 스며들어 가 버린 듯 하나도 보이지 않았다. 작은 요철도 하나 없이 밋밋하게 변해 있었다. 조금 전 그토록 다채로운 변환에 눈이 어지러웠던 기억이 거짓말처럼 아련했다. 목판은 수없이 많은 말을 할 것 같던 입을 꾹 다물고 있었다. 쉴 새 없이 반짝거리던 눈도 질끈 감고 있었다. 표정도 지우고 무감각하게 누워 있었다. 목판이 다문 입을 영영 열지 않을 것 같다는 사실을 다른 사람들에게 내색할 수도 없는 일이었다. 예기하지 못했던 사태에 직면한 나는 당황하였다. 내게도 판독을 허락하지 않으려는 것인가. 이를 어쩌면 좋단 말인가. 다른 사람들도 나의 얼굴이 헬쑥하게 질려 있는 것에 놀랐을 것이다. 당황한 나머지 나는 노려보던 책상 위의 목판을 양손으로 들어 올렸다. 목판의 양끝을 두 손으로 꽉 붙들고 눈앞으로 가까이 가져다 댔다. 순간, 나는 갑자기 낯선 기운이 강렬한 힘으로 내 정신을 빨아들이는 것을 느꼈다. 저도 모르게 그 기운에 저항하기 위해 나는 몸을 뒤로 젖뜨렸다.

바로 그 순간, 솔이 네가 나타났다.

피! 나는 소름이 쫙 끼쳤다. 너의 종아리를 타고 줄줄 흘러내리고 있는 피가 너무 끔찍스러웠기 때문이다.

너의 종아리는 씻은 연뿌리처럼 하얗고 가느다랗다. 연약한 종아리에 상처가 부풀어 있고 거기서 흘러내린 피가 발뒤꿈치를 적시고 있다. 그것이 회초리 자국임을 알아보는 데는 시간이 한참 걸렸다. 얼마나 맞았으면 저렇듯 참혹하게 부풀어 올라 있단 말인가. 그러나 너는 그다지 고통스러워하거나 괴로워하는 표정이 아니다. 응당 받을 벌을 받고 있는 사람의 수긋한 표정이다. 아니, 자신의 아픔을 당연한 것으로 받아들이는 담담한 표정이다. 흘러내리는 피를 닦거나 상처를 돌볼 생각도 하지 않고 태연한 얼굴이다.

그 상처가 연상시키는 끔찍한 고통을 상상하며 가슴이 미어지는 것 같아 나는 강하게 고개를 저었다. 너의 그 상처에 다른 장면이 포개진 것은 바로 그 순간이었다.

네가 매를 맞고 있다. 치마를 걷어 올리고 선 너의 종아리에 회초리가 날아든다. 입술을 꾹 깨물고 눈을 질끈 감고 꼿꼿이 서 있는 너의 종아리에 회초리질을 하고 있는 여인의 표독스러운 얼굴이 야차를 방불케 한다. 회초리 흉터로 종아리가 성한 데 하나 없는데, 다시 날아든 회초리가 미처 딱지가 아물지 않은 부위를 또 때려 피가 터진다. 아니, 아니, 저걸 어쩐담. 나의 조바심도 아랑곳없이 다시 회초리가 휙, 날아가 딱 소리를 내는 순간 또 피가 터져 튄다. 잔혹한 매질을 왜 고스란히 다 견디고 있는 것인지 나는 안타깝고 답답하기 그지없다. 회초리질을 하는 여인의 얼굴이 점점 더 벌겋게 달아오르는 것으로 보아 쉽사리 매질을 그칠 것 같지 않다. 네가 그 모진 매질을 더 견뎌 낼 수 있을지, 자칫 혼절이나 하지 않을지, 매를 맞고 있는 너나 매를 때리는 여인보다 내가 더 초조하고 못 견딜 지경이 되었다. 회초리가 부러지자 여인은 옆에 있던 빗자루를 들고 때리기 시작한다. 엉겁결에 나는 여인의 손을 잡고 빗자루를 빼앗으려 들었다. 손이 허공을 더듬은 다음에야 나는 네가 겪고 있는 아픔이 내게 현실과 비현실을 일순 망각하게 만들었음을 알아차렸다. 결국 네가 잔혹한 매질을 견디지 못하고 혼절해 쓰러진 다음에야 빗자루를 옆으로 휙 내던진 후 이마의 땀을 훔치는 여인은 그러나 아직도 화가 덜 풀린 듯 숨을 씩씩거린다.

"그만큼 못 부르게 했으면, 다시는 입에 담지 말아야지!"

여인이 내뱉는 혼잣소리가 매질보다 더 모질다. 너를 죽여도 속이 시원치 않을 것 같다는 듯 독기가 뚝뚝 듣는다. 종아리에 피를 흘리며 쓰러져 있는 너를 건듯 쏘아보고 여닫이문을 거칠게 옆으로 확 젖뜨리며 방을 나가는 순간 여인이 너의 어머니임을 나는 가까스로 알아차렸다. 어미가 아니고서야 누가 그토록 모진 매질을 하겠느냐. 자기 속으로 난 자식 걱정, 자기 자식에 대한 애정 없이 누가 그런 모진 매질을 하겠느냐.

오늘도 노래를 불렀군!

아침마다 동쪽 하늘에 다시 얼굴을 나타내는 것에 싫증도 나지 않는 것일까. 해는 왜 아침마다 세상을 찾아오는 것일까. 밤이 되기를 그토록 애타게 기다리던 별들도 그렇지, 왜 밤마다 같은 노래만 영원히 불러 댈까. 왜 세상의 모든 산은 같은 자리만 지키고 있어야 할까. 바다의 숭어는 왜 육지로 올라와 지팡이를 짚고 걸어 다니면 안 되는 것일까. 어떤 그릇에 얼마만큼의 시간이 채워져야 존재의 반전이 이루어져 이 지루한 반복에 종지부를 찍게 될 것인가. 그런데…… 사람의 힘으로는 영원히 바꿔 놓을 수 없는 반복에 쉼표를 찍듯 네 앞에 소리 없이 손님이 찾아왔다.

왜 그런 생각이 드는지 모르겠지만, 녹색 두루마기에 몸을 감싸고, 까마귀 깃을 꽂은 테 넓은 통영갓을 쓴 그 손님이 마치 바다를 걸어 나와 지팡이를 짚고 육지를 걸어 다니는 민어나 대구의 화신처럼 느껴졌다. 왜 그런 신이한 느낌이 들었을까. 그가 소리도 형체의 움직임도 없이 그림자가 현현하듯 나타났기 때문일까. 그는 방문을 여는 수고를 하지 않았다. 발에 결 고운 미투리를 신고 있었으나 그 미투리에 흙먼지 하나 묻어 있지 않아 먼 길을 걸어온 것 같지도 않았다. 어딘가 벽이나 방 안의 어떤 사물, 고리짝 같은 데 은밀히 내재해 있다 네 앞에 모습을 드러낸 것처럼 보인다. 녹색 두루마기 때문인가, 그의 몸에서 대나무 숲 향기가 솔솔 풍긴다. 그의 몸에서 바람 소리 같은 것이 들린다. 그의 몸에서 노래가 흘러나오는 것 같다. 순간, 그는 몸을 낮추어 너의 종아리를 살핀다.

그는 너의 종아리의 상처를 쓰다듬으며 혀를 끌끌 차고 있다. 그런데도 그것이 매우 몽환적으로 느껴진다. 그의 말에는 감정이 섯겨 있고, 시선에는 광채가 없고, 얼굴에는 색깔이 없다. 기쁨과 슬픔, 쾌락과 고통, 풍요와 결핍, 삶과 죽음, 사람이 살아가는 동안 끊임없이 번갈아 느끼는 감정, 그런 현실적인 감정이 씻겨 있어서 그럴까, 인생의 궤도를 이탈해 있는 존재 같다. 인간 세사, 인과(因果)나 시간의 지배를 벗어나 있는 것처럼 보인다. 그렇지 않고서야 어찌 저렇듯 무감각한 얼굴이 있을 수 있겠는가. 불쑥 찾아온 그 손님을 너는 경계하는 빛이 없다. 몸에 물기가 한 방울도 없는 무감각한 존재를 향해 넌 곱지 않은 눈길을 보낸다. 무엇이 괘씸한지 곱지 않은 눈으로 쏘아보는 너의 시선에도 아랑곳없이 그가 입을 열려는 찰나, 네가 가로채 먼저 말한다.

"마음 놓고 노래 부를 수 있는 방법이 있다고 했잖아요?"

너의 음성에는 비난과 원망이 까맣게 절어 있다.

"방법이야 있지. 하지만 거기에는…… 혹독한 대가가 따르거든."

사람이 상대방에게 사정을 정확히 알리기 위해서는 표정도 동원하고 목소리에 감정도 싣는 법인데, 그의 표정은 화폭의 그림처럼 하나로 고정되어 있고, 음성은 음성이라기보다 부딪쳐 울리는 무기물의 울림처럼 빛이나 색깔이 없다.

"내가 할 수 있는 일이라면 어떤 일이라도 하겠다고 했잖아요."

사람의 몸은 감정을 표현하는 여러 가지 수단을 가지고 있다. 너는 그 수단 가운데 가장 정교한 얼굴에 결의와 원망을 그려 보인다.

"사람은, 할 수 있는 일보다 할 수 없는 일이 더 많은 법이란다."

능력의 한계를 말하는 것인지, 제도나 윤리적 제한을 뜻하는 것인지, 아니면 또 다른 일의 비의적 비유인지 종잡을 수 없어 너는 잠시 혼란을 느낀다.

"목숨을 내놓아도 좋아요."

너는 짧은 기간이나마 노래 부를 기회를 허용해 준다면, 그 짧은 기간을 누리는 대가로 목숨을 내놓겠다는 절박한 결의를 내보인다.

"목숨만 가지고는 모자라."

한 나무토막이 다른 나무토막을 때렸을 때 나는 둔탁한 소리를 방불케 하는 녹색 손님의 음성이 울림도 없이 무감각하게 사라진다.

"목숨이면 다지. 목숨보다 더 소중한 것이 어디 있어요?"

자신의 결의에 찬 하냥다짐이 무참하게 짓밟히자 너는 잠시 당황한다.

"소중하고 소중하지 않고의 문제가 아냐. 응분의 고생을 치러야 해."

"고생?"

너는 목숨과 고생의 무게를 잠시 저울에 달아 본다. 아무리 달아도 목숨 쪽이 무거워 금방 아래로 쑥 내려간다. 목숨 쪽은 바닥에 닿고 고생은 반대로 허공으로 치켜져 올라간다. 너는 의아한 눈으로 녹색 손님을 쳐다본다. 고생의 본질을 꿰뚫어 알지 못한 너는 목숨보다 훨씬 가벼운 고생을 대가로 치르고 노래 부를 수 있는 방법을 구할 수 있다니, 미덥지 않다는 표정이다.

"목숨이란 단번에 끝낼 수 있지만, 고생이란 어디 그래. 두고두고 치러야 하는 것이거든."

아니나 다르랴, 녹색 손님은 너의 빗나간 인식에 일침을 놓는다.

"다시 말해, 목숨을 끊는 데도 용기는 필요하겠지. 하지만 고생을 견디는 데는 용기만으로는 안 되거든. 반드시 불굴의 의지가 따라야 하지!"

　용기와 의지? 너는 그 차이를 얼른 분별하지 못한다. 듣고 싶은
것만을 들으려는 너의 귀에 손님의 말은 시간에 더 값을 먹이는 것
으로 들릴 뿐, 그것이 지닌 견딜 수 없는 고통은 사상된 채 가볍게
들린다.

어찌 '고생'을 안겨 줄 수 있겠느냐며, 고개를 젓고 미처 옷깃을 부여잡을 겨를도 없이 훌쩍 사라져 버린 녹색 손님. 은하수라도 타고 내려온 것처럼 온몸에 별들의 냄새를 은은히 풍기던 그 손님. 너는 그 녹색 손님을 애타게 기다린다. 그끄제도 그제도 어제도 애타게 기다렸으나 통영갓에 녹색 두루마기 차림의 그 녹색 손님은 좀처럼 모습을 나타내지 않는다.

"미친년, 또 노래를 부른 모양이구나. 상처가 아물기도 전에 또 맞았어?"

영원의 한순간을 잡아 놓은 듯 정적 속에 잠긴 산 아래 고즈넉한 마을이 그려진다. 마을 뒤로 몇 걸음 물러나 하늘을 향해 키를 세운 산이 보이고, 그 산에서 양팔을 벌리듯 두 갈래로 내려온 능선이 오종종 앉아 있는 다섯 채의 초가를 감싸고 있어 매우 아늑해 보인다. 마을 가운데 펼쳐져 있는 밭에는 기장이며 콩이며, 가을의

축복이 고스란히 담겨 있다. 수숫대는 가을볕에 나날이 영글기를
더해 가는 이삭의 무게를 견디지 못해 고개를 숙이고 있고, 볕의
흰 부분만 가려서 쬔 듯 하얀 목화가 눈부시게 펼쳐져 있는 목화밭
도 아름답다. 이제 사람들의 손이 그 축복을 거둬들이기를 기다리
고 있는 밭은 풍성하게 넘실거리며 결실의 절정을 보여 주고 있다.
목화를 따다 잠시 밭둑에 앉아 종아리의 상처를 살피고 있는 너에
게 가까이 다가와 상처를 들여다본 이웃 여주댁이 혀를 끌끌 차며
안쓰러운 표정을 짓는다.

"네 어미가 모진지, 네가 모진지 모르겠다. 성한 데 하나 없는 종
아리에 매질을 해 대는 네 어미도 모질지만, 그만큼 못 부르게 하는
노래를 불러 대는 너도 못 말릴 아이다. 왜 부르지 말란 노래를 불
러, 매를 번단 말이냐."

"모르는 말씀 마세요. 제가 노래를 부르고 싶어서 부르는 줄 아
세요. 가만히 있어도 노래가 저절로 나오는 걸 어떻게 해요."

여주댁의 안쓰러워하는 마음을 모르지는 않지만 너는 곱지 않은
시무룩한 표정으로 항변한다. 너는 속으로 울먹이며 외친다. 왜 저
산 너머 보이지 않는 곳이 미치도록 그립고 가고 싶은지 모르겠어
요. 왜 저 산 너머 어딘가에 행복이 나를 기다리고 있을 것 같은 생
각이 드는지, 저는 아무래도 모르겠어요.

"미쳤지, 미쳤어! 그래도 그렇지 네 어미 아픈 데를 왜 건드려."

너의 그 속절없는 그리움을 여주댁이 알 까닭이 없다.

순간 너의 입안에 노래가 감돈다. 너의 노랫소리에 여주댁이 소
스라치게 놀란다. 황급히 안성댁을 돌아본다. 저쪽 밭머리에서 노

래를 듣지 못한 듯 안성댁은 허리를 굽히고 목화 따는 일에 골몰해 있다.

"이것아, 네가 죽고 싶어 환장했나. 네 어미 말 못 들었어? 노래 때문에 네 어미 팔자 망쳤다는 거 몰라?"

어미가 이곳 미네골로 흘러 들어온 내력을 너도 모르지는 않았다.

매질을 할 때마다 한숨과 함께 늘어놓던 푸념과 넋두리를 귀에 못이 박히도록 듣곤 했다.

양갓집 셋째 딸이었던 네 어미는 어릴 적부터 노래 부르는 버릇이 입에 붙어 있었다고 했다. 어디서 배우지도 않았고 누가 시키지도 않았으나, 앉으나 서나 노래가 저절로 입에서 흘러나오고는 했다. 노랫소리가 들릴 때마다 어른들은 미간을 찌푸렸다. 청승맞은 노래는 집안에 우환을 불러들인다고 엄중히 금했다. 말로 해도 소용이 없자 벌을 세우기도 매질을 하기도 했다. 그러나 아무리 엄하게 금하고 매질을 해 대도 노래 부르는 버릇을 남 주지 못했다. 공교롭게도 집안에 우환이 하나둘 겹쳐 일어났다. 그것이 꼭 네 어미 노래 때문인지 아닌지는 모를 일이지만, 어른들은 큰 오라버니가 진사시에 낙방한 것도, 조카가 호열자에 걸려 죽어 나간 것도 다 청승맞은 네 어미 노랫소리 때문이라 여겼다. 궂은일을 몇 번 겪고 난 후 집안 어른들은 노랫소리만 들리면 쫓아와 전에 없이 무섭게 살기를 띠고 다그치며 죽지 않을 만큼 매질을 해 댔다. 그래도 노래 부르는 버릇은 고쳐지지 않았다.

둘째 오빠가 또 과거에 낙방하고 작은 조카가 시내서 물놀이하다 죽어 나가자 집안 분위기가 더욱 흉흉해졌다. 이 우환이 다 네 어미 노래 때문이리라 여긴 집안 어른들은 의논 끝에 결국 논밭을 얹어 보잘것없는 한미한 집에다 쫓아 버리듯 시집을 보내고 말았다.

네 어미의 노래 부르는 버릇은 시집을 가서도 고쳐지지 않았다. 정말 노래가 집안에 재앙을 불러들인 것일까? 딸 하나를 낳고 나서, 학수고대하던 아들을 낳았는데, 백일을 넘기지 못하고 죽어 나갔다. 두 번째 세 번째 아들도 마찬가지였다. 그러자 그 재앙이 모두 네 어미의 청승맞은 노래 때문이라며 시댁 식구들의 핀잔과 원망과 학대가 나날이 심해져 갔다. 남편은 물론 온 시댁 식구들의 원망과 학대를 견디지 못한 네 어미는 어느 날 밤 어쩔 수 없이 너 하나를 달랑 업고 야반도주해 이곳 미네골에 숨어 살게 되었다고 했다.

여주댁의 다급한 경고에 너는 흥얼거리던 노래를 뚝 그친다. 그제야 자신이 노래를 흥얼거리고 있었다는 사실을 깨닫고 몸서리를 친다.

"노래 때문에 네가 제명대로 못 살 게다!"

"아주머니, 왜 자꾸만 어딘가 먼 곳이 그립고 가고 싶은 걸까요? 왜 그럴까요?"

애조 어린 목소리와는 달리 너의 표정은 밝다. 무엇인가, 손에 잡히지 않고 막연하기는 하지만 그것을 향해 마음을 송두리째 빼앗기고 있는 아련한 표정이다.

"병이 나도 큰 병이 났구나!"

여주댁은 수건으로 이마를 훔친다. 네게 든 큰 병을 이해해 보려고 애를 쓰는 얼굴이다. 그러나 곧 고개를 젓고 만다. 아무래도 너의 아련한 표정이 불안하기만 하다. 네가 바라는 것은 밥도 아니고 옷도 아니다. 밭에서 나는 것도, 논에서 나는 것도 아니다. 산에서 구할 수 있는 것도, 강에서 구할 수 있는 것도 역시 아니다. 손에 잡히지 않는 종잡을 수 없고 막연한 것을 바라고 있는 것이다. 그래, 너의 나이 무렵에는 누구나 어디 낯선 곳으로 멀리 떠나고 싶은 충동에 사로잡히고는 하지. 작은 나뭇잎 하나 흔들리는 것에도 눈물 흘리고 가슴앓이를 하게 마련이지. 그러면 절로 입에서 노래가 흘러나오는 것이겠지. 쯧쯧!

여주댁의 걱정이 내게로 옮아온 것인가. 나 또한 아련한 너의 표정이 불안스럽다.

그래, 노래란 무엇인가. 즐거운 일이 있을 때 무심코 흥얼거려지는 것이 노래 아닌가. 슬픔이 마음을 파랗게 적실 때 탄식과 함께 저절로 흘러나오는 것이 노래인 것이다. 그래, 마음과 육신이 고달픔을 겪을 때, 어딘가 멀리 떠나고 싶을 때, 가슴 저 밑바닥으로부터 저도 모르게 일어나 차고 오르는 충동이 노래를 낳는 것이다. 그리운 사람이 보고 싶을 때도, 오래 헤어져 있어야 할 이별 앞에서도, 마음속에 노래가 가득 고이는 것이다. 뿐만 아니라, 노래는 사람과 사람의 마음에 다리를 놓아 주는 은밀한 구실도 하는 것이다. 어쩌면 노래란 사람의 감정을 나타내는 최상급의 표현 수단 아닐까!

그러나 당시 사대부 집안에서는 노래를 멀리하였다. 낭랑한 글 읽는 소리라면 고임 받고 칭송받았지만 노래라면 청승맞다고 입에 담지 못하게 하였다. 유교적 덕목과 이념을 삶의 방편으로 삼는 사대부들은 연회를 벌여 따로 즐기기는 하되 직접 노래를 입에 담는 일은 기휘(忌諱)하였다. 연회에 선가(善歌)*를 불러들여 노래를 듣고 명인(名人)을 불러 사죽(絲竹)**을 감상하기는 하였다. 시조를 읊는 것을 선비의 홍취로, 거문고를 뜯는 것을 선비의 고상한 여기로 삼아 즐기기도 했다. 하지만 애이불비(哀而不悲) 낙이불류(樂而不流), 사사로이 감정을 겉에 드러내는 걸 소인배의 짓으로 배척하며, 여항의 노래는 천하다고 입에 담기를 경계하였다.

---

* 가곡을 잘 부르는 사람.
** 가야금, 거문고 등 현악기와 피리, 퉁소, 대금 등 관악기.

구곡산으로 가자

애타게 기다리던 녹색 두루마기의 손님이 다시 널 찾아왔구나.
통영갓에 꽂은 까마귀 깃의 검은빛이 지난번보다 한결 영롱하다.
불운하게 그날도 너의 노래가 어미의 귀에 들어가 종아리가 터지
도록 매를 맞았구나. 홀로 방바닥에 쓰러져 있는 너를 찾아온 녹색
손님은 지난번에도 그랬듯 얼굴에 표정이 없다. 이번에도 그는 방문
도 열지 않고 소리 없이 나타났다. 벽에 스며 있다 나온 것인지, 천
장에 붙어 있다 나비처럼 날아 내린 것인지, 그의 출현은 은밀하고
감쪽같다. 너는 또 녹색 손님을 원망하듯 쏘아본다. 입술을 질끈
깨문 너는 이번에야말로 끝장을 보고 말겠다는 듯 단단히 결의를
굳힌 야무진 표정이다.

"고생을 하든 목숨을 내놓든, 뭐든 다 좋아요. 마음 놓고 노래
부를 수 있게 해 주세요."

대나무 향기를 은은히 풍기며 몸 어딘가에서 노래가 솔솔 새어

나오는 녹색 손님은 대답 없이 너의 상처를 손으로 쓰다듬는다. 너의 상처를 쓰다듬는 손길이 한없이 자애롭지만 얼굴에는 역시 아무 표정도 없다.

"너를 항아리가 있는 구곡산으로 안내해 줄 수는 있다. 하지만, 구곡산에 들어간 사람은 많아도 살아 돌아온 사람은 별로 없다. 요행히 항아리를 얻어 살아온다 해도 그 대가로 소중한 것을 차례로 잃어 가기도 또 죽는 날까지 두고두고 혹독한 고생을 치러야 하는데……!"

녹색 손님의 경고는 위협적이다. 그러나 구곡산에 있는 항아리 앞에서 노래를 부르면 다른 사람의 귀에는 들리지 않는다는 말에 정신이 쏙 팔려 있던 너는 그런 경고는 귓등으로 흘려듣고 만다. 녹색 손님은 사람이 사는 여러 가지 길을 너에게 일러 제시한다. 부자로 편안하게 사는 길, 벼슬을 하며 영광스럽게 사는 길, 부와 명예와는 거리가 멀지만 세상 사람들에게 위안을 주며 사는 길도 있다 했다. 일신의 영달보다 남의 고통을 돌봐 주는 데 바치는 삶, 초야에 묻혀 세상의 이치를 밝히려는 노력으로 일관한 삶, 사람들의 취미와 휴식에 기여하고자 애를 쓰다 마감한 삶, 이런 여러 삶이 각기 다 다르다는 사실도 밝혀 제시한다. 그 가운데 고생과 가장 가까운데 위치한 삶이 어떤 것이겠느냐. 네가 걷겠다는 길이 아무래도 고생과 가장 가까운 길임을 네가 모르고 있는 것이 손님은 못내 안타깝다고 말한다. 그러나 너의 마음속은 이미 구곡산의 항아리로 가득 차 있어 다른 말은 한마디도 귀에 들어오지 않는다.

"이러나저러나 저는 고생밖에 길이 없는 것 같은데. 좋아요, 노래나 실컷 부르다 죽겠어요."

너의 대답은 야무지고 결의에 차 있다. 너의 거듭된 하냥다짐에 녹색 손님은 안타까운 듯 혀를 끌끌 찬다. 혀를 끌끌 차고는 있으나 표정에는 감정이 씻겨 있다. 시선에는 빛이 없고 얼굴에는 색깔이 없다. 사랑과 미움, 기쁨과 슬픔, 쾌락과 고통, 안도와 불안, 환희와 공포, 사람이 살아가면서 반드시 느끼게 마련인 이런 감정의 자취가 보이지 않는다. 그리고 언제나 서 있을 뿐 걷거나 앉아 본 적이 없는 것 같다. 그렇듯 인간의 삶과 동떨어진 존재가 어찌 고생운운하는지 너는 모를 일이다.

"네 각오가…… 그렇다면 좋다! 지금 길을 나서도록 하자."

"길을 나서다니요?"

"구곡산으로 가야 한다."

"구곡산에요?"

"그래. 가는 길도 험하지만, 구곡산에 가서도 걱정이다. 내가 도울 수 있는 것에도 한계가 있는데……, 모든 것을 네 운에 맡길 수밖에 없다."

구곡산은 산을 아흔아홉 개나 넘어야 닿을 수 있는 머나먼 곳에 있다고 녹색 손님은 말한다.

"어서 가요."

너는 녹색 손님의 손을 잡고 불끈 쥔다. 너의 손은 짐짓 허공을 잡고 있지만 너의 마음에는 실물감이 생생하다. 어느 사이 방을 나선다. 녹색 손님의 손을 꼭 쥔 솔이 너의 몸은 갑자기 무게가 없어지고 나비처럼 가벼워진다. 몸만 나비처럼 가벼워졌지 발은 그렇지 않은 것인가. 딛을 것 다 딛고, 긁힐 것 다 긁히고 찢어질 데 다 찢어진다. 돌부리에 걸리고 가시에 찔리고 나뭇가지에 얼굴을 얻어맞는다. 얼마 가지 않아 발이 터져 피가 흐르고 온몸은 할퀴고 찔려 성한 데 하나 없다. 얼굴도 멍이 들고 찔레 가시에 귀가 찢어져 목덜미로 피가 흘러내린다. 재를 넘고 강을 건너고 깊고 깊은 산속으로 들어간다.

이윽고 발의 통증도 견디기 어렵고, 숨이 차서 한 걸음도 더 옮겨 놓을 수 없을 지경이 된다. 그래도 녹색 손님은 걸음을 멈추지 않는다. 숨이 턱에 차서 너는 더 견디지 못하고 그만 혼절하고 만다. 그렇게 혼절한 채 얼마나 시간의 바다를 떠다녔을까, 너는 문득 눈을 뜬다. 그 순간 녹색 손님이 옆에 서 있는 것에 너는 안도한다. 그러나 안도감도 잠시, 사방을 두리번거리던 너는 곧 두려움에 사로잡힌다.

어디인지는 모르지만 이승이 아닌 것 같다. 바람이 느껴지지 않는다. 바람이 없으니 나무나 풀이 풍기는 냄새도 없다. 나무도 풀도 심지어는 나뭇가지에 앉아 있는 새도 종이로 오려 붙인 듯 움직이지 않는다. 소리도 없다. 하늘소의 나뭇잎 긁는 소리도 새의 지저귐도 없다. 햇볕을 받으면 시냇물은 물론 나뭇잎도 가만있지 못하고 저 나름의 환성을 지르게 마련인데, 이마 위의 나뭇잎도 흔들림이 없고, 바로 앞의 시냇물도 흐르기를 멈추고 소리를 내지 않는다. 시간의 어떤 토막 안에 박제되어 있는 것인가. 지금 눈에 보이는 것은 시간의 한 매듭 안의 풍경이고, 그 시간의 한 매듭은 결빙된 채 영원히 풀어지지 않을 것처럼 강고하다. 너는 사람이 죽으면 강을 건너 닿는다는 저승을 연상한다. 저승에서도 가장 끝 어느 언저리, 세상으로는 다시 돌아갈 수 없는 어떤 막다른 곳에 와 있다는 두려움이 너를 사로잡는다.

"저 앞에, 거대한 돌탑 한 쌍이 보이지?"

두려움의 격랑이 너를 삼키려는 순간 녹색 손님이 구명의 동아줄을 던지듯 툭 한마디 던진다. 정신을 가다듬고 꿈꾸는 듯한 감각을 털어 내려 애쓰며 녹색 손님의 손가락이 가리키는 곳을 바라본다. 한 쌍의 거대한 돌탑이라니, 눈을 씻고 봐도 거대한 돌탑 같은 것은 어디에도 없다. 어리둥절해 주위를 두리번거리는 너의 시야에 대신 언젠가 꿈속에서 본 듯, 기시감이 드는 몽환적인 광경이 전개된다. 시야는 아득히 트여 있고 그 끝에 하늘과 땅이 맞닿아 있다. 하얗게 빛나고 있는 하늘에는 구름이 지나다니는 길이 보이지 않는다. 바람이 다니는 길도 없어 보인다. 밤과 낮이 따로 없고, 보이지는 않지만 어딘가 해가 한군데 멈추어 서서 영영 지지 않는 것 같다. 해가 지지 않는 답답한 세상 가득 풍뎅이가 거꾸로 서 있는 형국의 조그만 돌탑들이 까마득히 시야 끝 간 데까지 펼쳐져 있다. 저 많은 돌탑들을 누가 왜 저기에다 쌓아 둔 것일까. 시야가 멀어질수록 점점 작아지던 돌탑들이 지평선 어느 어름의 소실점에서 홀연 자취를 감춘다. 누군가 너의 마음속에다 대고 속삭인다.

'사람은 가지고 싶다고 다 가질 수 있는 것이 아니란다. 누리고 싶다고 다 누릴 수 있는 것도 아니고 이루고 싶다고 다 이룰 수 있는 것도 아니란다. 가지고 싶은 것 다 가질 수 있다면 욕심이 왜 생기겠어. 누리고 싶은 것 다 누릴 수 있다면 세상에 불평이란 있을 수 없을 게다. 그리고 이루고 싶은 것 다 이룰 수 있다면 세상에 원망이 어디서 싹트겠느냐. 그렇지 못하니 세상이 욕심과 불평과 원망으로 뒤덮여 있지. 사람이 저승으로 갈 때 욕심과 불평과 원망, 저주 같은 것은 품고 갈 수 없게 되어 있단다. 그래서 죽어서 사람들이 이승에 남겨 두고 간 욕심과 불평과 원망이 저렇듯 돌탑으로 굳어져 있는 것이란다.'

항아리를 얻고자 하는 것 또한 욕심 아닌가? 그렇다면 나도 저렇듯 작은 돌탑으로 굳어지고 말 것이란 경고인가?

"저 안으로 들어가거라."

녹색 손님의 손가락이 아직도 한곳을 가리키고 있다. 그곳을 다시 바라본 순간 너는 자신의 눈을 의심한다. 조금 전까지 눈앞에 가득 펼쳐져 있던 작은 돌탑들이, 누가 빗자루로 쓸어버리기라도 한 듯 하나도 보이지 않는다. 대신 새로운 세상이 펼쳐져 있다. 새로 나타난 세상은 숨을 쉬고 있다. 지워져 있던 움직임과 소리가 되살아난다. 땅이 꿈틀 뒤틀리는가 싶은 순간 지표를 뚫고 무엇인가 솟아오르기 시작한다. 의보주*에 이어 복발과 탑신이 드러나고 드디어 아랫도리 기단이 지표 위로 솟아 우뚝 자리 잡고 선다. 이윽고 너는 녹색 손님이 가리키는 거대한 돌탑과 마주 서 있음을 깨닫는다. 그 돌탑 안으로 들어가라고 녹색 손님이 다시 채근한다. 그러나 너의 눈에는 그것이 입구로 보이지 않는다. 도리어 너의 출입을 완강히 거부하고 있는 장벽처럼 보인다.

---

* 탑의 맨 위에 쓰이는 양파 모양의 장식물.

　"다시 말하지만, 탑문 저 안에는 내 힘이 미치지 못한다. 그러므로 지금부터는 너를 도울 수 없다."

　녹색 손님의 말에 너는 어깨가 축 처진다.

　"안으로 들어가면 북쪽으로 난 길이 보일 것이다. 그 길 끝에 땅과 하늘을 잇는 대나무가 서 있어. 거기에 당도해야만 항아리를 얻을 수 있을 게다. 하지만 목마다 여러 영령들이 지키고 있어 무사히 거기에 닿을 수 있을지 걱정이구나. 내가 그랬지. 들어간 사람은 많지만 살아 돌아온 사람은 거의 없다고. 조심해야 한다!"

　마지막 경고 같았다. 죽으러 가는 것과 다름없으니 지금이라도 단념하는 것이 어떻겠느냐고 떠보는 것 같았다. 죽음도 무릅쓰겠다고 결의를 굳힌 바 있으나, 두려움이 새삼 몸을 옥죈다. 그렇지만 마음껏 노래 부를 수 있는 기회를 어찌 놓칠 수 있겠는가. 새로운 각오가 마침 서 있는 자리에 깊이 뿌리 내리려는 발을 뽑아 올렸다. 다행히 새로운 각오가 두려움을 제치고 발을 떼어 놓도록 부추겼다. 뒤에 남아 배웅하는 녹색 손님은 너의 등에 대고 거듭 용기를 내라고 당부했다.

가벼움과 무거움

이윽고 너는 거대한 두 개의 돌탑 사이로 발을 들여놓는다. 탑을 지나 안으로 들어가자 끝없는 초원이 펼쳐진다. 초원 여기저기 점을 찍어 놓듯 허리 높이의 관목이 한 그루씩 서 있다. 초원의 풀들은 생김새는 낯설지 않지만 그 움직임은 눈에 익지 않은 모습이다. 바람이나 외부의 힘에 의해 움직이는 것 같지 않다. 스스로의 감각과 의지에 의해 전후좌우 자유자재로 움직이고 있는 것 같다. 풀들의 몸짓만 낯선 것이 아니다. 시간도 바깥세상과는 다른 속도로 흐르고 있는 것 같다. 몇 박자 더 빠르거나 느리게 흐르고 있기 때문인지 자꾸만 감각의 적응이 어긋난다. 존재감도, 살갗에 감촉되는 공기도 다르게 느껴진다. 다행히 초원 사이로 한 줄기 길이 보이자 너는 안도한다. 그것이 녹색 손님이 말한 북쪽으로 난 길이겠거니 생각하니 마음이 좀 놓인 것이다. 길 저쪽 끝에 박꽃처럼 생긴 등불 하나가 반짝이고 있다. 노란 저것이 등불이 아니라 별인가. 그래,

저 별까지 가야 하는 것인가. 너는 그곳으로 내닫기 위해 몸을 웅크
린다. 그러나 마음뿐, 몸이 말을 듣지 않는다. 마침 그때 쿵, 쿵 지
축을 울리는 둔중한 발소리가 들린다. 이곳을 지킨다는 영령인가.
놀라 숨을 죽이고 주위를 살핀다. 바로 옆에서 쿵, 쿵 울리고 있는
것 같은데도 발소리의 임자는 보이지 않는다. 저만치 짙푸른 잎이
무성한 관목이 보이자 너는 그리로 달려가 몸을 숨긴다. 나뭇가지
사이에 몸을 숨기고 주위를 살피던 너는 절로 숨이 뚝 멎는다. 집채
보다 큰 거대한 괴물이 쿵, 쿵 지축을 울리며 가까이 다가오고 있는
것이 보였다. 겁에 질린 너는 그만 온몸이 얼어붙는다.

머리에 공작처럼 화려한 붉은 벼슬 장식이 달려 있고, 날카롭게
튀어나온 부리가 독수리 같아 보인다. 사람처럼 날렵하게 생긴 몸
통에 금빛의 날개를 가진 것도 이상하다. 녹색 손님이 말한, 구곡
산을 지키는 조류의 왕 가루라(迦樓羅)인가. 가루라는 용을 잡아먹
고, 황금빛 날개를 펴 해를 가리고, 무서운 발톱을 가진 다리로 한
달음에 사해를 건너는 능력을 지녔다 했다. 일체의 악마, 번뇌를 항
복시키는 데 헌신한다는 가루라는 항마(降魔)의 무기로서 입으로
뿜어내는 불길이 위력적이라 했다. 성을 내 날개를 한 번 휘저으면
큰바람이 일어나 나무를 뿌리째 뽑고, 발을 한 번 구르면 땅이 진
동하며 갈라져 지옥이 뿌리를 드러낸다 했다. 하얀 인골들이 가루
라의 발아래에 즐비하게 널려 있는 것이 보인다. 너처럼 항아리를
구하려 왔다 희생된 사람들의 인골인가. 자칫 잘못하면 너도 저 꼴
이 되고 말리라. 그런데 독수리처럼 날카로운 부리로 뿜어 대는 불
길을 어찌 피한단 말인가. 날개를 한 번 휘저으면 몇 백 리 밖으로

날려 가 버릴 텐데, 그걸 어찌 감당한단 말인가. 발을 한 번 구르면 지옥의 뿌리로 떨어지고 말 것인데 그것은 또 어찌 피한단 말인가. 네가 여기서 꼼짝없이 괴물의 제물이 되고 만단 말인가.

그러나 괴물에 의해 죽임을 당한다 할지라도 무한정 숨어 있을 수만은 없는 일이었다. 저 괴물을 당해 내지 못하면 항아리를 얻어 올 수 없으리라는 절박한 심정이 충동적으로 너의 몸을 불끈 일으켜 세운다. 기다리고 있었다는 듯 괴물의 입에서 번개처럼 불길이 휙 날아온다. 급히 피했으나 이미 너의 왼쪽 어깨가 불길에 그슬리고 만다. 거센 불길의 충격에 너는 뒤로 벌렁 넘어진다. 검게 그슬린 어깨가 쓰리고 아렸다. 이대로 쓰러져 있을 수는 없지. 너는 이를 악문다. 항아리만 열어 놓으면 아무리 큰 소리로 노래를 불러도 항아리가 다 받아들일 뿐 다른 사람의 귀에는 들리지 않는다 하였다. 항아리만 있으면 어미의 귀를 개의치 않고 마음 놓고 노래를 부를 수 있을 것이다. 그런 희귀한 항아리를 손에 넣을 수만 있다면 이만 고통쯤이야 어찌 감내하지 못하겠는가. 용기를 짜내 너는 다시 몸을 일으켜 세운다. 가루라를 제대로 쳐다볼 겨를도 없이 불기둥이 날아온다. 너는 불 바람에 밀려 다시 뒤로 벌렁 나가떨어진다. 가슴이 새까맣게 그슬렸다. 얼마 후 정신을 차린 너는 불에 데어 뭉그러진 가슴살의 고통에 신음한다. 이대로 죽고 마는 것인가. 하지만 이대로 죽을 수는 없는 일 아닌가. 눈물이 솟아오른다. 억울하고 분했지만 가루라와 맞설 방법은 없었다. 활이나 칼 같은 무기도 하나 지닌 것이 없고, 은형술 같은 비술을 지니지도 못한 터에 무엇으로 가루라를 대항한단 말인가. 저 괴물의 다리뼈 하나에도 미치지 못한 왜소한 네가 맞서 본들 돌아오는 것은 죽음밖에 더 있겠는가. 하지만 어차피 죽기로 결심한 몸, 두려움을 무릅쓰고 맞설 수밖에 없다고 마음을 굳게 다진 너는 입술을 깨문다.

안간힘을 다해 몸을 일으킨 순간, 불길이 날아와 너를 에워싼다. 불 바람에 밀려 너는 다시 뒤로 넘어진다. 화염에 삼켜진 순간 죽는 줄로만 알았는데, 얼마 후 다시 정신이 돌아왔다. 온몸이 새카맣게 타고 머리도 타 훌렁 벗겨져 있었지만 너는 이를 악물고 또다시 몸을 일으킨다. 겨우 비칠거리며 일어서자 집채보다 큰 거대한 괴물이 바로 코앞에 우뚝 서 너를 가로막고 있다. 겨우 고개를 들어 쳐다보자 정수리를 노리고 있는 가루라의 날카로운 부리가 눈에 들어온다. 겁에 질렸으나 정신을 가다듬으며 눈에 힘을 준 너는 가루라를 노려본다. 네가 아직 살아 있는 것이 믿어지지 않는다는 듯 가루라가 고개를 갸웃거린다. 몇 번 고개를 갸웃거리던 가루라는 무슨 생각을 했는지 다리를 벋어 발톱으로 너를 감아 집어 올린다. 눈앞으로 너를 들어 올린 가루라는 너를 요리조리 살핀다. 너는 용기를 짜내 눈에 힘을 주고 마주 노려본다. 가루라와 너의 시선이 어느 어름에 부딪쳐 반짝 빛을 뿌린다.

"나는 대나무의 항아리를 얻으려 왔어. 그러나 뜻을 이루지 못하고 네게 잡혀 죽게 되었다. 하지만 네가 왜 내 앞길을 가로막는 것인지 그 까닭이나 알고 죽으면 억울함이 덜하겠구나."

죽기를 각오한 너는 두려울 것이 없다.

"이곳은 가벼움의 영역이다. 무거움으로 더럽힐 수 없기 때문이다."

가벼움의 영역이니 무거움으로 더럽힐 수 없다! 대답을 들을 수 있을 것으로 여기지 않았는데, 놀랍게도 가루라가 대답을 하는 것이 신기하다. 그가 사람의 말을 한 것인지, 자기들 언어로 의사를 표현한 것인지 모르지만 너는 그의 말을 알아듣는다. 하지만 가벼움은 무엇이고, 무거움은 무엇을 가리키는 것일까?

"네 말은 이상해. 이 영역이 가벼움의 세계라면 너는 어찌 지축을 쿵쿵 울리는 그런 무거운 몸을 지녔단 말이냐?"

"가벼움을 지키기 위한 방편이다."

"사람은 누구나 일정한 무게를 지니고 있어. 그렇다면 이곳은 사람이 올 수 없는 곳이란 거야?"

"사람의 무게란 몸 때문만이 아니다. 욕심 같은 것이 몸무게보다 더 나간다는 사실을 너는 모르는 모양이구나."

"욕심의 무게?"

"그래 욕심을 다 씻어 버린 사람은 거추장스러운 무게 같은 것이 없지."

가루라가 너를 땅 위에다 내려놓는다. 너는 자신에게 욕심이 없다고 말할 수 없어 풀이 죽는다. 가루라의 발아래 즐비하던 인골이 머리를 어둡게 스쳐 지나간다.

"나는 가벼움과 무거움 같은 것은 아는 바 없어. 다만 대나무 항아리를 얻고 싶을 뿐이야. 세상에 욕심 없는 사람이란 없잖아. 그렇다면 대나무 항아리와 사람은 영영 만날 수 없다는 말이냐?"

"대나무 항아리는 가벼움이 피워 낸 가장 정화로운 꽃이다. 대나무 항아리도 그만의 무게가 없을 수 없지. 사람도 그만의 무게만을 지녔다면 왜 못 만나겠어."

“그것도 욕심이라면 욕심이겠지만 나는 노래밖에 좋아하는 게 없는데, 그것도 무게가 나갈까?”

“그것은 금방 알아볼 수 있지.”

“어떻게?”

“만약 무게가 없다면 나보다 더 빨리 저 길 끝에 닿을 수 있겠지. 그렇지 않으면 비호같은 내 발과 번개 같은 내 날개를 어찌 당하겠어.”

너는 다시 풀이 죽고 만다. 아무렴 저 길고 튼튼한 발과 한 번 날갯짓에 수만 리를 난다는 날개를 가진 저 가루라를 무슨 수로 당한단 말인가. 불가능의 벽이 앞을 가로막고 있는 것 같아 기가 죽은 너는 한숨이 절로 난다. 그렇다고 지금 여기서 단념하고 돌아선단 말인가. 너는 속으로 강하게 도리질을 한 다음 입술을 깨문다. 이왕 죽기로 각오하지 않았는가. 한번 시도라도 해 볼 수밖에.

“이왕 죽을 것, 어디 도전이나 한번 해 보겠어.”

“그래, 잘 생각했어. 이곳에 들어온 이상 날 이기지 못하면 살아 돌아가지 못해.”

가루라와 너는 북쪽으로 난 길을 향해 나란히 선다. 내가 저 길 끝에 먼저 닿을 수는 없겠지. 그렇지만 이 경주에서 이겨야만 대나무 항아리를 얻어 올 수 있다는 일념이 너의 몸을 팽팽하게 긴장시킨다. 이 일념은 또 얼마나 큰 욕심인가, 너는 그 무게가 두렵다. 그러나 노래 부르고 싶은 열망이 그 두려움을 간신히 억누른다. 바라보니 길 끝이 아득하다. 길 밖의 다른 것은 너의 시야에 들어오는 것이 없다.

이윽고 가루라의 출발 신호가 떨어졌다. 너는 눈을 질끈 감고 죽을힘을 다해 앞으로 내달린다. 얼마나 달렸을까, 숨이 차 더 뛸 수가 없다. 자신도 모르게 앞으로 폭 고꾸라진다. 급히 정신을 차리고 부리나케 주위를 두리번거린다. 가루라가 보이지 않는다. 이미 길의 끝에 가 있는 것인가. 너는 가벼운 마음으로 죽음을 각오한다.

그렇다면 죽음은 무겁게 오는 것일까, 가볍게 오는 것일까?

그런 생각을 하고 있는 사이 갑자기 무엇인가 쿵, 소리를 내며 옆에 떨어진다. 가루라였다. 가루라를 쳐다보는 너의 두 눈에 두려움이 가득 차오른다. 어떻게 된 일인지 갈피를 잡을 수 없다. 가루라가 다음 순간 어떻게 할지 두려워 몸이 옥죄어 드는 네게 가루라가 고개를 끄덕이며 말한다.

"과연 너는 소리처럼 가볍구나!"

뜻밖에 가루라의 말소리가 부드럽고 은근했다. 그러나 고개를 끄덕이는 가루라의 일변한 태도에도 불구하고 정황을 정확히 알아차리지 못한 너는 여전히 두려움에 사로잡혀 있다.

"가벼움의 영역으로 들어갈 수 있는 시험은 두 가지다. 나와의 경주가 하나, 노래로 가릉빈가를 현현시키는 것이 다른 하나다. 그 두 가지 가운데 한 가지만 통과하면 되는데, 축하한다!"

축하한다니, 그럼 경주에서 이겼단 말인가. 그러고 보니 불에 타 짓물렀던 몸이며 머리도 어느새 원상으로 돌아와 있었다. 치마저고리, 입성도 말짱했다. 금방 우쭐해진 너는 자신감을 회복한다.

"노래라면 자신 있어. 노래를 불러 가릉빈가도 현현시키겠어."

"아직 가릉빈가를 현현시킨 경우는 한 번도 없었는데!"

터무니없는 자신감이라는 듯 가루라는 빙그레 웃음 짓는다. 이

어 날개를 펴고 그 끝으로 너의 어깨를 가볍게 다독인 다음 가루라
는 돌아서 눈 깜짝할 사이에 자취를 감추고 만다.

대나무 꽃 항아리

'그래, 내가 해냈어. 가루라와의 경주에서 이긴 거야.'

그러나 성취의 기쁨보다 낯선 안도감이 한숨을 불러온다. 긴 한숨에 이어 파란 그늘의 슬픔과 남기 빛 그리움이 너의 온몸을 물들인다. 근원 모를 파란 그늘의 슬픔과 남기 빛 그리움이 출렁이자 너의 몸이 부풀어 오른다. 한껏 부풀어 오른 몸이 점점 잦아들며 입으로 긴 소리가 이어져 나온다. 긴 한숨이 노래가 되어 공중으로 저녁연기처럼 길게 피어 올라간다.

어디선가 응답이라도 하듯 노랫소리가 은은히 들려온다. 전에 들어 보지 못한 아름다운 노랫소리다. 귀로 들리는 것이 아니라, 가슴속 맨 위에 가로 쳐진 미세한 비단실을 흔드는 것 같다. 너는 노랫소리가 들려오는 방향을 쳐다본다. 발걸음이 노랫소리를 찾아 저절로 옮겨진다. 길은 어디에도 보이지 않는다. 그다지 멀지 않은 곳에 대나무 한 그루가 우뚝 솟아 하늘을 떠받들고 있는 것이 보인다. 아름드리 굵기에 마디가 듬성듬성 져 있다. 대나무의 마디가 반복적으로 부풀기도 쪼그라들기도 한다. 대나무가 너를 영접하기 위해 노래를 부르고 있는 것이라고 너의 마음은 짐작한다. 온몸의 모든 기관이 대나무의 노래를 받아들인다. 노랫소리는 머리카락으로도 손가락 끝 손톱으로도 흘러든다. 너의 살갗은 노래를 받아들이는 가장 섬세한 기관이 된다. 너의 몸은 노래로 가득 차 노랫소리로 출렁인다. 몸을 가득 채운 대나무의 노래가 저절로 입 밖으로 구성지게 흘러나온다.

얼마 동안이나 노래에 취해 있었을까, 문득 감고 있던 눈을 뜬 너는 소스라치게 놀란다. 험상궂게 생긴 거대한 신장(神將)이 너를 노려보며 버티고 서 있었기 때문이다. 한 손에 철퇴를, 다른 한 손에 장검을 꼬나 쥐고 금방 내려칠 것처럼 무섭게 퉁방울눈을 부릅뜨고 노려보는 거대한 신장의 모습에 너는 그만 다리에 힘이 빠지고 만다.

세상을 다 삼키고도 남을 것 같은 크게 찢어진 입, 수십 마리의 살무사가 칭칭 감겨 있는 어깨며 팔, 코끼리처럼 거대한 다리, 쳐다보기만 해도 기가 질린다. 더 걸음을 옮기지 못하고 주저앉아 그의 칼을 받을 각오를 굳히며 눈을 질끈 감는다.

"부질없는 짓 그만두어라."

그때 노랫소리에 섞여 장중한 목소리가 들려온다. 사람의 목소리가 아니다. 사람의 목소리가 아닌데도 너의 마음은 그 뜻을 알아듣는다.

"이미 무거움을 다 비워 버린 아이다. 몸이 없는데 네가 무엇을 상대한단 말이냐. 더구나 가루라가 용인한 아이다. 길을 비켜 주어라."

산처럼 거대하던 신장의 몸이 줄어들기 시작한다. 눈 깜짝할 새 앙증한 목각처럼 작아진다. 부릅뜬 통방울눈이나 검을 꼬나 쥔 팔이나 험상궂은 얼굴이나, 형상은 그대로인데 크기가 두어 자에도 이르지 않는 난쟁이로 줄어들어 있다. 장중하던 목소리도 새소리처럼 지지배배거리는 정도로 작다. 어깨와 팔에 칭칭 감겨 있던 살무사도 어디로 사라진 것인지 보이지 않는다.

너는 소리 나는 쪽을 돌아본다. 인자한 부인이 너를 지켜보고 있다. 머리에 모란으로 만든 화관을 쓰고, 연지를 바른 듯 발그레한 뺨에 미소를 짓고 있는 모습이 선녀보다 눈부시다. 그러나 너는 곧 소스라치게 놀란다. 그의 몸이 거대한 새의 형상을 하고 있었기 때문이다. 비록 얼굴 가득 자애로운 미소를 짓고 있지만 몸통이 새의 형상을 하고 있으니 역시 괴물일 터, 너는 기겁을 하고 까무러친다. 한동안 정신을 잃고 쓰러져 있던 너는 아름다운 노랫소리에 가까스로 눈을 뜬다. 정신을 차린 너는 놀라 까무러치게 했던 괴물이 다시 보이자 혼겁을 한다. 사람의 얼굴에 새의 몸을 한 거대한 형상의 괴물이 그러나 입으로 바람을 불어 내듯 노래를 부르고 있다. 너의 정신을 돌아오게 한 아름다운 노랫소리가 바로 그의 입에서 흘러나온 노래였음을 뒤늦게 너는 깨닫는다. 그의 입을 한동안 지켜보고 있던 너는 가까스로 안도한다. 그 노래는 처음 듣는 낯선 노래였지만 너의 귀가 황홀해진다. 몸이 마치 무지갯빛 구름을 타고 하늘을 둥둥 떠다니는 것처럼 느껴워진다.

너의 머릿속에 누군가 저것은 다른 세상의 노래라고 속삭여 알린다. 그래, 그러고 보니 그의 노래에는 그늘이 없다. 아름다워 듣고 있는 귀를 황홀하게 도취시키지만 사람의 정서에서 비롯된 노래는 아닌 듯하다. 슬픔이나 죽음 따위 인간이면 누구나 겪는 고통이 사상되어 있는지, 그늘이 없다. 그래, 사람의 노래가 아니다. 사람의 노래는 현실에 그 근원을 둔다. 어떤 형태든 경쟁이나 싸움 없이 잠시도 조용히 지내지 못하고 항상 욕망에 의해 조종되어 다툼이 그칠 새 없는 것이 사람 사는 세상이다. 그런 사람들의 노래에는 짙은 고통의 그늘이 드리워져 있게 마련이다. 그런데 그가 부르는 노래는 별과 무지개와 꽃으로만 되어 있다. 가진 것을 모두 다 내주고서도 더 줄 것이 없나 살피는 나무와 사슴과 꽃들의 낙원에서만 들을 수 있는 노래, 처음 듣는 노래에 너의 정신은 황홀하게 젖어 든다. 노래에 취한 너는 자애로운 미소를 띠고 노래 부르고 있는 가릉빈가의 모습에 안도하며 어느새 얼굴에 미소가 어린다.

　─수미산에서 항상 고운 노래를 부르며 신을 수호하고 율법을 지키는 소임을 맡아 수행하는 가릉빈가는 아름다움과 선행의 벗이기도 하단다. 우리가 사는 세상에서는 볼 수 없지만 신들의 세상에서는 노래와 율법의 수호신으로 알려져 있는 매우 고명한 존재란다.

　언젠가 녹색 손님으로부터 들은 말이 상기된다.

　이윽고 너는 너의 노래가 가릉빈가를 현현시켰음을 깨닫는다. 그렇게 깨달은 순간, 어느새 다가왔는지 아까 노래를 불러 주던 대나무가 바로 앞에 우뚝 서 있는 것이 보인다. 대나무는 마디마다 즈믄 해의 발자취가 맺혀 있고 굵기가 여남은 아름이 되고도 남음 직하다. 대나무는 진초록의 광채를 내뿜으며 너를 반색한다. 하늘을 떠받치고 있는 우듬지의 진초록 댓잎은 노래 부르듯 살랑거리며 반짝인다. 너는 양팔을 벌이고 대나무의 몸통을 가슴으로 꽉 끌어 안는다. 한껏 팔을 벌려 대나무를 끌어안고 돌면서 얼굴을 비빈다. 순간 노랫소리가 더욱 맑고 또렷해진다.

"저 대나무 우듬지를 보렴. 구름을 뚫고 하늘에 닿아 있지? 대나무 중에서 노래도 으뜸이고, 하늘의 일도 세상의 일도 다 헤아려 볼 수 있는 밝은 눈을 가졌단다."

가릉빈가의 말에 너는 고개를 들어 위를 쳐다본다. 과연 대나무는 곧게 솟구쳐 구름을 뚫고 하늘을 찌르고 있다. 줄기에 일정한 간격으로 마디가 져 있을 뿐 우듬지에 이르기까지 잔가지 하나 보이지 않고 미끈하다. 맨 꼭대기 우듬지에 하늘을 떠받들듯 가지가 촘촘하고 잎이 무성한 그 가지들이 가락에 겨운 듯 너울너울 춤을 추고 있다.

"60년 혹은 120년 만에 한 번씩 꽃을 피우는데, 다른 대나무는 한 번 꽃을 피우고 나면 대개 시들고 말지만, 이 대나무는 꽃 피우기를 벌써 수백 번이나 거듭했단다."

다른 대나무들과 달리 꽃 피우기를 수백 번이나 거듭했다는 가릉빈가의 말에 너는 다시 대나무를 쳐다본다. 태어나 그토록 오래 살았으니 하늘의 일도 세상의 일도 두루 잘 알고 있는 것이겠지. 그뿐이랴, 세상에 다시 견줄 수 없는 아름다운 노래를 부를 수 있는 재주도 그가 견뎌 온 오랜 시간으로부터 터득한 것이겠지. 대나무 우듬지에 올라가면 대나무만큼 오래 살 수 있는 것일까. 그리하여 오랜 시간의 마디들이 베푸는 그 귀한 선물들을 받아 올 수 있는 것일까. 나도 올라가면 좋으련만. 그러나 당치 않은 생념이었다. 그런 엄두를 낼 수 없도록 하늘에 이르기까지 대나무에는 발 디딜 데 하나 보이지 않았다. 땅을 딛지 않고서도 살아가는 새들이나, 무게 없이 존재하는 선녀들만이 닿을 수 있는 곳이 하늘이라는 사실을 대나무는 너에게 속삭여 알려 주고 있는 것 같다.

속으로 아쉬움을 삭이며 쳐다보고 있는 너의 시야 속으로 갑자기 무엇인가 뛰어 들어온다. 대나무의 맨 꼭대기, 잠시도 쉬지 않고 너울거리며 노래 부르고 있던 무성한 가지의 촘촘한 잎을 헤치고 무엇인가 아래로 눈부시게 내려오고 있다. 그것은 서두르지 않고 날아내리듯 사뿐히 너의 발 앞에 톡 떨어져 멈춘다. 황록색의 커다란 풀잎 덩이다. 아래가 통통하고 위는 잎이 여러 갈래로 불꽃처럼 퍼져 올라가 있는 형상이다. 60년 혹은 120년 만에 한 번씩 핀다는 대나무의 꽃인가. 대나무 꽃은 네 눈앞에서 기이하게 형상을 바꾼다. 황록색의 큰 덩이가 적갈색의 윤택이 흐르는 앙증맞은 오지항아리로 변환한다. 그 변환하는 순간을 지켜보고 있던 너는 크게 벌린 입을 다물지 못한다.

"대나무의 혼이 빚어 낸 꽃이다."

가릉빈가가 일깨우듯 말한다.

너는 눈을 반짝이며 무릎을 꺾고 앉아 항아리를 살핀다. 뚜껑을 열고 안을 들여다보기도 천천히 돌려 가며 항아리의 겉 태를 살피기도 한다. 항아리를 살피는 동안 가릉빈가의 간곡한 당부의 말이 너의 귀에 솔솔 들어온다. 이미 녹색 손님으로부터 들어 알고 있는 내용들이었다. 너는 속으로 귀한 것을 얻어 간직하는 데는 응당 대

가를 치르게 마련일 것이라 생각하며 가릉빈가의 당부를 듣고 새
삼 각오를 굳힌다.

가릉빈가는 자상하게 항아리에 대해 너에게 일러 준다. 이미 녹
색 손님으로부터 들은 바 있던 내용에, 노래를 퍼 올리는 것이야
아무나 할 수 있지만, 노래를 담는 능력은 오로지 술이 너 하나에
게만 주어진다는 사실을 보태 말한다.

평생 항아리와 고락을 함께해야 할 것이라는 조건이야 어련하랴.
항아리가 깨어질 위험과 네 목숨을 잃을 위기를 동시에 맞았을 때
너는 마땅히 네 목숨을 희생해 항아리를 지켜야 할 것이라고 가릉
빈가는 강조한다. 너는 침을 한 번 꿀꺽 삼키고 나서 고개를 힘차
게 끄덕인다. 가릉빈가는 빙그레 미소 지으며, 항아리가 성격이 까
다로워 그 보비위에도 장차 골머리를 꽤나 썩일 것이라는 경고를
더 보탠다. 너는 이런 신기한 귀물을 소유하고, 간직하는 데 그만한
어려움과 고생이 따르지 않으랴, 하는 마음에 명심하겠다고 선선히
약속한다.

항아리를 안고 나오는 길은 수월했다. 앞을 가로막는 신장도 길
을 훼방하는 가루라도 나타나지 않았다. 네가 항아리를 안고 나오
자 기다리고 있던 녹색 손님이 팔을 활짝 벌리며 환호했다.

"네가 해낼 줄 알았다……!"

"저 안에, 노래 부르는 대나무가 있었어요. 아마 검님*들이 하늘
을 오르내리는 사다리 구실을 하고 있는 것 같았어요. 그 대나무의

---

* 신령을 높여 이르는 말.

꽃이에요."

너는 녹색 손님에게 항아리를 들어 보였다.

"거기에 들어 있는 노래를 잘 익히렴. 너의 길잡이에 부족함이 없을 것이다."

돌아오는 길도 험하다. 험준한 산을 넘고, 너설을 지나고 가시넝쿨을 헤치고 달린다. 발이 찢기고 다리를 긁히고 얼굴에 피가 흐르고 온몸에 멍이 든다. 그런 아픔이 항아리를 얻은 기쁨을 어찌 일 모라도 훼손하겠는가. 너는 전혀 개의하지 않고 정신없이 달려 돌아온다. 이윽고 마을 뒤 장승산이 저만치 바라보인다. 저 장승산만 넘으면 집이 곧 나타나려니 싶은 순간, 요란하게 발소리를 쿵, 울리며 집 마당에 당도한다.

"이제 항아리를 잘 간수하는 일만 남았구나!."

마당에 도착하자 녹색 손님은 동쪽 하늘을 바라본다. 돌아갈 시간이 임박한 때문인지 아니면 항아리 때문인지 걱정스러운 표정을 짓는다.

"항아리가 성질이 까다롭다는데 제가 그 보비위를 잘 해낼 수 있을지 걱정이네요."

"그러게 항상 조심해야지. 내가 도울 수 있는 것도 한계가 있다고 했지. 일이 잘못되면 내가 돕고 싶어도 도울 수 없는 경우가 있어. 그러니 정신 바짝 차려야 한다!"

녹색 손님은 동쪽 하늘을 자꾸만 쳐다본다. 불안한 기색이 완연하다.

"알겠어요. 당부 말씀 잊지 않을게요. 하지만 가끔 찾아와 저를 깨우쳐 주세요."

"아, 내가 깜박 잊을 뻔했다. 대나무 노래를 다 익힐 때까지 아무도 눈치 채지 않게 조심해야 한다. 깊은 산속, 인적이 없는 곳에 가서 노래를 익혀야 할 게다. 그리고 노래를 불러 담을 때는 아무리 오래 열어 놔도 괜찮지만, 노래를 그치게 하려면 반드시 뚜껑을 닫아야 한다. 뚜껑을 닫지 않으면 다 비울 때까지 노래를 계속하거든."

한꺼번에 너무 많은 당부의 말을 들어 잘 기억할 수 있을지 걱정이다. 하지만 다시 자세히 듣고 싶어 재우쳐 물으려는 순간, 녹색 손님은 바람처럼 사라지고 없다.

순간 온몸에 선뜩한 한기를 느끼며 너는 눈을 뜬다. 너는 긴 꿈속을 헤매다가 잠에서 깨어난 것이다. 순간 잊고 지내던 오래된 기억이 되살아나듯 짙은 슬픔이 되살아난다. 어제 저녁 어머니로부터 맞은 종아리의 아픔도 되살아 오른다. 매를 맞은 후면 으레 분노와 서러움과 더불어 찾아오는, 멀리 도망가고 싶은 충동이 다시 일어났다. 땅 그림자가 지기 시작할 무렵 시작된 매가 별이 돋고 서쪽 하늘에 떠 있던 칼 달이 지기까지 계속되었던 기억이 어렴풋이 떠올랐다. 혼절한 너를 밤새도록 팽개쳐 둔 것으로 미루어 어머니의 미움의 두께를 알 만하다. 눈물이 주루룩 뺨을 타고 흘러내린다. 그러던 너의 눈에 무엇인가 낯선 것이 들어온다. 순간 너는 깜짝 놀라 벌떡 일어났다.

어쩌면 이럴 수가? 아, 바로 그 '오지항아리' 아닌가!

항아리의 노래

저 나지막한 초옥이 아마 솔이 너희 집인 모양이다. 네 어미가 먼저 보인다.

신역이 고달픈 요즘, 네 어미의 밤은 완만한 곡선을 그으며 천천히 흐른다. 네 어미의 잠은 염부나무가 우거진 땅으로, 미륵보살의 영겁의 영토인 도솔천으로, 광리왕(廣利王)이 사시사철 부채질을 한다는 영덕전으로 굽이굽이 돌아 흐른다. 아무리 켜고 헤집어도 결코 속살을 보여 주지 않으며, 거망빛*을 띠고 흐르기도 하고, 달빛이 우리면 몇 생 풍화된 하얀 골편 빛을 띠고 흐르기도 한다. 분명 들고나기는 하지만 지나고 나면 그뿐, 밤은 결코 낮의 화폭에 어떤 흔적 하나 남기지 않는다. 하염없이 출렁이는 어둠 속을 부유하던 네 어미는 새벽 무렵 문득 정신의 끈을 놓치고 만다.

---

* 아주 짙게 검붉은 빛.

봄부터 가을에 이르기까지 한 번도 육신을 편안하게 쉴 겨를이
없었다. 밭을 갈아 옥수수를 심고, 누렇게 익은 보리를 베기 바쁘
게 무논에서 종일 허리를 굽힌 채 모내기를 하고, 누에를 치기 위해
뽕을 따러 산을 헤매고, 명주실을 잦으며 옥수수를 따 말리고, 그
러는 어간에 고추밭이나 목화밭의 김도 매야 하고, 이제 목화를 따
말리는 철이 이른 것이다. 낮에는 밭에 나가 김을 매거나 목화를 따
고 밤이면 씨아를 돌려 목화에서 씨를 발라내는 일에 매달려야 했
다. 정신의 끈을 놓치는 것은 네 어미의 육신에게는 구원이나 다름
없는 일이다.

잠, 꿈을 동반한 잠은 언제나 달콤하다. 모든 잠이 다 꿈을 불러
들이는 것은 아니다. 낮에 줄곧 고단하게 부렸던 관절에 휴식을 주
는 동안 몸이 누리는 편안함은 꿈이 없어도 달콤하다. 의식을 몸 밖
으로 밀어내고 몸이 필요한 것을 취하는 잠은 긴 내(川)와 다름없
다. 그러나 네 어미의 내는 그다지 길지 않다. 두둥실 염부제를 떠
나 궁륭처럼 높이 휘어진 길을 맨발로 몇 유순(由旬)*이나 헤맸을
까, 바람도 없는 허공에 보랏빛 수국 꽃잎이 하르르, 하르르 날리
는 것이 보인다. 허공에 날리던 수국 꽃잎이 하얀 눈송이로 바뀐다.
눈송이로 바뀌어 날리던 수국 꽃잎이 갑자기 형체를 지우고 공기로
변하더니 다음 순간 그것은 소리로 변한다. 소리는 다시 붉은 하늘
로 바뀐다. 아련한 몽환 속에서 네 어미는 상상으로도 가 닿지 못
할 아득히 먼 곳으로부터 어렴풋이 들려오는 수선스러운 소리에 정

---

* 소달구지가 하루에 갈 수 있는 거리.

신이 가물거린다. 닭 홰치는 소리 같기도 하고, 빠르게 세상을 열어 가는 동살의 발자국 소리 같기도 하다. 어렴풋하고 종잡을 수 없는 것이, 동살에 쫓겨 가는 어둠을 놓칠세라 종종걸음을 치는 몽달귀신의 어지러운 발소리 같기도 하다. 장승산 꼭대기에 불쑥 올라와 앉은 돋을볕의 수런거림인가. 네 어미는 무거운 눈두덩을 밀어 올리고 겨우 눈을 뜬다. 어둠을 쫓아낸 동살이 봉창에 찰랑거리고 있다.

정신을 가다듬고 살피니, 씨아를 돌리다 가락에 이마를 박고 깜박 잠이 들었던 모양이다. 아직도 오른손은 씨아손을 잡고 있고, 왼손에는 목화송이가 들려 있다. 외로 꼬인 등나무 줄기처럼 엇꼬인 씨아의 장가락 단가락 사이에는 씨를 뱉어 내다 만 목화가 물려 있다. 새벽 무렵, 등잔불이 사윈 후에도 어림짐작으로 꼭지마리를 돌리던 기억이 어렴풋이 떠오른다. 등잔에 기름을 붓고 심지를 돋아 불을 밝힌 후 씨아를 돌려야 하리라는 마음 재촉을, 일어나 몸을 움직이는 것이 귀찮아 미적거리며 어둠을 무릅쓰고 씨아를 계속 돌리다 그만 잠의 나락으로 꼴깍 떨어진 모양이라 스스로 생각한다. 오래전부터 손끝에 가락이 붙어 그런 불상사는 일어나지 않았겠지만, 어둠 속에서 씨아를 돌린다는 것은 삼가야 할 일이다. 목화송이와 함께 손가락이 가락 사이로 물려 들어갈 위험은 늘 따르는 것이다.

왼손이 멀쩡한 것에 안도를 한 네 어미는 윗목에 길게 뻗어 있는 솔이 너를 밉살스러운 눈길로 잠시 쏘아본다. 그러나 이내 쯧쯧 혀를 찬다. 너도 등잔불이 살아 있을 동안에는 씨아 앞에 붙어 앉아 졸면서도 씨아손을 쉬지 않고 돌렸다. 아마 잠이 들었다 해도 네 어미가 깜박 정신의 끈을 놓쳤던 그 어느 어림께였을 것이다. 자기 씨아 앞이나 마찬가지로 너의 씨아 앞에도 씨를 바른 하얀 솜 뭉텅이가 뭉게구름처럼 소복소복 쌓여 있는 걸 보고 네 어미는 생각을 바꾼다.

무릎 아래 깔려 있는 면화를 밀어내고 네 어미는 기직자리에 손을 짚고 몸을 일으킨다. 무릎 관절이 팍팍하다. 눈앞에 불똥이 어지럽게 민들레 씨앗처럼 뿌려진다. 어찔한 순간, 자칫 모로 쓰러지려는 몸을 가까스로 중심을 잡아 바로 세운다. 구렁이라도 감겨 있는 듯 허리가 묵직하다. 나무토막처럼 굳어 있는 다리를 끌듯이 움직여 너 쪽으로 두어 걸음 떼어 놓던 네 어미는 다시 마음을 고쳐먹는다. 해가 산 위에 불쑥 솟아오른 지가 언젠데 아직도 자빠져 자다니. 어서 아침상 차리지 못해. 한 술 뜨고 무명 따러 나가야지. 고함을 냅다 지르며 발로 걷어차 깨우려던 네 어미는 생청스러운 성질을 눌러 끈다. 저년도 피로하고 잠도 모자랄 테지. 잠시 너를 흘겨보던 네 어미는 몸을 돌려 지게문을 밀고 신방돌로 내려선다.

장승산 허리까지 동살이 내려와 있다. 손바닥만 한 마당이 이슬에 젖어 있고, 이슬을 머금은 마당 끝 채마밭의 배추와 무도 초록빛이 싱그럽다. 지난 며칠 사이 해가 좀 짧아지고 살갗을 스치는 바람이 가슬가슬하다 싶더니, 달라진 절후의 손길이 유독 감나무에 오래 머물다 갔는지 어제 아침보다 감의 주황빛이 한결 더 선명해진 것 같다. 멀지 않은 숲 속 어디인가에서 산비둘기가 구굴구굴 청승스럽게 울고 있다.

응당 아침은 밝고 신선해야 했음에도 신역이 고달픈 요즘은 그렇지가 못했다. 눈만 뜨면 낮 동안 치러 내야 할 일거리들이 마음을 무겁게 눌러 왔다. 목화밭의 무명도 어서 다 따야 하고 서리 내리기 전에 들깨도 다 거둬야 했다. 고구마도 마냥 밭에 저대로 둘 수 없었다. 그러나 무엇보다 목화가 문제였다. 들깨나 고구마는 거둬들이는 데 품이 그다지 들지 않은 데다 간섭할 이도 없지만 목화를 따서 말려 씨를 발라내고 솜을 털어 고치를 만들고 실을 뽑아 베를 짜 피륙을 만들려면 품이 많이 들고 기간이 오래 걸렸다. 기일에 맞추어 피륙을 갖다 바치지 않으면 도지를 내준 김 진사 댁 재촉이 불같을 것이 뻔했다. 팔다리가 뻣뻣하고 몸이 묵직했다. 봄부터 여름을 거쳐 가을에 접어들 때까지 언제나 갈증에 목이 타듯이 몸이 휴식을 원했다. 몸이 원하는 갈증을 흡족하게 풀어 주지 못하고 지내 온 것이 벌써 몇 해째인가.

부엌 바닥에는 아직도 어둠이 깔려 있다. 거적문을 들치자 밖에서 서성거리고 있던 빛이 부엌으로 한꺼번에 와락 뛰어 들어왔다. 바가지를 들고 작은 두멍에서 물을 떠 목을 축이고 나자 정신이 한결 개운해진다. 네 어미는 천장에 걸린 대소쿠리 가장자리를 잡고 눈앞으로 기울여 안을 들여다본다. 조와 수수로 지은 밥이 대소쿠리 바닥에 깔려 있다. 두 입 몫은 됨 직하다. 밥 짓는 수고는 덜었다는 생각에 마음이 약간 놓어진 네 어미는 흙벽에 걸린 시렁 위의 접시와 종지를 열어 본다. 접시에는 무채 김치가 조금 남아 있고 종지에는 간장이 밑자리에 깔려 있다. 눈을 두리번거리며 찾았으나 구미를 당길 만한 다른 반찬은 더 보이지 않는다.

이즈음처럼 반찬거리가 흔할 때도 없었다. 채마밭에는 남새가 지천이고 아욱이나 머위 철은 아니지만, 돌미나리나 씀바귀는 개울가나 들판에 나가면 손쉽게 캘 수 있는 철이다. 콩잎도 쪄서 양념간장에 절여 놓으면 밥술께나 뜰 수 있고, 감자나 무를 쫑쫑 썰어 간장에 볶거나 국을 끓여도 고소하고 시원하였다. 방 쪽을 흘낏 쏘아보며 네 어미는 혀를 찬다. 저년이 조금만 바지런했더라면 부엌이 이렇게 썰렁하지는 않았을 것이다.

그러나 밤낮 없이 목화 따고 씨아 돌리느라 정신없이 지낸 지난 며칠을 돌이켜 보며, 성질을 다독였다. 마침 두멍 옆 대소쿠리에 담겨 있는 무청 말린 것이 눈에 띄었다. 된장을 풀고 저것을 넣어 푹 삶으면 구수한 맛이 우러나리라. 입맛을 쩝 다신 네 어미는 오지그릇과 숟가락을 찾아들고 된장 항아리를 찾아 두리번거린다. 부엌에는 작은 감항아리도 하나 보이지 않는다. 장독대라고 따로 있는 것도 아니어서 간장과 된장은 작은 단지에 담아 부뚜막에 간수해 왔는데 다 어디로 치운 것일까. 그러고 보니 솔이 너에게 살림을 다 맡기고 난 후 처음 부엌에 들어왔다는 사실을 네 어미는 비로소 깨닫는다. 지지난해 여름, 열넷이면 살림을 알아야 할 나이가 되고도 남았으리라는 생각에 부엌과 뒤주서껀 살림살이 일습을 다 솔이 너에게 맡겼던 일이 뒤늦게 떠오른 것이다.

뒷문으로 나가자 뒤란 감나무 아래에 크고 작은 항아리들이 옹기종기 앉아 있는 것이 보인다. 네가 졸라 항아리를 몇 개 사 주기는 했지만, 저렇듯 장독대 모양을 갖출 만큼 여럿을 사 준 것 같지는 않은데, 독이 두 개에 소래기 덮은 중두리 두 개, 아담한 오지항아리

두 개, 감항아리 하나, 그렇게 조촐하나마 장독대 구색을 갖추고 있
는 것이 대견하다. 네 어미의 입귀에 웃음이 배시시 피어오른다.

필경 저년이 시집가면 살림 하나는 손때 맵게 잘살겠군!

장독대로 다가간 네 어미는 맨 앞에 있는 중두리를 연다. 간장에
풋고추를 절여 둔 항아리였다. 옆의 항아리를 열었다. 간장이 담겨
있었다. 그 옆의 오지항아리를 연 네 어미는 응당 된장 항아리려니
짐작하고 숟가락을 넣고 휘둘렀다. 그런데 아무것도 걸리지 않았다.
빈 숟가락을 들어 올리고 안을 들여다보려던 순간 네 어미는 소스
라치게 놀라 부리나케 뒷걸음질 친다.

가냘프게 미소 짓는 옥련화(玉蓮花)

청정한 마하지(摩訶池)에 피어 있다

오히려 봄의 뜻을 알리기에

한 송이 꺾어 그대에게 바치노라

항아리에서 노래가 나오다니, 어찌된 조화인가. 어안이 벙벙한
채 옥련화며, 마하지 운운하는 내용을 흘려듣는다. 아마 솔이 네가
대나무로부터 받아 온 노래 중의 한 곡인 모양이다. 마하지에 피어
있는 성스러운 연꽃은 신앙적 숭배의 대상이지만 꺾어 연인에게 바
칠 때는 춘정 넘치는 요염한 전언이 되는 것이다. 임을 향한 정이 짙
게 묻어 있는 시에 가락을 입힌 고운 노래가 그 항아리에서 흘러나
온 것이다.

눈앞에서 재롱을 부리던 강아지가 문득 예쁜 아이로 변해 말을

걸어온다면 기분이 어떨까. 뜰의 감나무에 앉아 있던 까치가 갑자기 두루마기에 갓을 쓴 선비로 변해 앞으로 걸어오는 것을 본다면 그 기분이 또한 어떨까. 울타리 옆에 서 있던 오동나무가 땅에 박혀 있던 발을 빼내 밖으로 뚜벅뚜벅 걸어 나가는 모습을 본다면 또 얼마나 놀랄까. 너의 어미는 너무 놀란 나머지 정신없이 항아리의 뚜껑을 놓아 버린다. 공교롭게도 항아리 뚜껑이 닫히자 노래가 뚝 그쳤다.

미처 잠이 덜 깬 것인가 싶어 고개를 젓고 손등으로 눈을 비볐다. 이미 돋을볕이 건너편 장승산 중턱까지 내려와 있었다. 이웃집 감나무에 앉아 있던 까치가 너의 어미 안성댁의 눈치를 알아차렸는지 까츠츠 까츠츠 한 소식 알렸다. 정신을 가다듬은 다음 다시 항아리의 뚜껑을 연다. 기다려도 노래가 나오지 않는다. 노래가 나오기는커녕 아무 기척도 없다. 그러면 그렇지, 안을 들여다보니 먼지 하나 없는 빈 항아리이다. 그래, 내가 잘못 들은 것이었어. 나이가 들면 헛것이 보인다더니, 헛것을 듣기도 하는 것인가. 그렇듯 망령이 들어 잘못 들은 것이겠거니 생각하며 뚜껑을 닫으려다 문득 손을 멈추었다. 아무래도 조금 전 그 노랫소리가 아직도 귓전을 감돌고 있는 느낌이 생생했다. 노랫말도 어렴풋이 기억에 남아 있었다. 헛것을 들었다고 흘려버리기에는 아무래도 아쉬움이 남았다. 아까처럼 항아리에 숟가락을 넣고 된장 퍼 올리는 시늉을 해 보았다.

영원히 헤어지지 않을 인연이니 무슨 근심이랴

인간 세상 기약 없는 봉별에 어찌 견줄까

하늘의 견우직녀 아침저녁 만나건만

사람들이 제멋대로 지어 한 해에 한 번만이라네

이번에도 손끝에 노래가 딸려 나왔다. 견우직녀는 한 해에 한 번
씩 만나도 헤어지지 않을 인연이니 무슨 근심인가. 게다가 견우직
녀가 긴 이별 끝에 한 해에 한 번씩 만난다는 것도 사람이 지어서
그렇게 된 것이지 짐짓 그들은 아침저녁으로 만난다는 것 아닌가.
만남이란 길고 영원할수록 좋은 것이고, 이별이란 없거나 짧을수록
좋은 것 아니던가. 인간 세상의 이별은 다시 만날 기약도 막연한데,
이런 부침이 심한 인간 세상의 기약을 하늘의 견우직녀와 견주어
부른 애절한 내용의 노래였다. 아무리 놀라운 것이라도 다시 보면
놀라움의 정도가 처음보다는 덜하게 마련이다. 그러나 놀라움이 줄
어들기는커녕 더 키워진다. 도무지 믿어지지가 않아 자기 살을 꼬집
어 본다. 꼬집힌 살에 아픔이 생생이 피어난다. 아무렴 어찌 항아리
에서 노래가 나올 수 있다는 것인가. 안성댁은 놀라움을 감당할 수
가 없어 얼른 항아리 뚜껑을 닫았다.

노래 사세요, 노래

안성댁은 며칠 동안 일이 손에 잘 잡히지 않았다. 건성으로 씨아를 돌리고, 시늉으로 시위를 당겨 솜을 타던 안성댁은 마침내 고을 장날 이른 새벽 집을 나섰다. 아침 동틀 무렵에 집을 나서서 허위허위 길을 서둘렀으나 40리가 넘는 거리가 좀처럼 줄어들지 않았다. 멜빵을 하여 등에다 진 항아리 궤가 무겁지는 않았으나 등짐이 서투른 탓인지 걸음이 재바르지 못했다. 시내를 건너고 재를 두어 개 넘어 고을에 당도했다.

닷새에 한 번씩 열리는 고을의 장은 길청거리에 선다. 30년도 더 전에 새로 성을 쌓고 동헌과 함께 길청도 성안으로 들어가고 없었으나 옛 길청이 있던 자리에서 고을 남쪽으로 길게 난 길을 두고 길청거리라 일렀다. 그곳에 장이 섰으므로 장터거리라고 부르는 사람도 있었다.

10리, 20리 가까운 마을에서 먼저 당도한 장꾼들이 장터 중심인

길청거리에서 주막집까지 잇대어 늘어서 있는 여염집 담벼락 어름을 다 차지하고 있다. 30리, 40리 떨어진 먼 마을에서 한나절 걸음품을 팔며 씩씩하게 달려온 원지 사람들에게는 길청거리 끝의 은행나무 그늘밖에 차지가 오지 않는다. 30리, 40리 밖에서 온 장꾼들이 은행나무 그늘에 옹기종기 전을 펴고 앉아 이마의 땀을 들이는 이만 무렵이면 바야흐로 장이 무르익게 마련이다.

몇 수 나오지 않은 쇠전은 벌써 파장 물이 되었고, 길청 옆에 펼쳐진 싸전과 피륙전은 이제 막 물이 오르는 참이다. 호박, 마, 도라지, 더덕서껀 찬거리들을 무릎 앞에 펼쳐 놓고 여염집 담벼락에 의지해 옹기종기 앉아 있는 아낙네들 주위에도 장꾼들이 점점 많이 모여든다. 바늘, 골무, 색실, 빗, 분, 노리개 등 방물을 담은 소쿠리를 가슴에 안고 장터를 돌아다니는 방물장수 발걸음도 한결 바쁘다. 어물전에서 몇 걸음 떨어진 외진 곳에 서서 가물치와 메기와 잉어를 팔고 있는 더벅머리 총각은 아까부터 싱글벙글 얼굴에서 웃음이 떠나지 않는다. 가지고 나온 어물을 거의 다 팔고 이제 다래끼에는 잉어 두어 마리밖에 남아 있지 않았다. 신명 난 가위질에 구성진 노랫가락을 뽑아 올리며 엿판을 두드리고 있는 엿장수 주위에도 장꾼들 발길이 연이어진다. 은행나무 발치에 형성된 숯과 장작, 땔나무 등을 파는 시탄전도 꽤나 붐비는 편이다.

장터를 한 바퀴 돌고 난 안성댁은 풀이 죽는다. 장터 어디에도 판을 벌인 사당패나 광대 패 따위 놀이패가 보이지 않았다. 이 장에는 놀이나 구경을 좋아하는 장꾼이 없는 탓인가. 이 사내 저 아낙, 아무리 살펴봐도 항아리의 노래에 관심을 보일 것 같지 않았다.

어디에도 여유 있는 화상은 하나 보이지 않았다. 먹을 것과 입을 것 등 생필품 외에는 관심을 둘 것 같지 않은, 살림살이에 찌든 삭막한 낯짝들뿐이었다. 애꿎은 항아리 궤를 추슬러 올리며 장터를 돌아봤으나 처녀나 총각도 별로 눈에 띄지 않았다. 노래라면 아무래도 사소한 자극에도 눈물을 흘리고, 그리움이 많아 시도 때도 없이 정처 모를 곳으로 달아나고 싶은 충동에 곧잘 사로잡히는 처녀나 총각들에게 더 소용이 닿을 것이었다. 만만한 처녀나 총각이 눈에 띄면 노래를 사겠느냐고 수작을 붙여 볼 요량이었으나 처녀 총각은 별로 보이지 않고 음률이나 풍류와는 담을 쌓고 살 것처럼 보이는 삭막한 아낙네나 사내들뿐이었다.

그러나 어쩌랴. 네 어미 안성댁은 다리도 뻐근하고 나무 궤를 진 등도 거북했다. 어디 자리 잡을 만한 마땅한 데가 없나 주위를 두리번거린다. 길청거리 끝 은행나무 아래와 국밥집 옆 공터를 눈으로 대중해 본다. 은행나무 아래는 사람들의 발길이 뜸해 한가했고, 국밥집 옆 공터는 사람 왕래가 빈번하다. 자리를 펴기가 겸연쩍고 주저되는 점을 감안하면 은행나무 아래에 마음이 끌렸고, 욕심을 부리자면 사람이 많이 꾀는 국밥집 옆 공터가 더 맞춤해 보인다. 구경거리를 펼쳐 놓으려면 뭐니 뭐니 해도 사람 나고 듦이 빈번한 곳이라야 재미를 보지 않겠는가. 시끌벅적 장터다운 분위기가 물씬 풍기는 곳을 꼽으라면 아무래도 주막집 건너편 난데다 포장을 친 국밥집이 으뜸으로 보였다. 가지고 나온 물건을 처분하고 가용에 필요한 물건을 수중에 챙겨 넣은 다음 국밥 한 그릇에 막걸리 몇 사발 들이켠 장꾼들은 대개 여유로운 얼굴들이다. 서로 다투듯 자기

마을에서 일어난 일이나 화젯거리들을 목청을 높여 떠벌리는 소리
가 가끔 들려온다. 망설이던 안성댁은 국밥집 옆 공터에 항아리 궤
를 부려 놓는다. 노래 파는 노릇이, 자신 있게 전을 펴기가 겸연쩍
고 주저되는 일이기는 했지만, 이왕 나섰으니 사람이 많이 꾀는 곳
에서 한판 벌여 보자는 오기가 은근히 고개를 쳐들고 충동질했던
것이다.

항아리를 꺼내 무릎 앞에 놓은 다음 나무 궤를 눕히고 그 위에
걸터앉는다. 장터를 한 바퀴 새삼스럽게 다시 둘러본다. 아무래도
노래를 즐길 만한 화상이 좀처럼 눈에 들어오지 않는다. 이러다 항
아리 뚜껑 한 번 열어 보지 못하고 빈손으로 돌아가게 되지나 않을
까, 조바심이 일어난다.

"노래 한 곡 듣고 가세요."

마침 이를 쑤시며 국밥집을 나오는 중년 사내를 지켜보고 있던
안성댁은 사내의 등을 향해 수작을 걸어 본다. 얼굴이 불콰한 것으
로 보아 막걸리 사발께나 들이켠 모양이다. 얼굴에 흡족한 기운이
맴돌고 있는 것으로 보아 마음도 적당히 풀어져 배포가 유할 것 같
았다. 배가 부르고 마음에 여유가 생기면 흥은 자연히 따라 일어나
게 마련이다. 사내의 옆구리에 낀 자루가 묵직해 보인다. 그러나 차
마 정면에 대놓고는 수작을 붙일 용기가 나지 않아 망설이던 안성
댁은 사내가 앞을 지나쳐 등을 보인 순간 없던 용기를 짜내 다급하
게 수작을 붙여 본 것이다.

"노래 한 곡 듣고 가세요."

음성을 좀 더 높여 다시 수작을 붙이자 몇 걸음 저쪽으로 멀어

지던 사내가 힐끗 뒤돌아본다. 자기 귀를 의심하는 눈치이다. 안성댁은 어색한 미소를 띠고 재빨리 항아리의 뚜껑을 열고 노래를 퍼올린다. 항아리에서 노래가 날아올라 공중으로 퍼져 나간다. 노랫소리가 마침내 사내의 귀에 닿은 듯 의아한 눈으로 이윽히 안성댁을 건너다본다. 네 어미 안성댁은 미소만 띠고 있을 뿐 입은 다물려 있다. 노랫소리가 들려오는 곳을 찾으려는 듯 주위를 두리번거리던 사내의 눈이 다시 네 어미 쪽으로 돌아온다.

"항아리가 부르는 노래예요."

그 기회를 놓칠세라 네 어미 안성댁이 손으로 얼른 항아리를 가리키며 외쳐 말한다. 사정을 알아내는 분별력이나 말귀를 알아듣는 이해력도 다 경험이 바탕이 되어 있을 때 생기는 법이다. 경험이 오래 쌓이면 상식이 되고, 그 상식이 세상을 이해하는 기틀로 자리잡게 마련인 것이다. 항아리의 노래라니, 그것은 상식을 벗어나도 한참 벗어난 괴이쩍은 일이 아닐 수 없었다. 사내가 쉬이 말귀를 못 알아들은 것은 지극히 당연한 일이었다. 그러나 호기심이 발동한 듯 마침내 사내는 스적스적 다가왔다. 안성댁 앞에서 걸음을 멈춘 사내는 안성댁과 항아리를 번갈아 쳐다본다. 노랫소리가 여기 어디서 나는 것이 틀림없는데 네 어미는 입을 다물고 있고, 노랫소리는 계속 들려오는 것이 마냥 이상한 것이다. 사내가 고개를 갸웃거리는 걸 본 네 어미는 일부러 항아리의 뚜껑을 닫는다. 노래가 뚝 그쳤다. 사내의 눈이 휘둥그레진다. 눈에 집어넣기라도 할 기세로 항아리를 쳐다보는 눈빛이 집요하다. 네 어미는 뜸을 들인다. 사내의 궁금증을 좀 더 북돋은 다음, 다시 항아리 뚜껑을 열고 노래를 퍼 올린다.

밤길 밝혀 주는 저 달빛 옛날과 다름없고
바람 흔드는 저 종소리 옛날과 변함없네
남쪽 동산 오르니 내 수심 더 깊어지고
봄에 심은 임의 모습 가을인데도 종적 없네

노래가 한 곡 끝나자 사내는 얼른 허리를 꺾어 항아리 속을 들여다본다. 무엇인가 안에 쪼그리고 앉아 노래를 부르고 있는 것이려니 여긴 모양이다. 항아리 속이 텅 비어 있는 것을 본 사내는 어리둥절한 표정이다. 무엇에 홀리기라도 한 듯 놀란 얼굴로 네 어미를 쳐다본다. 네 어미는 아무 소리 없이 항아리 뚜껑을 닫는다. 사내는 정신을 가다듬으려는 듯 머리를 몇 번 좌우로 흔든다.

"더 듣고 싶으면, 노래 값을 내세요."

사내의 반응을 지켜본 안성댁은 자신감을 갖고 노래 값을 요구한다.

"노래 값을?"

"예, 한 곡에 두 돈은 받아야 돼요."

노래 값으로 두 돈을 내야 한다니, 잠시 어이없고 난감하다는 표정을 짓고 망설이던 사내는 결국 호기심에 진 모양이다. 겨드랑이에 끼고 있던 자루를 내려놓았다.

"기장밖에 없는데, 기장으로 하면 안 되겠소?"

"다음에는 꼭 돈이나 쌀을 가져오세요."

안성댁은 나무 궤에서 미리 준비해 온 보자기를 꺼내 펼치고 거기에다 사내가 쏟아 놓는 기장을 받는다. 사내의 손이 커 두 손바닥을 펴 두 번 퍼 옮기자 한 됫박의 양은 실히 됨 직하였다.

저 강물은 천 년을 흘러도 그대로이고
저 산은 만 년을 두고 일없이 푸르르다
구름 사이 달도 크고 작아질 뿐 변함없는데
임의 마음은 왜 어제 다르고 오늘 다른가

이번에도 사내는 어허! 그것 참, 하며 믿어지지 않는다는 표정이다. 사내는 노래가 흘러나오는 항아리에서 눈을 잠시도 떼지 못한다. 소리에 형체가 있을 리 없지만 꼭 그것을 확인하고 말리라 결심한 것처럼 눈초리가 집요하다. 마침내 사내의 표정이 노랫가락처럼 황홀하게 피어오른다. 곧 노래에 취해 아련한 표정이 된다. 그러나 무릎을 치며 추임새 한번 제대로 한 것 같지 않은데 노래가 벌써 끝나고 만다. 한 곡이 끝나자 안성댁은 항아리 뚜껑을 닫는다. 사내는 그 냉정한 손길을 원망스럽게 지켜본다. 항아리가 노래를 부르는 것도 신기하려니와 그 노래가 어찌나 곱고 아름답던지 넋을 잃을 지경이 된 것이다. 사내는 그 자리를 뜰 수가 없다. 군침을 삼키며 항아리를 계속 쳐다본다.

망설이던 사내는 결국 자루를 열고 다시 기장 한 되가량을 안성댁에게 퍼 건네며 노래를 청한다. 그때, 조금 전 국밥집을 나온 또 다른 사내 하나가 그들에게로 다가온다. 국밥집 포장을 들치고 나오던 순간 노래의 마지막 소절이 얼핏 그 사내의 귓전을 울렸던 것이다. 짧게 귀를 스친 그 노래는 사람이 부른 것 같지 않게 아름다웠다. 휘파람새가 사람 목소리를 흉내 내 노래 부른다면 바로 저런 노래가 될 것인가. 소리의 진원지를 탐색하던 사내는 기장을 퍼 주고 있는 사내와 그것을 받는 여인의 묘한 모습을 지켜보며 옆으로 다가와 서서 기웃거린다.

"자리를 좀 비켜 주지 않겠소?"

기장을 받아 넣고 난 안성댁이 항아리를 열지 않고 옆에 선 사내에게 눈길을 주며 멈칫거리고 있는 것을 알아차린 먼저의 사내가 뒤에 온 사내에게 미간을 찌푸리며 퉁명스럽게 말한다.

"왜 그러시오?"

뒤에 온 사내도 지지 않고 눈에 힘을 주며 맞받는다.

"내가 노래를 샀소."

"노래를 사다니, 무슨 노래를 샀단 말이오?"

"암튼 그런 일이 있어요. 그러니 자리를 좀 비켜 줘야 되겠소."

"못 하겠소. 땅 임자가 자릿세를 내라면 모르겠거니와 이 장터 어디를 간들 오라는 데는 있어도 쫓아내는 데는 못 봤구려."

"어허, 이 양반이 말귀를 못 알아듣는구려. 내가 기장 한 되를 주고 이 아주머니로부터 노래를 샀다 하지 않소. 저 보구려. 임자가 비켜 주지 않으면 항아리 뚜껑을 열지 않겠다는 눈치 아니오."

"무슨 말인지, 알아듣게 말해 보구려. 노래를 샀는데, 항아리 뚜껑을 열지 않겠다는 눈치라니, 그것이 무슨 말이오?"

"항아리 뚜껑을 열어야 노래가 나오지요."

"아주머니가 노래를 부르는 것이 아니고요?"

"아주머니 노래 듣자고 기장 한 되를 퍼 준단 말이오? 어서 좀 비켜요."

"이 항아리가 노래를 부른단 말이오?"

"그렇다니까요. 어서 비켜요."

"아, 그래요? 그렇다면 같이 들읍시다. 나도 베 한 자투리 내리다."

뒤에 온 사내는 등에 지고 있던 등짐을 벗더니 그것을 헤치고 반 감 정도의 베 자투리를 꺼냈다. 사내가 베 자투리를 안성댁에게 건 네자 먼저의 사내도 입을 다물었다. 베 자투리를 받아 나무 궤에 넣고 나서 안성댁은 비로소 항아리를 열었다.

달은 사창에 내려와 노래하는데
행여나 깨어 보니 금침 반이 비었구나
서풍에 뜨락 가득 오동잎 구르고
이 내 가슴속 임 생각 더욱 소슬하구나

항아리에서 노래가 나오자 베 자투리를 낸 사내는 기함을 할 듯 놀란다. 노래란 사람이 부르는 것일진대, 사람 아닌 노래 부르는 존 재란 새들밖에 더 있는가. 나뭇가지를 흔드는 바람 소리를 두고 노 래로 듣는 이도 없지 않다지만 항아리가 어찌 사람의 말로 노래를 부른단 말인가. 눈으로 직접 보고 귀로 들으면서도 믿어지지가 않 았던 것이다. 황급히 항아리의 안과 겉을 번갈아 살핀다. 안은 텅 비어 있고, 겉은 적갈색 윤택이 흐르는 평범한 오지항아리에 지나지 않는데 어찌 이런 이적을 행한단 말인가.

노래가 끝나자 안성댁은 얼른 항아리를 닫는다. 기장을 낸 사내는 노래에 취해 아직 눈을 감은 채이고, 베 자투리를 낸 사내는 놀란 마음을 미처 수습하기도 전에 노래가 끝나고, 항아리가 닫힌 것이 아쉽다는 표정이다.

기장을 낸 사내는 이윽고 감았던 눈을 뜬다. 자리를 뜨기에는 아쉬웠던지 군침을 한 번 삼키고 난 사내는 다시 기장 자루를 연다. 안성댁은 기장을 받아 넣고, 베 자투리를 낸 사내를 쳐다보았다. 등짐을 연 사내는 묵묵히 반 감가량의 베 자투리를 또 내놓았다. 안성댁은 항아리를 열었다. 기장을 낸 사내는 노래가 나오자 마치 공명통이나 되는 것처럼 노래 가락에 맞춰 몸을 흔들거나 추임새를 하였다. 베 자투리를 낸 사내도 중간 소절쯤 지나자 노래에 그만 넋을 잃다시피 되고 말았다. 두 사람 다 눈을 지그시 감고 노래에 취하였다. 노래가 미처 다 끝나기 전에 새로운 청중이 셋이나 더 불어났다.

노래판은 크게 성황을 이루지는 못했다. 왔던 손님도 열에 일곱은 그냥 발길을 돌렸다. 노래 값을 높이 쳐 받았기 때문인 듯하였다. 성황은 이루지 못했으나 소득은 짭짤했다. 베 자투리를 노래 값으로 낸 사내는 등짐이 줄어들자 불안한 기색을 보이더니 다섯 곡만을 듣고 자리에서 일어났다. 기장을 노래 값으로 낸 사내는 결국 기장 자루를 다 비우고 나서야 자리를 떴다.

안성댁도 기장 자루를 비운 사내가 자리를 뜨자 자리를 거뒀다. 빈 자루를 달랑 들고 일어서는 사내에게 못 할 짓을 한 것 같아 그

대로 앉아 있기가 찜찜했다. 게다가 오늘은 이만하면 됐다는 생각
도 없지 않았다. 기장 한 말가량에 베 자투리도 옷 두어 벌은 지어
입고도 남을 만큼 상당한 양이었다. 소금이며 밤, 북어, 짚신 따위
도 받아 챙겨 짐이 옹골찼다. 나무 궤를 지고 집을 나설 때는 물론
국밥집 앞에 자리를 잡고 구경꾼을 불러들일 때만 해도 걱정이 앞
섰다. 자신의 탐심도 없지 않았으나 여주댁의 부추김에 부개비잡히
듯 장터로 나온 안성댁은 과연 구경꾼이 모여들 것인가, 그리고 노
래 값을 치르고 노래를 듣겠다는 사람이 과연 나설 것인가, 줄곧
불안했다. 그런 공연한 불안감에 가슴 두근거렸던 일을 상기하며
바로 눈앞에 쌓여 있는 기장과 베 자투리와 짚신 등을 새삼스레 감
회 어린 눈으로 쳐다보았다. 불안감과 걱정이 씻은 듯 사라져 버렸
음은 물론, 여주댁이 고맙기도 하였다. 이제는 항아리가 벌이를 톡
톡히 해내리라는 확신에 입이 절로 벌어졌다. 따라서 팔자가 펴리
라는 기대로 안성댁은 가슴이 뿌듯하였다.

항아리를 나무 궤에 넣고 하늘을 쳐다보았다. 해가 서쪽으로 썩
기울어져 있었다. 잘하면 솔미재까지는 저 해를 동무 삼을 수 있겠
구나, 싶었다. 솔미재까지만 해를 동무 삼을 수 있다면 그 다음 길
은 달이 뜨지 않아도 큰 걱정은 없을 터였다. 그리고 보니 장터는
이미 한산해져 있었다.

동헌으로 모셔라

다음 파수에 안성댁은 다시 대현 고을 장으로 나갔다.

그동안 남사, 서탄, 청북 등의 장에 나가 거듭 노래를 판 그녀는 이제 그 일에 웬만큼 익숙해져 있었다. 동트기 전 일찍 집을 나선 안성댁은 아침나절 대현 고을 장터에 당도했다. 지난 파수에 자리 잡았던 은행나무 아래쪽 주막거리를 향해 발을 옮기던 안성댁은 어리전 앞에서 우뚝 걸음을 멈추었다. 마침 한 장정이 벽력같이 고함을 지르며 어리를 뒤집어엎고 행패를 부렸던 것이다.

어리에 갇혀 있던 닭이며 토끼들이 하르르 사방으로 흩어져 도망쳤다. 구경꾼이 모여들고, 당황한 어리전 아낙네는 도망가는 닭과 토끼를 잡으려고 이리 뛰고 저리 뛰었다. 도망간 닭 한 마리가 시게전 노파가 미처 막을 겨를도 없이 수수 둥구미를 엎어 버리고 뒤쪽 공터로 내닫는다. 수수 알이 사방으로 흩어지자 시게전 노파는 칼 맞은 사람처럼 비명을 지른다. 외진 곳에 떨어져 있는 반물집 뒤로 토끼 두어 마리가 줄행랑을 놓고 있다. 구경꾼들의 얼굴에는 웃음이 배시시 물려 있었으나 안성댁은 안쓰러웠다. 어리전 아낙네는 도망친 닭이며 토끼를 다 잡아들일 수 있을 것 같지 않았고, 시게전 노파는 엎질러진 수수를 누구더러 물어 달라고 할 것인가.

행패를 부린 주정뱅이는 언제 그랬느냐는 듯 시탄전 쪽으로 비틀거리며 가고 있다. 그때 동무로 보이는 건장한 장정이 나타나 주정뱅이를 끌어안았다. 주정뱅이는 동무의 옥죔을 풀어내려고 몸부림을 치며 성난 소처럼 크게 울부짖었다.

"놔, 이것 놓지 못해. 오늘 내가 이 장바닥을 가만 놔두나 봐. 확 쓸어버리고 말겠어."

"동무들이 그 중도위* 놈을 잡아다 족치기로 했으니, 그만해. 그놈도 쇠전 떠나면 물 떠난 고기야."

"동무들 겁낼 놈이 쇠전 어음 떼어먹을 엄두 냈을까. 다들 헛소리 집어치워."

둘은 큰 소리로 시비를 주거니 받거니 하며 마전터 뒤로 사라져 간다. 주정뱅이가 사라질 무렵, 시게전 노파는 흩뿌려진 수수를 쓸어 모아 둥구미에 담느라 바빴고, 어리전 아낙네는 닭이며 토끼를 잡아다 어리에 가두느라 정신없다. 어리전 아낙네가 마침내 놓친 닭이며 토끼를 단념하고 분을 삭이지 못한 얼굴로 툴툴거리며 자리를 잡고 앉자 장터의 소란은 가까스로 가라앉았다. 그 주정뱅이가 쇠전에서 중도위에게 어음 사기를 당하고 엉뚱한 데서 분풀이를 한

---

* 장판을 돌아다니며 흥정을 붙이고 돈을 받는 거간꾼.

것임을 안 구경꾼들은 혀를 찼다. 어느 장터에서나 심심찮게 일어
나는 일이었다.

안성댁은 국밥집 앞의 난데로 가서 나무 궤를 부렸다. 궤를 열고
항아리를 꺼내자 벌써 서너 명이 가까이 다가와 섰다. 그중에는 지
난 파수에 기장 자루를 다 털어 바친 사내도 끼어 있다. 사내와 눈
이 마주친 순간 안성댁은 간이 덜컹 내려앉았다. 노래 값으로 치른
기장을 도로 토해 놓으라고 억지를 쓰러 오지 않았는지 걱정이 되
었던 까닭이다. 오늘은 술도 한잔 걸치지 않았는지 말짱한 맨 얼굴
이 꺼칠하였다. 장을 보기 위해 나온 것이 아닌 듯 옆구리에 낀 것
도 없고 손도 양쪽이 다 비어 있었다. 미간을 찌푸리거나 나쁜 감정
이 실리지도 않은 순한 눈빛이었으나 단출한 행색이 아무래도 심상
치 않아 보였다. 어떻게 나올지 긴장한 채 쳐다보았으나 그는 아무
시비도 걸어오지 않았다.

“그 항아리에서 선녀의 노래가 나온다는 게 사실이오?”

한 사내가 앞으로 나서 항아리를 가리키며 묻는다. 풀 먹인 서슬
이 말짱히 살아 있는 베저고리 바지의 입성이 끼끗하고 맨 상투머
리에 웃음 머금은 얼굴이 유순해 보인다. 어깨에 걸고 있는 망태기
의 배가 불룩하였다.

“선녀의 노래를 들어 보지 못해 모르기는 하지만, 아마 한번 들
을 만은 할 것이외다.”

장바닥에 소문이 파다하게 퍼져 있는 모양이라 짐작하며 안성댁
은 적당히 눙친다. 이미 소문을 듣고 온 사내에게 무슨 군말을 더
보태겠는가. 안성댁은 웃음으로 여유 있게 응대한 것이다. 오래전이

지만 한때나마 노래를 입에 달고 살았던 안성댁이었다. 그런 안성댁
의 귀에도 항아리의 노래는 반할 만큼 곱고 매력적이었다.

"이거면 한 곡 들을 수 있겠소?"

사내는 망태기에서 자반 한 손을 꺼내 내밀었다. 소금이 하얗게
핀 잘 말린 자반이었다. 안성댁은 자반을 일별한 후 고개를 끄덕였
으나 항아리를 열지 않고 사내의 뒤를 쳐다보았다. 자반 한 손으로
항아리를 열 수는 없는 일 아닌가. 사내 뒤에 여남은 명이 넘게 둘
러서 있었다. 그들에게 공짜로 노래를 듣게 할 수는 없었다. 안성댁
의 눈치를 알아차린 사내가 뒤에 서 있는 사람에게 노래 값을 보태
라고 옆구리를 찌르듯 한마디 툭 던진다. 호기심이 없지 않았던지
그 사내도 싫은 기색 없이 엽전 두 돈을 내놓는다. 그 옆에 서 있던
사내는 저고리 한 감은 됨 직한 두툼한 부피의 삼베를 내놓았다. 지
난 파수에 기장 자루를 다 털린 사내는 한 걸음 뒤로 물러나며 항
아리를 뚫어지게 쳐다보고 있다. 그의 수굿한 태도로 미루어 기장
을 돌려받으러 온 것이 아니라 노래를 듣기 위해 다시 왔음을 안성
댁은 알아차리며 안도한다. 노래 값이 더 나오기를 기다리려던 안
성댁은 그 사내의 얼굴을 본 순간 생각이 달라졌다. 다른 사람이
노래 값을 더 내놓기를 기다리는 것은 곧 빈손으로 온 그 사내에게
못 할 짓을 하는 것 같았다. 슬그머니 고개를 숙이고 항아리를 열
었다.

계절은 신의 있어 가도 돌아오는데
사람 일은 슬프게도 만나면 헤어지네

구름 밖에서 들려오는 기러기 소리
솔 그늘 엷어지며 해가 저물어 더욱 서럽네!

자반 한 손을 내놓은 사내는 마치 선녀의 노래를 들어 본 적이 있는 사람처럼, 선녀의 노래보다 더 아름답다고 감탄을 연발한다. 지난 파수에 기장을 다 털린 사내는 어느새 항아리 앞으로 바짝 다가와 아예 쪼그리고 앉더니 눈을 지그시 감는다. 나막신 한 켤레를 낸 사내는 놀란 얼굴로 연방 고개를 갸웃거리며 항아리를 들여다보고 또 들여다본다.

어느새 청중이 스무남은 명은 더 넘게 늘어나 있었다. 안성댁을 빙 에워싸고 사람 울타리를 이루었다. 청중들은 한 발이라도 항아리 쪽으로 더 가까이 다가오려고 서로 밀고 밀리며 소리 없이 다투고 있다. 하나같이 항아리 쪽으로 고개를 들이밀며 눈을 반짝인다. 세 곡을 들려준 후 안성댁은 항아리 뚜껑을 닫는다. 청중들은 한참이 지나서야 제정신을 차리는 기색이다. 그러나 대부분은 아직도 꿈에서 깨어나지 못한 듯 몽롱한 표정을 짓고 있다.

잠시 침묵이 흘렀다. 짧은 침묵은 안성댁 앞에 던져진 갖신 한 켤레로 인해 금방 깨졌다. 갖으로 짓고 붉은 비단으로 운두를 두른 값비싼 신발이었다. 젊어 신어 보았을 뿐 미네골로 들어온 이후에는 구경도 하지 못했던 귀한 물건이었다. 안성댁이 갖신을 던진 사람을 찾아 눈을 들자, 한 중년 사내가 흐흠, 헛기침을 하며 표를 냈다. 두루마기 차림에 갓을 쓴 점잖은 행색의 양반이었다. 갖신을 시작으로 엽전이 쌓였고 목기, 채반, 바구니 같은 물건이 날아들었다.

바구니에 좁쌀 두어 됫박을 쏟아 놓는 사람, 귀한 쌀을 되로 퍼 놓는 사람, 팥을 자루에서 바구니로 쏟아 놓는 사람, 서로 경쟁이라도 하듯 물건을 내놓았다. 안성댁 앞에는 사람들이 노래 값으로 내놓은 물건들이 수북이 쌓였다.

노래가 두 곡이 채 끝나지 않았을 무렵이었다. 주막집 쪽에서 수선스러운 기운이 일어나더니 그 수선스러운 기운이 여름 하늘에 매지구름 흘러오듯 이쪽으로 흘러왔다. 이쪽으로 흘러온 그 수선스러운 기운이 안성댁을 둘러싸고 있던 사람 울타리 한 곳을 헐어 놓았다. 그 헐린 사람 울타리 사이로 흰색 도포에 갓을 쓰고 접은 홍선(紅扇)을 든 이방이 기세등등한 모습으로 얼굴을 들이민다. 그 뒤에는 검은 벙거지에 무릎치기를 입고 육모방망이를 쥔 나졸 두 명이 배종하고 있다. 나졸까지 배종하고 이방이 나타났다면 예사로운 일이 아니었다. 그들의 출현에 구경꾼들은 한 걸음씩 뒤로 물러서며 숨을 죽였다.

"노래 부르는 항아리가 이것이렷다?"

잠시 항아리를 살피던 이방이 부채 쥔 손으로 항아리를 가리켰다. 구경꾼들로부터 갖은 물건을 받아 무릎 앞에 쌓아 놓고 있던 안성댁은 얼굴이 파랗게 질렸다. 장꾼들을 현혹하여 물건을 갈취하고 있다고 누가 관아에 고변이라도 한 것인가.

"예, 그렇습니다."

이미 이방의 손아귀를 벗어날 방도는 없어 보였다. 나졸의 허리에 달랑거리고 있는 오라가 언제 자신의 팔다리를 옭아맬지 겁이 덜컥 났다. 이미 오라를 지운 것같이 손목과 가슴에 답답한 기운을 느끼며 머리를 조아렸다. 항아리와 물건은 말할 것도 없고 목숨을 내놓으라고 해도 예, 예, 할 수밖에 없었다.

항아리는 노래를 계속 부르고 있었다. 노래에 귀를 기울이며 항아리를 살피던 이방의 대춧빛 얼굴에 미소가 어렸다. 소문이 사실임을 확인한 것도 그렇거니와 사또를 깜짝 놀라게 할 수 있으리라는 기대에 절로 웃음이 나왔다. 그렇지 않아도 서울에서 내려온 박정랑(正郞)의 환심을 사기 위해 갖은 애를 다 쓰는 사또에게 오늘 있을 주연 자리에 저 항아리를 턱 내놓고 노래를 들려준다면 얼마나 흐뭇해하겠는가.

"항아리를 가지고 관아로 들어가자."

아니나 다르랴. 이방의 엷은 입술을 뚫고 청천벽력 같은 명령이 튀어나왔다. 일순 온몸의 피가 싸늘하게 식었다.

"나리, 쇤네가 죽을죄를 졌습니다. 제발 용서해 주십시오."

얼굴이 흙빛으로 변한 안성댁은 털썩 꿇어앉아 머리를 땅에다 박았다.

"어허, 어서 서두르지 않고 뭘 꾸물대느냐."

이방은 안성댁의 애원에는 귀도 기울이지 않았다. 이방의 재촉에 배종해 온 나졸들이 항아리로 덤벼들었다.

원지 손님 내방 때 머무는 객사는 담장 하나를 사이에 두고 대현 고을 동헌과 나란히 앉아 있다.

정원의 국화가 시들어 가고 있는 모습이 얼핏 스쳐 간 것으로 보아 때는 아마 늦가을쯤 되는 모양이다. 허리 정도 높이의 화초담 안에 키 큰 명아주가 서서 시들어 가고, 잦은 비와 번개와 천둥을 수없이 겪은 후 꽃을 피웠던 작약의 시든 모습도 보인다. 키가 커서 먼 데까지 바라볼 수 있는 금강송이 담장 안에 듬성듬성 여러 그루 서 있다. 이어서 정면 다섯 간, 측면 두 간 규모의 객사 전경이 보인다. 곧 통나무를 마름질해 간 마루로 바뀌고 이어 완자문을 열고 방 안의 광경을 보여 준다. 조금 전 보인 금강송 그늘로 보아 한낮이 조금 기운 듯 이른 시각인데 벌써 술자리가 벌어져 있다.

이미 술 주전자가 두어 번 갈린 듯 교자상을 사이에 두고 앉은 두 인사의 얼굴에 술기운이 도도하다. 두 인사가 다 망건에 가벼운 민복 차림이다. 예를 파탈하고 다만 흥을 돋우기 위해 마련한 자리로 짐작된다. 한쪽은 얼굴이 통통하고 다른 건너편 쪽은 얼굴이 마른 편이다. 통통한 양반은 연방 얼굴에 웃음을 피워 올리고 있고, 좀 마른 편인 양반은 얼굴에 감정을 드러내지 않은 담담한 표정이다. 통통한 양반이 좀 성품이 후해 보이는 편이라면 마른 편인 양반은 성깔이 깐깐해 보인다. 통통한 양반이 감정이 좀 헤퍼 보이는 편이라면 마른 편인 양반은 자기 절제가 몸에 밴 것처럼 단단해 보인다. 통통한 양반의 눈에는 발그레 취기가 돌고 있고 마른 편인 양반의 얼굴은 얼음처럼 냉랭하고 말짱해 보인다.

내 눈이 그들을 지켜보고 있는 사이 누군가 내 머릿속에다 이른다. 통통한 쪽은 이 대현 고을 사또 이겸이고 맞은편에 앉은 양반은 서울에서 온 이조정랑(吏曹正郎) 박두익이란다, 이조정랑이라는 벼슬의 위세가 어떤 것임을 알고 있던 나는 찔끔 놀란다. 이조(吏曹)라면 육조(六曹) 가운데서도 으뜸 부처로, 내정 전반을 다루는 행정의 요처이다. 그 가운데서도 이조정랑이라면 이조에서도 가장 핵심적인 직책으로, 전국의 모든 벼슬아치의 인사권을 손아귀에 쥐고 좌지우지하는 중한 자리이다.

"우리 고을에 노래하는 항아리가 다 있었다니, 신기한 일일세! 서울에서 귀한 손님이 오셨는데, 때맞춰 노래하는 항아리가 나타나 접대하게 되다니 이는 실로 본관의 홍복이로다. 어서 한번 들어 보자."

이방이 나타나 사또에게 노래하는 항아리를 구해 왔는데, 그것을 한번 들어 보지 않겠느냐고 머리를 조아린 직후였다. 처음, 무슨 말인지 얼른 알아듣지 못한 사또는 먼저 미간부터 찌푸렸다. 사또는 내심 이방을 향해, 저 작자가 또 무슨 해괴한 수작을 부리려고 저러나 의심부터 한다. 그렇지 않아도 자기가 부임할 때 데리고 온 가리(假吏)를 이방으로 쓰려고 내심 정하고 있던 터였다. 그런 사실을 눈치라도 챈 것인지, 아니면 마음속에 들어와 내 마음을 살피기라도 했다는 것인지, 근래 눈에 띄게 아첨이 늘어난 것이 거슬렸다. 취마술*이나 관심법**이라도 익힌 것인가. 지난 몇 달 간 이방은 사또 자신이 마음먹고 있는 일을 귀신같이 알아내 미리 손을 써 두고는 했다. 몇 번 그런 일을 당하고 나니 어쩐지 마음이 찜찜하고 경계심이 일어났다. 그 때문에 진작 이방을 갈아 치우기로 작심을 하고서도 사또는 지금까지 실행을 미루어 온 터였다. 그런데, 이런 자리에 노래하는 항아리를 가지고 나타나다니, 내가 이조정랑 박두익의 환심을 사기 위해 애면글면 속을 태우고 있음을 어떻게 알았을까. 다음이야 어찌 되건. 지금으로서는 반가운 일이 아닐 수 없었다. 통통한 사또의 밤볼에 흥거운 웃음이 넉넉하게 출렁거린다.

　이어 안성댁이 이방의 재촉을 받고 나무 궤에서 항아리를 꺼내 앞에 세우고 있는 모습이 보인다.

　사또와는 달리 이조정랑 박두익의 얼굴은 의심으로 굳어져 있다. 볼이 홀쭉하고 깐깐해 보이는 박 정랑은 미심쩍은 빛을 감추지 않고 나무 궤에서 조심스럽게 항아리를 꺼내고 있는 안성댁의 손끝을 지켜보고 있다. 항아리 안에 어린 소녀라도 들어가 있다는 것인가. 그의 의심이 창을 통해 내다보는 풍경처럼 내 눈앞에 그려진다.

---

* 속내를 미리 짐작하고 술수를 부려 바꾸게 하는 일.
** 마음속을 읽어 내는 술법.

중두리보다 작은 저 오지항아리에 어찌 갓난아기나마 들어갈 수 있겠는가. 아이가 들어가 있지 않다면 무슨 새라도 가둬 놓고 노래를 시킨다는 것인가. 그런데 말하는 투로 보아 새의 노래를 사람의 노래로 바꿔 말하는 것은 아닌 듯한데, 도대체 무슨 수로 항아리로 하여금 사람의 노래를 부르게 한단 말인가. 이방이 민가에 떠도는 터무니없는 소문을 믿고 경솔하게 저것을 불러들인 것이겠거니, 속으로 혀를 찬다. 어쨌든 곧 사실이 드러날 터이지. 사실이 드러나면 얼굴을 붉히고 허둥지둥 쩔쩔맬 사또의 꼴을 상상하니 측은하기도 하였다. 한 고을을 다스리는 원이라면 마땅히 매사에 신중하고 거듭 신중해야 할 것이리라, 그렇게 속으로 생각하며 박 정랑은 아낙네의 손놀림에서 눈을 떼지 않는다.

"그것이 노래하는 항아리란 말이냐!"

나무 궤에서 꺼내 놓은 것이 평범한 오지항아리에 지나지 않자 사또는 안색이 달라진다. 저런 보잘것없는 평범한 항아리가 어찌 노래를 부른단 말인가. 금세 눈살을 찌푸린다. 얼굴 가득 의심이 차오른다. 이방을 쏘아보는 눈빛이, 마치 이방의 얼굴을 할퀴기라도 할 것처럼 날카롭다.

"예, 바로 열어 드릴까요?"

미심쩍어하는 박 정랑과 사또의 반응에는 아랑곳없이 안성댁은 태연하다. 조심스럽게 항아리 뚜껑을 연다. 뚜껑을 열고 안성댁은 항아리 안에 손을 넣어 한 바퀴 휘두른 다음 꺼낸다. 다음 순간 항아리 안에서 이상한 소리가 피어오른다. 그 소리가 노래임을 알아차리는 데는 그다지 오랜 시간이 걸리지 않았다. 오색구름처럼 곱

82

고 수정처럼 영롱한 그 소리를 듣기 위해 박 정랑은 귀를 항아리가 있는 쪽으로 기울인다. 노래가 틀림없었다. 그 노랫소리는 깊은 계곡을 관류하는 바람 소리처럼 유현하기도, 어떤 나무속을 휘돌아 울려 나오는 것처럼 그윽하기도 하였다. 잎이 넓은 오동나무의 수관을 타고 물과 함께 흐르다 물과 헤어져 홀로 세상에 나온 것이던가. 수분과 함께 나무의 온기가 느껴지는 그 노래는 손끝을 통해 혈관을 타고 가슴속 깊은 곳으로 흘러드는 것 같아 놀라웠다.

> 물 위에 구름 지나되 그림자 없고
> 성긴 대밭에 바람 지나는 소리 청알(淸戞)하다
> 꽃을 보면 새 설움 다시 일어나고
> 남모를 그리운 정 가야금에 얹으니
> 기러기는 무심코 가을 소식 전하며 강을 건넌다

그리움을 내용으로 하고 있는 노래였다. 서리서리 묵은 그리움이 되어서 그런지 아득하고 아련하다.

항아리의 노래는 박두익이 전에 들어 보지 못한 애절한 연가(戀歌)였다. 이물(異物)에서 나오는 것이라면 으레 귀기가 서리고 영묘한 것이 특징이련만, 그런 딴 세상의 것으로 들리지는 않았다. 여항에서 듣는 노래와 다름없고 애조 띤 곡조가 아름다웠다. 목소리도 이슬처럼 영롱하였다.

이조정랑 박두익의 낯빛이 점점 바뀌기 시작한다. 눈에 가득 고여 있던 미심쩍어하던 기운이 스러져 간다. 한순간을 고비로 얼굴에 덮여 있던 경계하고 사위스러워하던 표정이 지워져 간다. 대신 그 자리에 경탄의 기운이 물감처럼 번져 간다. 그는 항아리에서 눈을 떼지 못한 채 앞에 놓인 술잔을 들어 올려 기울인다.

노래를 듣고 난 사또의 얼굴이 환히 펴졌다. 의심을 품고 잠시 당황했던 기운은 어느새 씻은 듯 사라지고 흐뭇하고 자랑스러운 표정으로 표변해 있다. 항아리에서 노래가 나오다니 믿을 수 없는 일이었다. 그렇지만 지금 눈으로 직접 보고 귀로 듣고 있지 않은가. 눈으로 직접 보고 귀로 듣고 있는 것을 어찌 의심할 수 있겠는가. 놀랍고 믿어지지 않아 몇 번이나 고개를 젓던 사또의 만면에 웃음이 가득 피어오른다. 생긴 것은 여염집 장독대에 아무렇게나 놓여 있는 평범한 외양의 오지항아리인데 생긴 외양과는 달리 고운 노래를 부르다니, 신기하고 놀라울 따름이었다. 건너편 박 정랑의 반응을 넌지시 살피던 사또는 자신감을 가졌다. 박 정랑의 얼굴에도 놀라움과 감탄의 빛이 감돌고 있었다. 자리를 고쳐 앉더니 노래 부르는 항아리를 뚫어져라 지켜보는 중이었다. 이조정랑 박두익에게 저런 진귀한 귀물을 구경시킬 수 있었다니, 사또는 이를 천운으로 여기지 않을 수 없었다.

박 정랑이 문중의 기제사를 마치고 환경(還京)하는 길에 잠시 들렀다고 둘러댔지만, 기실 무슨 중책을 띠고 암행을 나선 것인지도 모를 일이었다. 말로는 성균관에서 동문수학한 동접이 이 대현 고을에 사또로 부임해 있는데 그냥 지나쳐 올라갈 수는 없는 일 아니냐고 가볍게 인사치레를 했지만, 같은 품계라도 당자는 중앙 핵심의 노른자위에 앉아 있고 이쪽은 보잘것없는 지방관에 지나지 않았

다. 그에게 잘 보여 손해는 없겠지만, 만약 못 보여 눈 밖에 나는 날
에는 동문수학한 동무가 무슨 소용이겠는가. 어찌 됐든 그의 눈에
들어 놓는다는 것은 장래를 위해 봄밭에 씨앗을 뿌려 놓는 셈은 되
리라. 사또는 흐뭇하였다.

> 시는 꽃술처럼 오묘하기 어렵고
> 문장은 경치처럼 자세할 수 없어서
> 괴로이 천지의 문리를 궁구하여 헤맨다
> 빼어난 시는 떠돌이 가난뱅이에게 있다던
> 옛사람의 그 가르침을 믿어야 하나

흔히 목소리를 두고 곱다거나 아름답다고 말하지만 솔이 너의
목소리는 좀 다른 것 같다. 그것이 귀를 즐겁게 하는 것으로 그치
는 것이 아니라 가슴속으로 흘러 들어와 묘한 시냇물 소리로 되살
아나며 메아리를 일으키는 것 같다. 소리꾼들 사이에 가장 으뜸으
로 치는 것이 천구성*이라고 들었다. 아마 네 노래가 하늘이 낸 바
로 그 천구성을 발휘하여 부르기 때문에 그런 것이 아닌가 싶다.

　노래를 서너 곡 듣고 난 박 정랑의 태도가 표변해 있다. 겉으로
감정을 잘 드러내지 않아, 기쁜 일도 슬픈 일도 늘 평상의 얼굴로
대하도록 단련된 것으로 보였는데, 그런 박 정랑이 뜻밖에도 바람
속 대나무처럼 자꾸만 몸을 앞뒤로 흔들어 대며 노래를 듣고 있다.

____

* 타고난 명창의 튀어 나오는 소리.

미심쩍은 기색은 이제 찾아볼 수 없다. 노래의 물결이 눈동자에 넘치듯 출렁거렸고 표정이 한없이 그윽해졌다. 몸이 무게를 잃고 구름처럼 둥둥 떠가는 모양을 짓고 있다. 그의 마음은 빗속을 거니는 듯 촉촉이 젖어 있다. 언젠가 할머니로부터 들은 이야기가 그의 머릿속에 그려지고 있다. 부처님이 사셨다는 백년설이 쌓여 있는 높은 산에 노래 부르는 아름다운 새가 있었다. 그 새의 노랫소리가 어찌나 신비하고 청아했던지 부처님께서 그 새를 극락정토로 데려갔다. 극락정토에 승천한 순백의 혼령들은 그 새의 노래를 항상 즐길 수 있었다. 할머니는 그 새의 신비한 노래를 듣기 위해서라도 하루라도 빨리 극락정토로 가고 싶다고 한숨을 내쉬고는 하셨다. 저것이 정녕 극락정토에 산다는 그 새의 신비한 노랫소리를 옮겨 온 것인가. 아니면 저것이 정녕 신선이 짓고 선녀가 불렀다는 선계의 노래란 말인가. 그도 아니라면 사람이 아닌 항아리가 어찌 저토록 우아하고 운치 있고 맵시 있는 아름다운 노래를 부를 수 있단 말인가. 그런 여러 생각이 박 정랑의 마음속을 오락가락하고 있었다.

"노래에 취해 우리가 술을 잊었구나. 잠시 멈추어라. 목을 축인 다음 다시 듣기로 하자."

사또 이겸이 노래를 멈추도록 분부를 내린다. 시중드는 기녀를 재촉하여 박 정랑에게 술을 권하고 자신도 두어 잔을 거푸 들이켰다.

사또 이겸은 아무리 생각해도 놀랍고 흐뭇하고 자랑스러웠다. 아무렴 세상에 노래 부르는 항아리가 다 있었다니, 놀랍고 기가 찰 일 아닌가. 저런 신기한 물건을 이조정랑 박두익 앞에 내놓고 노래를 들려주다니, 하늘이 돕지 않았다면 무엇이 도왔다 하겠는가.

이조정랑이 어떤 직위인가. 비록 위로 판서, 참판, 참의를 모시고 있다지만 중앙은 물론 지방관의 전랑권(銓郎權)*을 한 손아귀에 쥐고 있는 막중한 직위가 아닌가. 모든 문관 벼슬아치가 그의 손에 의해 선발되고 조동(調動)**되며 나아가 능력까지 평가하여 윗전에 품의하는 직책으로써, 곧 사또 이겸의 명운도 그의 손아귀에 쥐여 있다 할 수 있었다.

"네가 박 정랑과 본관을 즐겁게 했으므로 거기에 마땅한 상을 내릴 것이다. 어디, 미네골에 산다고 했느냐?"

박 정랑의 얼굴에 떠돌고 있는 흐뭇한 표정에 고무된 사또가 싱글벙글 웃으며 안성댁을 향해 묻는다.

"예, 황공하옵니다."

아까부터 방바닥 한곳에다 시선을 모은 채 고개도 한번 들지 못하고 죽은 듯 앉아 있던 안성댁이 급히 자세를 바로 고쳐 앉으며 큰절을 올린다. 구김이 많은 베옷에 햇볕에 그을은 고동색 얼굴, 들일로 거칠어진 손이 차례로 보인다. 절을 하고 다시 무릎을 모아 공손히 앉은 안성댁의 얼굴에 조금 전까지 짙게 덮여 있던 겁기와 의구심이 한결 엷어져 있다.

항아리를 얻은 후 안성댁이 안정을 잃고 안절부절못한 것은 당연한 일이었다. 철에 따라 달라지기는 해도 오랫동안 늘 손에 익은 일을 반복적으로 되풀이하며 살아온 터였다. 손에 익은 일들도 여러 상념을 불러일으키기는 했지만, 그 상념들도 늘 낯익은 테두리

---

* 관원을 천거하고 전형하는 인사권.
** 행정적인 인사 조치.

를 벗어나지 않았다. 그 때문에 별다른 고민 없이 비슷한 생각을 여의며 하루하루를 단조롭게 살아왔다. 수족과 몸이 고달픈 것을 제외하고는 특별할 것이 하나도 없는 평범한 일상이었다. 그러나 항아리의 출현은 단번에 그 단조로운 생활을 깨뜨려 버렸다. 항아리는 마음속에 파도처럼 변화를 일으켰고 잠시도 쉬지 않고 기쁨과 근심을 교차시켰다.

항아리에서 노래가 나오다니, 세상에 나서 한 번쯤 듣거나 본 일이 있는 일이라면 무슨 걱정을 했겠는가. 사람이 사는 세상에는 결코 없었던 일일 뿐만 아니라 옛날 전설에서도 들어 보지 못한 일이었다. 노래 항아리의 노래를 듣고 놀라 까무러치던 여주댁이 그러지 않던가. 이건 '사람의 물건이 아니라 귓것*의 물건'이라고. 그러니 행운을 가져온다면 큰 부자가 될 것이고, 반면 동티**를 낸다면 큰 우환을 불러들일 귀살스러운 요물이니 조심조심 모셔야 할 것이라고. 그러나 처음 보인 그런 부정적인 반응과는 달리 장에 나가 노래를 팔아 보라고 충동질한 것도 여주댁이었다. 장독대에서 우연히 발견한 항아리를 품에 껴안고 간수하다가 여주댁의 충동질에 못 이기는 척 장에 나가 노래를 팔면서도, 안성댁은 이것이 도대체 어떤 내력의 물건인가, 의아심과 궁금증이 잠시도 떠나지 않았다. 한편 신기하기도 하고 한편 두렵기도 하였다. 무슨 해괴한 조화라도 부리지 않을까, 내심 근심 걱정으로 조마조마하고 잠시도 마음이 놓이지 않았다. 장터에서 많은 사람들이 노래를 듣고 탄복하며 던져

---

* 영령이나 귀신.
** 건드려서는 안 될 것을 건드려 재앙을 입는 일.

놓은 노래 값이 수북이 쌓이는 걸 보면서 흐뭇하기도 한편 두렵기도 하였다. 재물을 보면 흐뭇했으나, 이것이 장차 무슨 동티라도 내지 않을지 걱정스러웠던 것이다.

오늘도 마찬가지였다. 너의 어미 안성댁은 아까부터 사또가 어떤 반응을 보일지 조마조마하였다. 요망한 물건으로 사람들을 현혹하고 민심을 어지럽힌다 하여 항아리를 압수하고 벌이라도 내리면 어쩌나 속으로 여간 불안하지 않았다. 그러나 한편, 귀물을 얻었다 하여 상을 내릴지도 모르리라는 기대가 그 불안감에 얹어지기도 했다. 불안감과 기대감이 교차하는 복잡한 심정으로 머리를 조아리고 있던 너의 어미 안성댁은, 상을 내리겠다는 사또의 말에 비로소 안도의 숨을 내쉬었다.

"이방, 우선 미곡 두 섬과 베 두어 필을 미네골로 보내게."

"예, 분부대로 곧 시행하겠습니다."

너의 어미 안성댁의 가슴이 뛰기 시작한다. 우선 미곡 두 섬과 베 두어 필을 미네골로 보내라니, 앞으로 더 많은 보상을 기대해도 될 것 같았기 때문이다. 허리가 휘도록 흙을 파고 김을 매거나 밤을 새며 길쌈을 해야 겨우 두 목숨 연명할 수 있었다. 오랜 고생이 이제 끝날 것인가, 그런 기대감에 가슴이 부풀어 올랐다.

임금님께 올리세

"헌데 너는, 저런 노래 들어 봤느냐?"

흐뭇한 표정으로 술잔을 기울인 사또 이겸이 시중들고 있는 기녀에게 농조로 묻는다.

"소녀, 어찌 감히 선계의 노래를 들을 수 있었겠사옵니까."

"선계의 노래라! 그럼 오늘 잘 듣고 배워 다음에 부르도록 하여라."

"소녀, 비록 재주는 모자라지만 귀를 씻고 잘 들어 두었다가 다음에 사또 어른을 즐겁게 해 드리겠습니다."

기녀의 대답은 시원시원하다.

노래를 다시 듣자는 사또의 분부가 내렸다. 안성댁은 숙부드러운 공손한 태도로 닫아 두었던 항아리의 뚜껑을 다시 연다.

사람의 수명은 백 년도 안 되는데

항상 천 년의 근심이 떠나지 않는구나

다툼은 잦고 고통은 길기만 하니
어찌 학이 스쳐 간 하늘 쳐다보지 않겠는가

박 정랑은 속으로 무릎을 친다. 그렇다. 수명은 백 년도 안 되는데, 천 년의 근심이 떠나지 않는 것이 우리의 삶 아니던가. 조정은 정쟁으로 하루도 조용할 날이 없고, 벼슬 잃고 귀양 가는 이를 하루가 멀다 하고 지켜봐야 하는 고통 이루 다 헤아릴 길 없을 만큼 컸다. 그러니, 어찌 다툼과 번뇌가 잘 날 없는 인간 살이를 비웃듯 하늘을 가로질러 유유히 날아간 고고한 학의 자취를 더듬어 보지 않겠는가. 마치 자기의 심정을 적실히 그려 노래하는 것 같아 감동이 실로 적지 않았다.

"사또, 그대야말로 천복을 누리고 있구려. 고을 어디를 가나 격양가 소리 드높고, 인심 후하고 수려한 경관에 귀한 산물이 넘치도록 풍부하게 나는 데다, 이런 신비한 노래까지 즐길 수 있다니 이게 하늘이 베푼 홍복 아니고 무엇이겠소."

"정랑의 말씀이 과한 것 같소. 이런 한미한 고을 원이라는 것이 왜적의 발호를 막아 내고 백성들 편하게 지내도록 보살피면 소임을 다한 것이 되지만, 정랑이야말로 막중한 국가의 전랑권을 한 손에 쥐고 있는 고귀한 분 아니십니까. 한미한 고을 원이 복을 누린다 해도 어찌 정랑의 것에 견줄 수 있겠소."

"모르시는 말씀이오. 아름다운 달을 쳐다보며 마음을 가다듬고, 고운 노래에 흠뻑 취할 수 있는 것이 행복이지, 어찌 작은 높임에 비해 잦은 원망과 미움 속에 하루도 편안한 날이 없는 나 같은 벼슬아치 삶에서 행복을 바랄 수 있겠소. 마음은 외직으로 떠돌며 풍류로 소일하고 싶으나 지근에서 금상을 돕는 막중한 임무를 맡아 있으니 그럴 수도 없고, 그렇다고 무엇 하나 내 마음대로 할 수 있는 것이 없으니 답답하기 이를 데 없다오. 장차 때가 이르러 나도 사또처럼 큰 복을 누릴 수 있게 되기를 바랄 뿐이오."

몇 잔 들어간 술기운 때문인가, 어떤 경우에도 속내를 잘 드러내지 않을 것 같던 절제된 표정의 박 정랑 입에서 예상 밖의 말이 거침없이 튀어나온다. 박 정랑의 말에 사또 이겸은 마음속으로 도리질을 한다. 한가함을 도모해서야 어디 대장부라 이를 수 있겠는가. 따라서 이런 한미한 시골 원을 두고 어찌 천복 운운하며 대장부의 큰 뜻을 펼치고 있다 할 수 있겠는가. 중앙 내직, 그것도 임금의 지근에서 봉직하는 박 정랑이야말로 대장부의 뜻을 제대로 펼치고 있다 하리라. 천복이라면 바로 그런 자리에서 누리는 보람 같은 것을 말하지 않겠는가. 누리고 있는 자의 여유인가.

하기야 박 정랑은 재주가 남달라 일찍부터 성균관에서 두각을 나타냈다. 대사성(大司成) 앞에서 논어를 강론하여 장차 크게 쓰일 것이라 칭찬을 들었고, 전강(殿講)에서는 상감을 감탄시켰다. 사또 이겸으로서는 그의 발뒤꿈치에도 이르지 못했다. 그 때문에 사또 이겸은 한때 자신감을 잃고 재주 없음을 비관하며 방황하기도 했었다.

"그런데, 사또."

박 정랑은 얼굴색을 고쳐 가다듬고 사또를 부른다. 지금까지 저렇듯 친근한 목소리로 그를 부른 적이 없었다. 눈이 하는 말을 읽으면 마음을 다 알 수 있다고 하는데, 지금 박 정랑은 눈뿐만이 아니라 얼굴 가득 친근감을 그리고 있다.

"다름 아니라, 저런 귀물을 사또 혼자 차지하고 즐길 생각이시오?"

서늘한 기운이 감돌던 평소의 어투가 아니다. 얼굴에 연신 친근한 미소를 띠고, 무엇인가 간청이라도 하려는 듯 긴한 말투이다.

"무슨 말씀인지요?"

사또 이겸은 눈에 힘을 모아 정색을 하고 박 정랑을 쳐다본다.

"저런 귀물을 사또 혼자 독차지하고 즐길 게 아니라 상감께 바치면 어떨까, 문득 그런 생각이 들어서 하는 말이외다."

박 정랑이 미처 말을 다 마치기도 전, 상감이라는 소리에 그만 사또는 혼비백산한다. 들고 있던 술잔을 탁, 소리 나게 술상에 내려놓는다. 밤볼이 더욱 발그스레 상기되고 그렇지 않아도 큰 사또의 눈이 금방이라도 튀어나올 것처럼 동그랗게 키워진다.

사또는 별안간 벌떡 자리를 박차고 일어난다. 박 정랑에게 가볍게 읍을 하고, 서둘러 전패(殿牌)가 걸려 있는 정청(正廳)으로 뚜벅뚜벅 걸어간다. 정청은 객사의 정중앙에 위치해 있다. 객사에 묵는 벼슬아치가 조석으로 임금님이 계시는 대궐을 향해 예를 올리도록 마련해 둔 시설이다. 전패 앞에 다다른 사또는 향궐망배(向闕望拜), 즉 대궐의 상감을 향하여 공손한 예를 올린다.

"저의 어리석음을 깨우쳐 주시어 고맙습니다. 박 정랑께서 올라가실 때 본관이 동행하여 저 귀물을 상감께 바치리다."

향궐망배를 마치고 자리로 돌아와 다시 앉은 사또는 맞은편의 박 정랑에게 정중히 목례를 올린다. 사또의 살집 좋은 얼굴이 아직도 붉게 상기되어 있다. 술기운 탓만이 아니다. 상감이라는 말만 들어도 피가 급류하고 풍랑이 지나가듯 가슴속에 격정이 일어나는 건 지방관으로서는 어쩔 수 없는 자연스러운 반응일 터이다. 사또는 흥분을 감추지 못한다.

"생각 잘하셨소. 차제에 상감도 알현하시고. 아마, 상감께서 크게 기뻐하실 거외다."

"고맙소. 고맙소. 본관의 생각은 거기까지 미치지 못했는데, 적시에 환성시켜 주시어. 헌데, 상감께서 흔쾌해하실지 의문이구려."

"흔쾌해하시다 뿐이겠습니까. 상감께서 문장이며 음률이며 무예며 다 일가를 이룬 분 아니십니까. 뿐만 아니라, 이런 신이(神異)에도 관심이 매우 돈독하십니다."

"어찌 보면 이런 귀물의 출현은 나라의 태평성대를 예시하는 징험이랄 수도 있겠지요. 요순시대에는 이런 신이가 자주 나타났던 것으로 압니다만."

입귀가 찢어질 지경으로 사또의 만면에 득의의 웃음이 번져 간다.

"그렇다마다요. 태평성대가 아니고서는 이런 신이는 세상에 출현하지 않는 것입니다. 두고 보세요. 사또는 상감의 큰 고임을 받게 될 것이외다."

"그렇게 되면 본관이 내직으로 올라갈 수도 있겠구려."

"따 놓은 당상이겠지요."

"본관이 내직으로 올라가면 박 정랑께서 중앙에서의 본관의 어두운 눈을 밝혀 주시구려."

한껏 감정이 고양된 사또 이겸은 상체를 뒤로 젖히고 의젓한 폼

을 잡는다. 마치 이미 삼사(三司)의 요직에라도 오른 것처럼 온몸에
거만스러운 기운이 가득하다.

"그러지요. 사또의 길잡이나 지팡이 노릇을 어찌 마다하리요."

두 사람은 술잔을 나누며 허, 허, 흔쾌히 웃음소리를 높였다.

어미의 죽음

이렇듯 두 사람은 겉으로는 똑같이 웃으며 유쾌한 표정을 지었지만, 내심은 딴판이었다. 항아리를 두고 각기 다른 속마음이 차례로 펼쳐진다.

먼저 박 정랑의 속마음이 전개되어 보인다.

박 정랑이, 세상 물산 가운데 모르는 것이 없으리라고 은연중 자부하고 있는 것은 그로서는 당연한 일이었다. 인심, 천심은 물론 우주의 운행 법칙까지 터득하고 있다고 스스로 자부하고 있던 그였다. 산림 초목, 강해 산물 가운데 아직 그가 모르는 게 있으리라고는 한 번도 생각해 보지 않았다. 세상의 모든 이치와 통하는 책을 평생의 벗으로 삼아 왔고, 입에서 입으로 전해져 오는 신이담에도 밝은 편이었다. 서원을 거쳐 성균관에서 수학하고 대과에 급제할 때까지 그가 읽은 책을 쌓아 놓으면 그의 키 스무남은 길은 훨씬 넘고도 남을 것이다. 어렸을 적 할머니나 어머니로부터 들은 옛날이야기는 또 얼마나 많았던가. 서책이 그에게 세상 이치를 밝혀 주고 수신(修身)하게 하였다면, 할머니와 어머니로부터 들은 옛날이야기 들은 그에게 신비한 미지의 세계를 향한 동경과 모험심을 길러 주고 인정의 중요성과 정신의 광활함을 깨닫게 하였다. 거기에다 스스로 겪어 터득한 물성(物性)이며 인성(人性)에 관한 치지(致知) 또한 남에게 뒤지지 않는다고 자부하여 왔다. 그런 박 정랑이었지만 아직 세상에 노래하는 항아리가 있다는 말은 들어 본 일이 없었다. 대여섯 곡 노래를 듣고 난 박 정랑은, 그것 참 믿을 수 없는 신기한 일도 다 있군. 저 신기한 노래를 상감께서 듣는다면 얼마나 유쾌해하실까, 그런 생각이 오락가락하였다.

이어서 사또 이겸의 속마음이 환히 드러난다.

사또 이겸은 외직으로 돈 것이 벌써 10여 년이 넘었다. 연로한 부모를 모시거나 피치 못할 사정이 있어 걸군(乞郡)하여 향리에 취임하였다면 왜 자신의 임직에 불만을 품고 내직으로 올라가지 못해 애면글면하며 속을 태워 왔겠는가. 노론(老論)의 끄나풀이나마 붙들고 있으니 고을 원이라도 하고 있는 주제에, 분수도 모르고 내직으로 올라가기 위해 요로에 사람을 넣고 상납을 하며 은밀히 운동해 오기를 벌써 몇 해째인가. 두고 보자는 대답은 수없이 들어 왔으나 동서남북 어느 곳에서도 해가 쉬이 뜰 것 같지 않았다. 그렇듯 나날이 구름 낀 하늘을 이고 지내는 사또 이겸에게 박 정랑의 왕림은 천재일우의 기회가 아닐 수 없었다. 박 정랑의 환심을 사기 위해서라면 그의 발이라도 가슴에 품을 각오를 하고 있던 터에 노래하는 항아리가 등장하여, 사또의 수고를 덜어 주었을 뿐만 아니라 박 정랑의 입에서 상감 알현의 말까지 듣게 되었으니, 실로 황감하지 않을 수 없었다. 노래하는 항아리가 볼수록 신통하고 기특하고 예뻤다.

이번에는 안성댁의 속마음이 펼쳐진다.

숙설간* 문 앞에 숨을 죽이고 머리를 조아리고 앉은 안성댁의 귀에 두 귀인이 주고받는 말이 솔솔 들어왔다. 귀로 들어온 그들의 말이 가슴에 닿는 순간 미향(迷香)이라도 쐬인 것처럼 정신이 아찔하였다. 항아리의 노래를 처음 듣고 놀랐을 때처럼 자신의 살이라도 꼬집어 보고 싶은 충동을 꾹 눌러 참았다. 항아리를 상감께 바치겠다니, 이것이 꿈인가 생시인가. 이 항아리가 자신의 험한 팔자를 고쳐 놓기를 은근히 기대하고 있었으나 이런 꿈같은 일로 이어지리라고는 미처 상상하지 못했다. 임금께서 이 항아리의 노래를 듣는다면 틀림없이 신기해하시고 가상히 여겨 사또에게 장차 큰 벼슬을 내릴 것이라 하지 않는가. 사또가 상감으로부터 성은을 입어 중앙 내직으로 올라가게 된다면 어찌 원래 항아리의 임자인 나에게 무심할 수 있겠는가. 고을에 무슨 구실이야 줄 수 없을 터이지만 전답이라도 몇 떼기 하사하지 말란 법이 없지 않겠는가. 아니, 중앙 내직의 환로(宦路)를 열어 준 항아리의 존재를 생각하면 어찌 전답 몇 떼기에 그치겠는가. 고래 등 같은 기와집에 고래실논과 과수원 딸린 기름진 텃밭을 하사할지도 모를 일 아니겠는가. 그렇게 팔자를 고친다면 죽는 날까지 아랫것들 부리며 손에 흙은커녕 물도 한 방

---

* 잔치 등 큰일을 치를 때 음식을 만드는 곳.

울 묻히지 않고 안락하게 지낼 수 있게 되지 않겠는가. 그래, 이제 우리 고생은 끝났어. 좋은 혼처 잡아 솔이를 혼인시키되 데릴사위를 봐 평생을 함께 지내면 더욱 든든하겠지. 안성댁은 무엇인가에 자신의 몸이 떠받쳐 하늘로 한없이 떠워 올려지는 것 같은 들뜬 기분을 잡아 가라앉힐 수가 없었다. 어쩐지 예감이 좋다 했더니 항아리가 복을 넝쿨째 가져다 안길 모양이었다.

이번에는 이방의 속마음이 슬쩍 나타난다.

이방도 안성댁 못지않게 기대에 부풀어 있다. 사또가 데려온 가리에게 언제 이방 구실을 빼앗기게 될지 마음 조마조마했는데, 이제 한숨 놓아도 될 성싶었다. 이방으로 들어앉기 위해 지난번 떠난 사또에게 내놓은 필채(筆債)도 미처 다 뽑지 못했는데, 가리에게 구실 자리를 빼앗긴다면 그 빚은 어떻게 감당하고 집안 식구들은 장차 무엇으로 연명할 것인가. 그동안 쌓였던 걱정이 봄눈 녹듯 녹아내리자 이방의 미간에 잡혀 있던 주름살이 절로 펴진다.

"왜 노래가 그쳤느냐? 어서 계속하여라."

기녀가 따라 주는 술잔을 비운 사또가 유쾌한 음성으로 노래를 재촉한다. 한미한 시골 원 앞에 상감에게로 가 닿을 수 있는 눈부신 비단 길을 펼쳐 놓은 신비한 노래를 다시 듣고 싶었다. 자신의 미래를 거듭 확인해 보고 싶은 충동이 사또를 사로잡은 것이다.

사또의 말에 안성댁은 깜짝 놀라 제정신이 든다. 항아리를 쳐다본 안성댁은 소스라치게 놀란다. 항아리의 뚜껑은 열려 있었다. 아까 노래를 건져 올린 후 뚜껑을 닫은 적이 없는데, 언제 그친 것인지 노래가 그쳐 있다. 이게 어찌된 영문인가. 정신이 딴 데 팔려 있는 사이 노래가 그친 것도 몰랐다. 당황한 안성댁은 황급히 항아리 뚜껑을 닿는다. 한 호흡 쉰 다음 조심스럽게 뚜껑을 연다. 항아리 안에 손을 넣어 휘저어 올린다. 그럴 때마다 늘 손끝에 노래가 따라 올라오고는 했다. 그런데 손끝에 노래가 따라 올라오지 않는다. 벙어리라도 된 듯 항아리가 아무 소리도 내지 않는다. 다시 손을 넣고 휘저어 올린다. 갇혔던 새가 튀어나오듯 노래가 날개를 펴고 공중으로 날아올라야 하는데 웬일인지 노래가 날아오르지 않는다. 이게 도대체 어찌 된 조화인가? 왜 노래가 나오지 않는 것인가? 다시 황급히 뚜껑을 닫는다. 눈을 질끈 감는다. 무녀가 신령님께 비난수 아뢰듯 노래를 살려 달라고 속으로 간절히 빈다. 신령님이 감응하기를 바라 잠시 숨을 멈추고 뜸을 들인 다음 안성댁은 조마조마한 마음으로 뚜껑을 연다. 정성을 들여 손을 넣어 휘저어 올린다. 그러나 그녀의 간절한 바람과 정성에도 불구하고 노래는 날아오르지 않는다.

"뭘 꾸물거리고 있는 게냐?"

몇 번 재촉해도 노랫소리가 들려오지 않자 사또는 벌컥 역정을 낸다.

"예, 항아리가, 항아리가……."

어찌나 당황했던지 솔이 너의 어미 안성댁은 혀가 굳어 말이 잘 나오지 않는다. 사지에 힘이 빠지는 한편 숨이 막히고 가슴이 답답하다.

"항아리가 어찌 되었단 말이냐?"

사천왕처럼 눈을 퉁방울같이 부릅뜨고 사박스레 쏘아보는 사또의 추궁이 서릿발 같다.

당황하여 부질없이 항아리의 뚜껑을 열었다 닫았다 되풀이하며 어찌할 바를 모른다. 아무리 안절부절못하며 애를 태우지만 노래가 나오지 않는다. 이제 죽었구나! 안성댁은 얼굴이 파랗게 질린다. 손등에도 시반 같은 자청색 반점이 번져 간다. 안성댁은 말할 것도 없고 옆에서 안성댁의 하는 양을 살피던 이방의 얼굴도 안성댁에 못지않게 사색이 된다.

"항아리가, 항아리가 벙어리가 된 모양입니다."

이방이 떨리는 목소리로 아뢴다. 저승사자에게 덜미라도 잡힌 것처럼 죽을상을 짓고 있는 이방을 쏘아보는 사또의 야멸친 시선에 불길이 확 솟구친다. 다리에 힘이 빠진 이방은 그만 털썩 주저앉아 머리를 조아린다.

"항아리가 벙어리가 되다니?"

사또는 벌떡 자리를 박차고 일어난다. 항아리를 향해 뚜벅뚜벅 걸어간다. 항아리를 들여다보던 사또의 살집 좋은 밤볼이 부르르 떨린다. 곧 안색이 하얗게 바랜다.

"항아리가 텅 비어 있지 않느냐?"

사또는 항아리 안에 무슨 기이한 것이라도 들어앉아 노래를 부르고 있는 줄 알았다는 투였다. 평범한 오지항아리로 본관을 놀리다니, 안성댁을 쏘아보는 눈이 마치 매 발톱으로 할퀴는 것 같다. 안성댁은 그 매서운 눈빛에 그만 이제 죽었구나 싶었다. 몸이 흐물흐물 무너져 내리는 것 같았다.

"이런 빈 항아리로 본관을 농락하다니, 죽기로 작정한 게로구나?"

사또는, 마치 어금니를 갈아 부치는 것 같다. 얼굴이 귀면처럼 험상궂게 뒤틀려 간다. 노래를 살려 낸다면 모르려니와 그렇지 않으면 당장 형방으로 끌어다 주리를 틀고 본관을 농락한 죄를 따져 캐내도록 하라고 이방에게 호통을 치려던 사또는 순간 뒤가 당기는 기운을 느끼고, 가까스로 역정을 안추르며 박 정랑을 돌아본다.

사또의 눈과 마주친 박 정랑은 당황한 사또와는 달리 담담한 표정이다. 함께 술을 마시며 노래를 즐겼던 것이 아니라 마치 다른 감정의 영역에서 방금 돌아온 사람 같다. 아무런 감정의 변화도 보이지 않는 담담한 박 정랑의 얼굴에 사또는 잠시 당황한다. 이런 낭패스러운 일이 어디 있단 말인가. 상감을 알현하고 삼사의 내직으로 올라갈 꿈이 수포로 돌아간 것도 분한 일이지만, 박 정랑 앞에서 이게 무슨 창피한 꼴이란 말인가. 그렇지만 박 정랑의 눈앞에서야 어찌 화가 난다고 성질을 다 드러내며 포악한 모습을 보이겠는가.

"이 일은 이방께서 자초한 것이니, 이방이 알아서 처분하고 보고하시게."

사또는 가까스로 그렇게 분부하고 속으로 화를 삭였다.

애면글면 노래를 다시 불러내기 위해 속을 태우던 술이 너의 어미 안성댁은 결국 형방으로 끌려가 형틀에 묶여 곤장을 맞고 주리를 틀리며 추궁을 받는다. 다음 날도 그다음 날도 항아리를 앞에 두고 노래를 저어 올렸지만 헛손질에 그쳤다. 노래를 되살리려 애간장을 태우며 머리를 싸맸지만 다 부질없는 노릇이었다. 우선 항아리가 왜 노래를 그쳤는지 그 까닭을 알아야 할 일이었다. 그렇지만 그 까닭을 누구에게 물어 안단 말인가. 이 항아리가 노래 부르는 신비한 능력을 지니게 된 내력을 알 수 있다면 더욱 좋으련만, 그걸 어디 가서 알아낸단 말인가. 사람의 능력으로는 부릴 수 없는 이 항아리의 출처라도 알면 무슨 궁리가 서련만, 그 출처 또한 어찌 알아내겠는가. 아무리 궁리해도 무슨 뾰족한 방법이 나서지 않았다. 노래라면 사족을 못 쓰고, 아무리 혹독하게 매질을 하며 부르지 못하게 해도 노래를 입에 달고 살던 솔이 너의 모습이 떠오르기는 했다. 그러나 솔이 넌들 어찌 노래 항아리를 알고 있겠는가 싶은 생각뿐이었다. 여주댁이 이르기를 이 물건은 귓것이라 하지 않던가. 귓것의 내력이나 부리는 방법을 사람이 어찌 알 수 있겠는가. 이방의 추궁도 추궁이려니와 안성댁 스스로 더 답답해 죽을 지경이었다.

장독대에 놓여 있던 것을 우연히 얻었을 뿐 항아리가 어디서 난 것인지, 누가 거기에 놓아두었는지 도무지 소종래를 알지 못해 답답해하던 안성댁은 끝내 이방이 바라는 대답을 내놓지 못한다. 항아리가 노래 부르는 것을 눈으로 보았고 귀로 직접 노래를 들었으므로 사또나 이방이 자신들을 농락했다고 안성댁에게 죄를 추궁하는 것은 도리가 아닐 것이었다. 그러나 항아리가 노래를 그쳐 사또를 난처하게 만들었고, 이방 또한 곤경에 빠뜨린 터였다. 항아리가 다시 노래를 부르지 못한다면 사또의 분노는 영영 가라앉지 않을 것이 불을 보듯 뻔했다. 이방의 구실 또한 붙어 나지 못할 것은 자명한 일이었다.

노래를 회복하려면 항아리를 누가 빚었고 노래 부르는 재주는 어떻게 지니게 되었는지 그 내력을 먼저 알아야 할 것이었다. 항아리의 내력과 가진 기능을 제대로 알면 노래를 되살릴 방법도 찾을 수 있을 것이었다. 그러나 아낙은 그 내력이나 기능에 대해서는 한 마디도 없이 다만 자기 집 장독대에서 된장을 푸려다 발견했다고 같은 대답만을 되풀이하니 답답한 일이 아닐 수 없었다. 초조하고 답답한 이방의 기대와 바람을 채워 주지 못하니, 추궁 끝에 이어지는 것은 곤장과 주뢰뿐이다.

너의 어미 안성댁은 곤장과 주뢰에 피투성이가 되어 마침내 숨을 거두고 만다. 안성댁의 처참한 꼴을 차마 눈뜨고 볼 수 없어 나는 눈을 질끈 감을 수밖에 없다. 안성댁은 너의 그 노래 항아리로 인하여 결국 피투성이가 되어 숨을 거두고 만 것이다.

항아리의 임자

"네가 항아리의 임자란 말이냐?"

이윽고 솔이 너의 모습이 보인다. 지난 며칠 동안 원근 고을 장터를 돌며 어미 소식을 더듬어 수소문하고 다니느라 몸은 지치고 행색은 초라하다. 먼지가 짙게 앉아 있는 얼굴은 핼쑥하고 때 묻고 구겨진 치마저고리는 구중중하다. 초췌한 얼굴에 작은 눈이 쉴 새 없이 깜박이며 주위를 두리번거린다. 며칠이나 소식 없는 어미와 항아리의 안위가 걱정되어 눈 한번 제대로 붙이지 못하고 불안감에서 잠시도 놓여난 적이 없던 너는 입술도 가뭄의 논바닥처럼 갈라져 있다.

"예, 틀림없습니다. 그 항아리는 소녀의 것이고, 어미가 항아리를 가지고 나가 돌아오지 않아 찾아 나선 것입니다."

너의 대답에 이방의 얼굴이 한결 밝아진다. 항아리로 인해 어지러이 번차례로 극락과 지옥을 오르내렸던 쓰라린 기억이 아직도 생생한 터, 이제 그 실패를 만회할 기회를 다시 잡을 수 있을 것인가. 너의 행색이 비록 초췌하고 볼품없으나 이방은 너를 데리고 온 진문(鎭門)지기로부터 들은 말에 벌써 마음이 온통 들떠 있다.

"네가 항아리 임자라는 걸 어찌 증명하려느냐?"

이방은 너에게 어미의 모습과 항아리의 생김새에 대해 꼼꼼히 따져 묻는다. 어미와 항아리에 관한 일이라면 너보다 더 잘 아는 사람 누가 있겠느냐. 대답이 시원시원하다. 미네골 뒤 장승산 긴미〔長山〕의 생김새며 마을 세도가인 김 진사 댁에 대해서도 대답이 막힘없고 자세하다. 긴미의 생김새야 그 부근에 사는 사람이라면 누구나 대답이 활달하겠지만, 김 진사 댁에 대한 대답에도 막힘이 없자 일단 미덥다. 모녀가 오랫동안 진사 댁 전답을 배메기하며 연명해 온 터, 그 댁 안팎 사정을 웬만큼은 알고 지냈다. 너의 대답에 이방은 가까스로 안도감을 느낀다. 아낙이 입에 노래를 달고 사는 딸이 있다는 말을 얼핏 비쳤다. 그 아낙의 딸이 틀림없어 보였다. 이방은 운이 웃으며 자기에게로 한 걸음 성큼 다가온 것으로 생각한다. 그러나 돌다리라도 칸칸을 짚어 나가지 않을 수 없는 일이다. 사또 앞에서 또 허물을 지을 수는 없는 일이었다. 항아리의 내력을 먼저 묻는다.

노래 부르는 귀신이 붙어 늘 노래를 입에 달고 다녔는데, 노래하는 것만 보면 어미가 팔자 사나워진다고 윽박지르고, 윽박질러 되지 않으니 매질이 그치지 않아 종아리 성할 날이 없이 지내던 어느 날, 까마귀 깃을 꽂은 통영갓에 녹색 두루마기 차림의 손님이 나타나 마음 놓고 노래 부를 수 있게 해 주겠다고 꾀어 그 꼬임을 좇아

항아리를 얻게 된 내력을 너는 소상히 일러 아뢴다. 항아리를 얻게
된 내력을 다 듣고 난 이방은 눈을 슴벅이며 생각에 잠긴다. 세상에
곧이들을 것이 따로 있지 저 말을 사또가 곧이들을 것 같지가 않았
다. 기대에 부풀었던 이방은 다시 풀이 죽고 만다.

　이방은 잠시 뜸을 들이며, 너의 말의 진위를 깊이 생각하고 궁
리에 궁리를 거듭한다. 항아리는, 비록 눈앞에 있을지라도 현실적
인 존재라 할 수 없었다. 현실적인 존재는 사람의 손씀에 따라 어떤
형태로든 대응한다. 세우면 서고 눕히면 눕는다. 깎으면 깎이고 담
으면 담긴다. 물내(物內)의 타고난 성질대로 가볍기도 하고 또는 무
겁기도 하다. 타고난 기능 외에 사람이 작용하여 다른 기능을 얻는
것은 눈에 확실히 보이는 물리적 변화를 겪고 난 다음의 일이다. 사
람의 손에 의해 조작이 비로소 가능한 것이다. 그러나 항아리는 사
람의 작용을 허락하지 않고, 인식의 영역도 벗어나 있는 신비한 능
력을 스스로 발휘한다. 아무리 따져 살펴도 현실적인 이해의 영역
을 벗어나 있는 존재이다. 꿈속이나 귀신들이 횡행한다는 물외(物
外)의 영역에나 있을 법한 존재인 것이다. 그렇다면 네 입에서 나오
는 항아리에 관한 내력이 반드시 자신이 이해할 수 있는 그런 현실
적인 것일 리가 없지 않겠는가. 너의 대답이 현실적인 것이 아니라
는 사실에 화를 내고 서운해할 것이 아니라는 사실을 이방은 뒤늦
게 깨닫고 질문의 방향을 돌린다.

　너는 이방이 묻는 말에 또박또박 거침없이 대답한다. 항아리의
생김새를 다시 확인하고, 네 어미의 행색이며, 노래의 내용 등에 관
한 너의 대답이 일일이 아퀴가 맞고 빈틈이 없자 이방은 가까스로

다시 미간을 편다. 항아리를 얻은 내력은 미덥지 않았으나 항아리의 생김새와 네 어미의 행색은 틀림없이 사실에 부합하였던 것이다. 더구나 네가 그 항아리를 마땅히 보관할 데가 없어 주저하던 끝에 장독대에 보관해 왔다는 것과 네 어미가 된장을 뜨러 장독대에 나갔다가 항아리를 발견했다는 대답이 일치한 것에 이방은 겨우 안도한다.

왜 항아리가 네 것이라고, 어미더러 돌려 달라고 하지 않았느냐는 이방의 추궁에 너는 공연히 매를 벌지 않고도 언젠가 그것을 빼내 감출 수 있으려니 여기고 그 기회를 호시탐탐 노렸다고 너는 대답한다. 그러나 어미가 항아리를 어찌나 애지중지하는지 그 겨를이 쉽게 오지 않았다. 어미가 장에 나가 노래를 파는 눈치더니 그때부터는 아예 항아리를 품에 껴안고 살다시피 했다. 심지어 뒷간에 갈 때도 항아리를 안고 갈 정도였다. 밤낮 항아리를 빼돌리지 못해 벙어리 냉가슴 앓듯 속을 끓였다는 말도 틀리지 않아 보였다.

이방은 사저로 가 사또에게 항아리의 임자가 나타났다는 사실을 아뢴다.

항아리가 다시 노래 부르게 할 수 있다는 이방의 말에 귀가 번쩍 뜨인 사또는 한달음에 동헌으로 달려 나온다. 너를 본 사또는 항아리가 노래 부르게 할 수 있다는 것이 사실이냐고 급히 따져 묻는다. 네가 노래를 불러 항아리에 담아 놓았다가 불러내면 항아리가 노래를 부른다고 대답하자, 사또는 미간을 찌푸렸다. 그렇게 간단히 해결될 문제 같지 않다는 눈치이다.

그동안 사또는 항아리의 노래를 다시 듣기 위해 백방으로 노력

했다. 비록 흔해 빠진 오지항아리지만 노래 부르는 것을 직접 듣고 감흥을 느꼈던 터였다. 그 기억이 쉽사리 지워지지 않았다. 한 번만이라도 항아리의 노래를 다시 듣고 싶었다. 고을 대유(大儒)를 초청, 항아리를 보여 주며 원래 노래 부르는 항아리였는데 갑자기 노래를 그쳐 그 기능을 다시 회복하고 싶은데 무슨 방법이 없겠느냐고 정중하게 자문을 구했다. 사또의 말을 웬 귀신 씨 나락 까먹는 소리쯤으로 여긴 듯 귀를 후비고 털던 대유는 헛기침을 몇 번 하더니 한마디 대꾸도 없이 그만 고개를 절레절레 젓고 돌아가 버렸다. 고을의 이름난 무녀를 불러 사흘 밤낮 노래 회복을 위한 치성을 드리기도 했다. 육방관속을 다 동원, 원근의 재주 있는 현사를 일일이 찾아 모셔 오게 하여 항아리의 노래를 회복하기 위한 방법을 모색했다. 의견은 각기 구구했으나 노래를 회복시킬 재주를 지닌 현사는 한 명도 없었다. 평생 산속에서 풀뿌리로 연명하며 도를 닦았다는 도사도 모셔 왔으나 허사였다. 어떤 방외인(方外人)의 재주도 항아리의 노래를 다시 듣게 하지 못했다.

그런데 초라하고 왜소한 네가 태연히 노래를 부르게 할 수 있다니, 아무래도 미덥지가 않았다. 그러나 항아리의 노래를 듣고 싶은 미련은 버릴 수가 없었다. 항아리의 내력을 이르라고 사또는 분부한다. 너는 수긋한 태도로 아까 이방에게 들려준 바 있던, 구곡산에 갔던 일이며, 구곡산을 지키는 가루라와 신장과 가릉빈가를 만나 치른 모험담이며, 120년 만에 한 번씩 핀다는 대나무 꽃이 발아래 내려와 항아리로 변한 것을, 네가 가져왔다는 사실 등을 추려서 아뢴다. 너의 행색은 비록 초라하지만 눈에 총기가 번뜩인다. 말에도 조리가 있다. 그러나 네 이야기를 다 듣고 난 사또는 꼽장선 쥔 손을 휘휘 내젓는다. 눈초리가 양옆으로 찢어지고 벌레 씹은 얼굴이 된다. 밤을 문 듯 양 볼이 볼록하고 눈에 노기가 일렁거린다.

"어허! 대중없는 것이 그 어미에 그 여식이로다."

항아리가 노래를 부를 수 있게 하겠다는 말도 또한 저렇듯 허황하리라. 어떤 현사도 못 해낸 일을 네가 해낼 수 있다니, 사또는 심기가 이만저만 뒤틀리지 않았다. 박 정랑과의 자리에서 당한 창피가 돌이켜 상기되며 울컥 울화가 치밀어 오른다. 좀 심한 비유 같지만, 내직이라면 창덕궁지기 참봉도 부러웠다. 하물며 상감을 알현하고 노래하는 항아리를 바치고 상감께서 내리는 은상과 더불어 직을 받았다면, 육조나 홍문관은 아니라 하더라도 어디 내수사(內需司) 소임 하나쯤은 받지 않았겠는가. 외직을 벗어나기 위해 요로에 선을 대고 발품을 팔거나 귀물을 상납하며 그동안 얼마나 노심초사해 왔던가. 그동안의 노심초사를 봄볕이 눈 녹이듯 항아리 하나가 다 해결해 주어, 내직으로 올라가 상감을 지근에서 모실 수 있는 직책을 맡았다면 가문에 그보다 더한 광영이 어디 있었겠는가. 승정원이나 육조(六曹)의 내직에 앉아 떵떵거리는 숙항(叔行)들에게도 면목을 한껏 세울 수 있었을 것이다. 그러나 서울로 올라가 상감을 알현하기는커녕 박 정랑 앞에서 그만 항아리가 노래를 그쳐 버리다니, 이보다 더 창피한 일이 어디 또 있겠는가. 저녁연기처럼 날아가 버린 내직에 대한 미련도 쉬이 지워지지 않아 화를 돋우었지만, 그보다 박 정랑 앞에서 잠시나마 별을 따 옷섶에 담은 것처럼 득의만면한 모습을 보였던 것이 중정을 다 드러낸 것 같아 사또는 두고두고 창피하기 그지없었다.

"이방! 노래하는 대나무가 어디 있고, 가루라가 어디 있는 짐승이며, 가릉빈가라는 것이 도대체 무엇이란 말이오?"

이방은 마주 잡은 손을 턱 밑으로 들어 올리고 급히 허리를 굽혔다. 이어 털썩 무릎을 꿇고 마루에 주저앉아 머리를 조아리며 어쩔 줄 몰라 한다.

"본관이 한 번 속지 또 속을 줄 아시오?"

붉으락푸르락 노기 띤 얼굴로 탑상에서 벌떡 일어나 이방에게로 성큼 다가서는 사품이 마치 상투라도 틀어잡고 패대기칠 거친 기세이다. 이방 역시 전에는 노래하는 항아리가 세간사에 존재한다는 말을 들어 보지 못했으나 눈으로 직접 보았고, 그 노래도 직접 귀로 들은 터였다. 그렇지만 현실에 없는 물외적 존재를 또 너무 믿었던 것인가.

"소, 소인은 사또 나리를 도와 드리려는 충정으로 그만, 죽을죄를 다시 짓고 말았습니다……."

"듣기 싫소. 저 아이를 묶어다 하옥시키고, 처분을 기다리시오."

"예, 분부대로 시행하겠습니다."

이방은 지난번 자초한 낭패를 만회하기 위해 너를 불러들였으나 사세를 역전시키기는커녕 설상가상 사또의 진노를 더 부추겨 사태를 악화시켜 놓고 말았으니 죽여 주십사, 처분대로 따를 수밖에 없었다. 허둥지둥 군노 사령을 불러 사또의 분부를 시행토록 지시하기에 정신이 없다.

어미가 관아로 붙잡혀 갔다는 소문을 듣고 어미의 소식도 탐문

하고 항아리의 소재도 알아낼 겸 진남문을 지키는 초병에게 매달려 통사정 끝에 겨우 동헌으로 들어오기는 했으나, 어미의 소식도 항아리의 소재도 알아내지 못하고 옥에 갇혀야 할 몸이 되고 보니 너는 서러움이 울컥 치밀어 오른다.

군노 사령을 따라 들어온 형방 군졸(差使)이 덤벼들듯 단박에 오랏줄로 너의 팔을 뒤로 결어 단단히 결박 짓는다. 상체를 꼼짝없이 오랏줄로 결박당한 너는 형방 군졸의 거친 손에 끌려 동헌 문턱을 넘는다. 이제 속절없이 죽임을 당할 수밖에 없는 것인가. 설움이 차올라 가슴이 터질 것 같다. 너는 설움이 복받쳐 오르자 그만 길게 탄식한다.

언덕 위 나무도 하늘이 내린 전령이라네
하늘의 기심(機心) 알아보는 눈 흔하겠는가
노래 구하는 마음, 진실을 희구하는 마음
세상 진실 다 펼쳐 놓아도 알아듣는 귀 어둡네

가락에 얹어 길게 이어지는 너의 탄식 소리가 형방 군졸의 귀에 들어갈 리 없다. 도리어 와락 오랏줄을 사정없이 당겨 걸음을 재촉한다. 그 서슬에 너는 그만 댓돌에서 앞으로 꼬꾸라지고 만다. 다행히 코를 찧지 않고 얼굴도 다친 데는 없다. 가까스로 일어나 몸을 가누며 형방 군졸의 서두르는 보조에 맞춰 따라가려고 안간힘을 쓴다. 바로 그때 뒤에서 이방의 서두르는 목소리가 크게 들려온다.

"거기, 섰거라. 그 아이를 다시 이리로 데려오너라."

이방의 부름에 군노 사령과 형방 군졸이 걸음을 멈춘다. 사또가 어느새 동헌 마루 끝에 나와 서서 너희들을 바라보고 있다. 이방의 돌아오라 재촉하는 손짓이 바쁘다. 형방 군졸이 너를 돌려세워 동헌으로 다시 몇 걸음 되돌아간다.

"조금 전 그 소리, 그것 한번 다시 해 보아라."

사또의 분부를 받아 서둘러 하달하는 이방의 목소리가 다급하다. 형방 군졸이 오랏줄을 당겨 네가 알아들었는지 확인한다.

"조금 전 부른 그 소리, 한번 더 해 보아라."

이번에는 마루 끝에 선 사또가 직접 하명한다. 너에게로 달려온 이방이 조금 전 네가 했던 소리를 다시 해 보라고 채근이다. 사또의 위세에 이미 기가 팍 꺾인 데다 이런 정황이 두려울 뿐인 너는 어쩔 바를 모르고 머뭇거린다. 이방의 재촉에 너는, 온전히 다 기억할 수는 없으나 힘없이 조금 전 뱉어 냈던 탄식조의 소리를 비슷하게 다시 내뱉는다.

"저 소리, 저것, 항아리에서 나오던 것과 같은 소리 아닌가?"

너의 소리에 귀를 기울이고 있던 사또가 골똘히 생각을 굴리는 눈치더니 자기 생각을 확인하려는 듯 이방을 향해 급히 묻는다.

"예, 소인의 귀에도 그렇게 들렸습니다."

사또의 기색을 살피며 이방은 조심스럽게 대답한다. 이방의 대답에 사또는 혼자 고개를 크게 주억거린다. 생각을 가다듬으며 날카로운 시선으로 너를 내려다보던 사또는 이윽고 결심이 선 눈치이다. 밭은기침을 한차례 한 다음 꼽장선 쥔 손을 길게 내뻗어 너를 가리키며 말했다.

"네가, 항아리가 다시 노래 부를 수 있게 하겠다는 것이 사실이
렷다?"

사또의 물음에 얼른 대답을 하지 못하고 너는 불안한 눈으로 주
위를 두리번거린다. 이방이 너의 입을 뚫어져라 쳐다보고 있다.

"예, 항아리만 있으면 소녀는 항아리에 노래를 담아 둘 수 있습
니다."

"그 아이를 이리 올라오도록 하여라."

사또의 분부가 떨어지자 이방이 형방 군졸에게 너의 오라를 풀
게 한다. 오라에서 풀려난 너는 영문을 알지 못한 채 사또 앞으로
안내된다. 잔뜩 주눅이 든 너는 사또의 달라진 태도에도 불구하고
마음이 불편하고 불안하기는 마찬가지이다. 채 가시지 않은 불안감
과 체념이 뒤범벅된 복잡한 감정과 처분을 기다리는 막막한 심정으
로 사또 앞에 무릎을 꿇는다.

"네가 아까 노래만 자유롭게 부를 수 있다면 죽음도 불사하겠다
고 말했겠다?"

"예, 소녀는 항아리를 찾고, 마음껏 노래 부르는 것밖에 달리 소
원이 없습니다."

"그럼 항아리를 돌려주고 마음껏 노래 부를 수 있게 해 줄 터인
즉, 네가 이곳 관아에 머물겠느냐?"

"항아리를 찾고 노래만 부를 수 있다면 무엇을 마다하겠습니까.
기꺼이 명을 받들겠습니다."

"이방, 교방 행수를 불러 이 아이를 교방에 머물도록 조처하시게."

곧 행수가 달려와 사또의 분부를 받들었다.

행수 초월의 식솔이 되어

　행수 초월의 뒤를 따라 교방으로 가는 너의 뒷모습을 지켜보던
사또는 공연히 자신에게 화가 났다. 저 아이가 과연 항아리가 노래
부를 수 있게 할 수 있을지, 그 사실 여부부터 먼저 확인한 다음 아
이를 교방으로 보내도 늦지 않을 것을, 아이의 말만 믿고 그만 안도
하여 서둘러 교방으로 보낸 자신의 경솔한 조처가 뒤늦게 후회되었
다. 만약 항아리가 노래를 부르기는커녕 아무 구실도 하지 못한다
면, 저 아이를 기릴 이유가 무엇이란 말인가. 사또는 너를 다시 동
헌으로 불러들이도록 이방에게 지시한다.

　이방의 지시를 받고 너는 행수의 뒤를 따라 책방으로 들어간다.
잠시 후 항아리를 안은 이방이 책방으로 들어온다. 이방의 품에 안
긴 항아리를 본 순간 너의 눈에 불이 번쩍 튄다. 달려가 이방의 품
에서 항아리를 빼앗아 품에 안는다. 반가움에 겨운 너는 항아리를
안은 채 방바닥에 주저앉는다. 항아리 뚜껑에 이마를 대고 울먹이

던 너는 이윽고 고개를 든다. 소매 끝으로 눈물을 훔친 너는 비로소 항아리를 이리저리 살핀다. 어디 다친 데는 없는지 겉 태를 꼼꼼히 살핀다. 다친 데도 긁힌 데도 하나 없음을 확인한 너는 자신도 모르게 항아리를 열고 충동적으로 노래를 부르기 시작한다. 항아리와 헤어져 있던 동안 겪은 마음고생과 걱정을 서리서리 풀어 놓는다.

한발 늦게 책방으로 들어온 사또는 너의 기이한 행동에 그만 어리둥절해지고 만다. 너의 하는 짓이 실성한 사람처럼 보인 것이다. 그렇지 않고서야 어찌 저렇듯 입을 벙긋벙긋 크게 벌리며 벙어리처럼 소리 없이 웃고 우는 표정을 짓는단 말인가. 너의 하는 짓을 지켜보던 사또의 눈에 의혹이 짙어지고, 눈초리가 점점 사납게 치켜올라간다. 이방은 긴장한 얼굴로 불안하게 너를 지켜보고 있고, 행수는 네가 넋이 나가 기묘한 짓을 하는 것으로 알고 이 일을 어찌 조처해야 할지 망설이고 있다. 그러나 너는 다른 사람의 시선이나 존재를 전혀 의식하지 않는다. 다만 너의 감정에 사로잡혀 항아리를 안고 벙어리처럼 소리 없이 입을 벙긋거리고 있다. 서러운 감정과 기쁜 감정이 갈마드는지 너는 눈을 감기도 고개를 외로 젖히기도 하며 입을 벙긋대고 있다. 그런 너의 모습이 아무리 봐도 실성한 사람 같기만 하다. 두 눈에서 금방이라도 눈물이 줄줄 흘러내릴 것 같던 슬픈 표정에서 너는 갑자기 환한 미소로 표정을 바꾸기도 한다. 이윽고 너는 벙어리 흉내를 그치고 항아리의 뚜껑을 닫는다.

비로소 너는 사또와 이방과 행수가 너를 지켜보고 있었음을 깨닫고 깜짝 놀란다. 민망스러운 얼굴로 흐트러진 옷매무시를 바로 추스르고 눈물 머금었던 눈을 손등으로 비벼 표정을 바로 잡는다. 너는 당혹감과 의혹이 교차하고 있는 사또와 이방과 행수의 얼굴을 얼른 살핀다. 그들의 당혹감과 의혹을 풀어 주어야 할 필요를 너는 직감한다. 너는 아무 말 없이 항아리의 뚜껑을 열고 노래를 퍼 올린다.

세상 만물 모두 뜨거운 중심인 것을
이 야윈 몸으로 누굴 그리는가
꽃은 제가 피고 지며 계절을 알지
이 몸은 왜 기러기가 되지 못했나
예부터 인생 백 년 못 산다는데

항아리가 노래를 시작하자 사또의 얼굴에 뒤덮여 있던 의혹이 일시에 걷힌다. 놀람과 경탄으로 얼굴이 환하게 밝아진다. 긴장했던 이방의 얼굴에서도 당혹감이 지워지고 미소가 감돈다. 말로만 들었을 뿐 항아리의 노래를 처음 들은 행수는 어찌나 놀라움이 컸던지 눈을 크게 뜨고 자기 귀가 의심스럽다는 표정으로 항아리를 뚫어지게 쳐다본다. 정말, 항아리에서 노래가 나온다는 소문이 사실인 것인가. 무릎걸음으로 항아리로 다가간 행수는 항아리에서 노래가 나오는 것을 확인하고 안을 살펴본다. 빈 항아리에서 노래가 솟아 나오다니, 아무래도 믿을 수가 없다. 그러나 사또와 이방은 아무렇지도 않다는 듯, 다만 기꺼워하고 있는 표정이다.

두 곡의 노래가 끝나자 너는 항아리의 뚜껑을 닫는다.

항아리의 기능이 회복되어 소망이 이루어졌음을 확인한 사또는 매우 흡족한 미소를 짓고 있다. 어떤 현사도 어떤 방외인도 해내지 못한 일을 저 아이만이 해낼 수 있다는 것 아닌가. 이방 또한 비로소 이제 살았구나, 하는 홀가분한 표정이다.

"조금 전 너의 해괴한 모습을 보고 본관은 몹시 놀랐다. 그것이……?"

흐뭇한 표정에 웃음을 띠고 자애로움이 넘치는 음성으로 사또가 입을 뗀다.

"이 항아리 앞에서 노래를 부르면 다른 사람의 귀에는 들리지 않는다고 소녀가 이미 말씀 아뢰었습니다."

"그럼 아까 너는 항아리에다 노래를 담고 있었던 모양이로구나?"

"그렇습니다. 항아리를 안고 노래 부르면 항아리가 모조리 담을 뿐 다른 사람의 귀에는 들리지 않아 소녀가 마음 놓고 노래 부를 수 있게 한다고도 아뢰었습니다."

항아리를 얻은 소종래를 다그쳐 캐물을 때 들은 성싶어 사또와 이방은 동시에 고개를 끄덕인다. 그러나 그때는 그런 사실 자체가 워낙 황당하여 사또나 이방은 주의 깊게 듣지 않고 귓등으로 흘려버렸다. 항아리의 기능이 회복된 것에 만족한 사또는 항아리를 네게 내주며 간수에 각별히 조심하도록 당부한다.

교방에 입방령을 받은 솔이 너를 두고 이방이 행수에게 당부하기를 잊지 않는다.

어여머리를 얹은 행수 초월은 분 화장을 하고 있었으나 세월의 흔적은 다 감추지 못한 얼굴이다. 분 화장으로 주름살은 가렸으나 눈동자에 고여 있는 바람의 자취가 그녀가 보낸 신산스러운 세월의 두께를 읽게 한다. 동기(童妓)로 시작하여 서른 해 남짓의 풍상을 대현 고을 교방에서 이겨 낸 그녀는 달관의 기운이라 할까, 사람에 치여 사는 동안 자연스레 습기처럼 몸에 밴 노회함이라 할까, 그런 기운이 온 얼굴에 그려져 있다.

"사또께서 저 아이를 잘 가꿔 내라고 당부하셨지 않나. 예절 공부도 철저히 시키고, 사또께서 수시로 저 아이를 살피시겠다네."

"분부는 들었지만 까마귀를 까치로 바꿔 놓으라니, 내가 도술이라도 부리는 사람인 줄 아십니까?"

꾀죄죄한 옷차림과 검댕이 묻은 홀쭉한 얼굴에 눈만 퀭한 아이를 잘 먹이고 잘 가꾼들 무엇이 얼마나 달라지겠는가. 막돌을 갈아 옥처럼 윤을 내라는 무리한 당부와 다름없었다. 뜨악한 행수의 마음을 알아차렸던지, 이방은 웃으며 이죽거렸다.

"자네 단장시키는 솜씨라면 무엇인들 불가할까. 그리고 저 아이가 가지고 있는 저 항아리 때문에 사또 나리께서 각별히 신경을 쓰고 있는 줄 자네도 알지 않나. 매사 소홀함이 없어야 할 게야."

이방이 짐짓 엄숙한 얼굴로 거듭 당부한다. 행수는 장가 못 가죽은 몽달귀신 넋두리라도 들은 듯, 엉뚱한 수작처럼 여길 뿐 한쪽 귀로 듣고 한쪽 귀로 흘리고 만다. 세상에 원, 노래 부르는 항아리가 다 있다니, 아까 직접 눈으로 보고 귀로 듣기는 했으나, 그래도 믿어지지가 않았다.

스란치마를 끌며 동헌 마당을 가로질러 활기차게 걷는 행수의 뒤를 따라 무심히 걷고 있는 솔이 너는, 자신의 신분이 바뀌고 있다는 사실을 잘 인식하지 못하고 있다. 이방에게서 행수에게로 넘겨

진 것은, 집과 어머니와의 몌별을 의미하는 것이다. 솔이 네가 살아
갈 곳이 미네골의 집에서 관아의 교방으로 바뀐 것이다. 아무리 모
질게 굴었다지만 너를 낳아 애지중지 키워 왔던 어머니의 품을 떠
나, 모든 일을 공과 사를 가려 빈틈없이 매조지는 행수의 손으로 넘
겨진 것이다. 마냥 즐거운 노래를 마음껏 부르게 된 대신 온몸을 적
시고 있던 따뜻한 어머니의 정으로 이루어진 보금자리를 잃게 된
것이다. 처지가 바뀐다는 것은 그 운명이 달라진다는 것을 의미한
다. 그러나 솔이 너는 주어지는 것을 받아들일 뿐 자신의 변화를
달리 의식하거나 저항감 같은 것을 느끼지는 않는다. 행수 방으로
따라가 시키는 대로 세수를 하고 더러운 헌 옷을 벗고 새 옷으로
갈아입었다. 그럼으로써 자신의 신분이 완전히 바뀌었음에도 너는
그것을 인식하지는 못하였다.

항아리를 부릴 줄 아는 솔이 너의 재주를 아끼는 사또의 배려는
돈독했다. 너를 교방 소속에 두었지만, 특별히 따로 방 하나를 배정
했고, 교방의 으뜸인 행수 초월을 다시 불러 너와 항아리를 잘 보
살피도록 하명했다. 너의 몸 가꾸기를 행수 자신의 몸 가꾸기 하듯
하라고 단단히 일렀고, 먹고 입고 생활하는 데 있어 조금도 불편을
느끼지 않도록 신경 써 보살피라는 지시도 내렸다. 경대 등 화장 도
구 일습과 옷을 지을 비단 옷감을 특별히 하사하기도 하였다.

이방은 항아리에 관한 문제를 풀기 위해서는 그토록 맹렬히 추
궁하고 닦달하며 회유하였으나 너의 마음을 헤아리는 데는 한없이
인색했다. 항아리를 찾았으니, 이제 너는 어미를 만나고 싶었다. 이
방을 붙들고 어미를 만나게 해 달라고 몇 번이나 부탁했으나 사또

의 재가가 떨어져야 한다는 애매한 대답이 돌아왔다. 어디서 무얼 하는데 사또의 재가가 떨어져야 하느냐고 물었으나 어물쩍 넘기거나 묵묵부답으로 일관했다. 행수를 붙들고 어미가 어디 있는지 그 소재라도 알려 달라고 간청했으나 고개를 외로 꼬거나 도리질을 했다. 칼을 쓰고 옥방에 갇혀 있기라도 한 것인가. 아니면 이미 물고를 당해 저승객이 되고 말았다는 것인가. 그들의 수상쩍은 반응이 의혹을 키워 갔다. 네가 사흘이나 숟가락을 들지 않자 그 소식을 듣고 이방이 헐레벌떡 교방으로 달려왔다.

"소녀, 어미 만나기 전에는 밥풀 하나 목 너머로 넘기지 않을 것입니다."

너의 결심이 얼음보다 차갑고 굳음을 알게 된 이방은 낯빛이 달라졌으나 그래도 망설였다. 이 사안의 처결이 자신의 재량권 안에 있는 것인지, 사또의 재가를 얻어 처결하여야 하는 것인지 판단이 잘 서지 않았기 때문이다. 사또의 눈 밖에 나지 않기 위해서는 매사 튼튼히 단속할 일이었다. 자신의 재량권의 범위는 최소한으로 줄이고 사또의 간섭의 영역은 가급적 최대한으로 넓히는 것이 명줄이 달랑달랑한 이방으로서는 마땅히 취해야 할 합당한 처신이었다. 그런 안타까운 처지이므로 이방은 너의 요구를 당장 들어주지 못하고 망설인 것이다. 말로써 달래다 못한 이방은 자기 소관 밖의 일이므로 알아내서 곧 조처하겠노라고 약속하며 얼버무린다.

엿새째도 네가 숟가락을 들지 않자, 이방이 다시 달려왔다. 예사로 달래서는 사태를 수습할 수 없을 것으로 판단한 이방은 사또의 재가를 받았다. 어미가 죽은 사실을 알리되 옥에서 병사했다고 꾸며 밝히기로 한 것이다.

기연가미연가 짐작으로 헤아리고 있었으나 그래도 아니기를 바랐던 어미의 죽음이 이방의 입을 통해 사실로 확인된 순간 너는 그만 까무러치고 만다. 놀란 행수가 급히 손가락을 따고, 팔다리를 주무른다. 꿀물을 타서 입에 떠 넣으며 수선을 피운다. 가까스로 정신이 돌아온 너는 길게 한숨을 토해 놓는다. 그리고 식음을 전폐하고 눈물로 나날을 보낸다.

항아리를 얻어 오는 대신 세상에서 가장 귀한 것을 차례로 잃어갈 것이라고 했다. 그리고 몸이 견디기 힘든 고생을 겪기도 하리라고 미리 통고를 받았다. 그래도 항아리를 원하느냐고 녹색 손님이 물었을 때 너는 선선히 항아리를 원한다고 대답했다. 아무리 그렇다 하더라도, 설마 어미를 잃게 될 줄이야 누가 알았겠는가. 항아리를 얻는 대신 어미를 잃을 줄 알았다면 이 세상의 누가 그러겠다고 하겠는가. 가능하다면 지금이라도 무르고 싶었다. 그러나 이제 어찌 돌이킬 수 있겠는가. 울며불며 보름 정도를 지새웠지만 달라질 것은 아무것도 없었다. 몸이 야월 대로 야윈 너는 어느 날 한숨 섞어 긴 넋두리를 풀어 놓는다.

"……어미를 잃은 것은 항아리를 얻은 업보인데, 소녀 누굴 원망하겠습니까. 다만 어미가 이 항아리의 내력과 저주를 알고 있었더라면 감히 자기 차지로 삼지 않았을 터이고, 목숨을 앞당기는 그런 참담한 불행을 겪지도 않았을 것을, 이럴 줄 알았으면 소녀가 미리 어미에게 귀띔이라도 했을 것을. ……소녀가 죽일 년입니다, 소녀가……. 흐으윽……."

너는 어미의 시신을 수습해 무덤을 짓고 제를 올리는 것으로 작
은 위안을 삼는다.

한편 너는 항아리와 맺어진 자신의 운명을 거역할 수 없음을 새
삼스레 절감한다. 그리고 항아리를 소유함으로써 앞으로 잃어 가야
할 것들과 치러 내야 할 고생을 생각하며 입술을 깨문다.

교방 생활

대현 고을의 교방은 서문 안에 있다.

객사 뒷담을 돌아 서문 쪽으로 한 마장쯤 가다 보면 몇 채의 여염집이 있고 그 여염집들과 좀 떨어진 성벽 아래에 세 채의 초가가 앉아 있다. 동헌에서 바라보면 서문 위 요철로 된 성가퀴〔埰口〕에 가려 여염집들이나 세 채의 초가는 보이지 않는다. 길청의 한 사령이 어느 늦여름 석양 무렵 한티〔大峙〕가 있는 영을 무심코 바라보고 있는데, 유난히 고운 노을빛이 한곳으로 쏠려 빛나고 있었다. 하늘에서 무지개처럼 세상으로 내려와 있는 그 주황빛 노을은 손을 뻗으면 곧 잡을 수 있을 것 같이 가깝게 느껴졌다. 무엇에 홀린 듯, 그 노을빛을 잡아 보려는 충동에 이끌려 길청을 나선 그 사령은 마침내 한곳에 이르러 발걸음을 멈추었다. 눈부신 그 주황빛은 나란히 앉아 있는 세 채의 초가지붕 위에 쏟아져 내리고 있었다.

그곳이 바로 교방이었다.

채홍사(採紅使)가 전국을 누비고 다닐 때는 대현 고을 교방도 100여 명의 꽃다운 미녀가 서로 아름다움을 다투었다. 그러나 그런 호시절은 길지 않았다. 금중의 임자가 바뀌자 이번에는 그로 인한 폐해와 부작용에 대한 비판의 소리가 높아졌다. 따라서 교방 폐지론이 대세를 이루었다. 그러나 군자의 품행을 유지하려면 남기는 편이 더 낫다는 사회 도덕적 명분이 공감을 널리 얻어 폐지론이 고개를 숙이고, 명맥을 이어 오게 되었다. 그러나 규모는 대폭 축소되었고, 예전의 영화는 찾아보기 힘들게 되었다. 요즘 대현 고을 기녀는 30여 명밖에 남아 있지 않았다.

다른 고을도 비슷하지만, 대현 고을도 연중 크고 작은 행사가 줄을 잇듯 잇대어 열렸다. 신년원단, 봄을 맞아서는 고을 관민의 입춘대길(立春大吉)과 건양다경(建陽多慶)을 축수하는 잔치로 한 해를 열고, 하지 무렵에는 기우제와 풍년을 비는 행사로 농사짓는 고을 백성들을 위무하였다. 늦가을 추수가 끝나면 하늘과 임금께 감사제를 올리고, 고을의 연로한 어른들을 모시고 무병장수를 축원하는 행사도 가졌다. 이런 고을의 크고 작은 행사 때마다 중심 역할에 버금가는 양념 역할을 잘 해내는 것이 바로 이 30여 명의 기녀들이었다. 이들의 노래와 춤이 아니고서는 고을 행사 어느 것 하나 원만히 치러지지 않았다. 기녀들은 이런 대소 행사뿐만 아니라 고을을 찾는 서울의 귀한 손님들을 영접하고 송별하는 구실까지 맡아 해냈다. 그러므로 고을의 원도 이들을 관아의 육방관속에 못지않게 중시하였다.

이런 대현 고을 교방에 심운보라는 음률 선생이 대들보처럼 버티고 있었다.

　심운보는 장악원(掌樂院) 우방(右坊)*의 전율(典律)로 봉직했던 인물이다. 그는 대현 고을 상인(常人) 출신이었다. 남다른 음악적 재능으로 전국의 악공들과 경쟁을 치러 당당히 궁중 예인으로 뽑혀 정7품 전율직에까지 오른 입지전적 인물이었다. 재주는 적게 타고났으나, 일찍부터 음률을 즐겨 거기에 몰두하기를 몇 해, 마침내 그 물매를 터득하였고, 필률(觱篥)과 현금(玄琴)에 다른 사람의 추종을 허락지 않을 만큼 뛰어난 경지에 이르렀다. 그는 출신 성분에는 어울리지 않게 시, 서, 화에도 웬만큼 실력을 두루 갖추고 있었다. 반상의 신분 차별이란 대처로 나갈수록 엄격해지는 반면 몇 가구 되지 않은 한적한 시골에서는 그 구분이 허물어져 있는 경우가 종종 있었다. 심운보가 어렸을 적 이웃 동무를 따라 서당 행보를 몇 번 하다 글공부에 관심을 갖게 되고, 어머니를 졸라 서당에 다니게 된 것도 다 반상의 차별이 심하지 않은 마을 분위기 덕이었다. 그렇듯 서당에서 익힌 문자 속이 발전하여 시, 서, 화에 두루 관심을 갖게 되어 풍류인으로서의 체모를 제대로 갖추게 되었을 뿐만 아니라 지혜의 속 켜를 알차게 다져 자연 세상을 읽는 눈이 밝아졌고, 따라서 음악인으로서 정7품의 품계에까지 올랐던 것이다. 나이도 차고, 후생에게 재주가 밀려 어쩔 수 없이 장악원에서 물러나 고향으로 돌아온 그는 고을의 요청이 있자 기꺼이 교방에서 기녀들을 가르치는 직무를 맡게 되었다.

---

* 우리 음악을 전문으로 하는 악원.

교방의 기녀들은 물론 수모(手母)와 하님(下任), 차비노(差備奴)와 근수노(跟隨奴)들도 그의 앞에서는 숨도 제대로 쉬지 못했다. 기녀들의 화장과 단장을 맡는 수모와 기녀들의 의식주에 관한 모든 일을 담당하는 하님은 기녀들과는 늘 호흡을 함께하는 한 식구들이었다. 그리고 심운보에게서 젓대와 거문고를 배우기 위해 그의 시중은 물론 잡무도 마다하지 않고 그의 수족처럼 움직이며 봉사하는 차비노와 유품이나 악기를 관리하며 따라다니는 근수노도 교방의 한 식구로 지냈다.

솔이가 교방에 들어간 것은 늦가을로 접어들 무렵이었다. 밤 대추는 이미 다 따 말리거나 갈무리한 지 오래였고, 까치밥만 남겨 두고 감나무의 홍시도 다 땄을 무렵이었다. 자작나무와 느티나무, 은행나무는 옷을 벗은 지 오래였다. 추수가 끝난 빈 들판은 밤이 되면 갈기를 세운 바람이 말발굽 소리를 내며 내달리고는 했다. 꿩이 몇 번 울며 건넌 산으로 옮겨 갔는가 싶으면 어느 겨를에 해가 지고 어둠이 내렸다. 이렇듯 해가 짧아지고 서리가 내릴 무렵이면 교방은 한가해졌다. 연중행사를 거의 다 치르고 난 터라, 마음이 편안하고 느긋해졌다. 그러나 그것도 잠시, 다른 일로 교방에는 다시 긴장감이 감돌았다.

늦가을부터 이듬해 봄까지 기녀들의 공부가 시작되었던 것이다.

기녀들이 갖추어야 할 기예의 기본은 노래와 춤이었다. 노래와 춤만 훌륭하면 어느 행사나 연회에 내놓아도 손색이 없는 것으로 쳤다. 그러나 노래와 춤에 반드시 교양을 더해야 빛이 난다고 강조하고는 했다. 그 때문에 곧 시, 서, 화 익히는 것이 더해졌다. 기녀들이 참여하는 행사나 연회가 대개 양반들을 상대로 하는 것이므로, 양반들이 갖추고 있는 학식에 버금가게 교양을 구비해야만 그 물색을 알고 보비위를 아귀 맞춰 제대로 할 수 있으며, 나아가 재주가 출중할 경우 양반들의 고임이 두터워 값을 높이게 되므로 수고를 아끼지 않고 그 재주를 익혔던 것이다.

교방은 보는 사람의 눈에 따라 그 색깔과 빛을 달리했다. 남녀는 물론 노소에 따라 보는 눈이 다르고, 반상의 신분 차이에 따라 보는 눈은 물론 느끼고 생각하는 것 또한 달랐다. 교방 지붕 처마에는 참새들이 집을 짓고 새끼를 낳아 길렀으며 봄부터 가을까지 서까래는 제비의 보금자리가 되고는 했다. 가끔 바로 옆 감나무나 오동나무에서 날아온 까치가 지붕 위에 앉아 임을 부르는 모습도 볼 수 있었다. 까치가 임을 부를 때 운이 좋으면 지붕 아래의 방에서 동그랗고 탄력 있는 가야금 소리가 하늘로 높이, 높이 솟아 올라가는 길에 잠시 까치의 연가에 반주가 되어 주기도 했다.

세상의 어떤 곳에서도 자기가 머물 마땅한 곳을 찾지 못한 가야금 소리는 늘 하늘로만 솟아올랐다. 하늘로 날아올라 자기 자리를 찾으려는 가야금 소리는 듣는 사람의 상념 또한 현실을 뛰어넘게 충동하였다. 현실에서 느낄 수 없는 그 감미로운 느낌은 듣는 사람의 가슴속에 가 닿을 수 없는 다른 세계의 아름다운 풍광을 그려 놓았다. 가 닿을 수 없기 때문에 더 동경하고 갈망하게 되는 그 아름다운 풍광, 그것은 오랜 소망으로 가슴속에 접어 두게 마련이다.

그 지붕 아래의 방에서는, 깊은 돌 속을 울리다 세상으로 나온 듯 아득한 거문고 소리도 자주 들렸다. 노송의 나이테를 현 삼아 뜯는 듯 고현한 거문고 소리는 듣는 이의 옷깃을 여미게 한다. 소리로써 사람을 겸손하게 만드는 것은 거문고가 아니면 가히 하지 못한다. 무겁기는 말없이 늘 같은 자리를 지키는 산을 방불케 했고, 그 유장함은 아무리 때가 바뀌어도 변함없이 흐르는 장강을 연상시켰다. 그 무거움과 불변은 가볍고 늘 변화를 도모하는 사람들을 한소끔 끓어 숙연하게 만든다.

지붕 아래의 방에서는 노랫소리도 자주 흘러나왔다. 노랫소리는 대개 슬픔을 가득 담고 있었다. 다 그런 것은 아니지만 대개 노랫소리는 칼날이 가슴을 저미듯 아프게 느껴질 때가 많았다. 듣는 사람의 가슴을 후벼 파 피를 흘리게 하는 소리의 칼이 실제의 칼보다 더 아프고 예리하다는 사실을 아는 사람은 안다. 사람이 마침내 돌아가고 싶은 곳은 고향이라고 한다. 세상을 다 감싸고도 남을 어머니의 넉넉한 품속 같은, 세상에 나가 입은 육신과 정신의 상처를 말끔히 치유할 수 있는 유일한 곳, 잃어버린 사랑도 회복할 수 있는 영원히 안온한 집, 고향이 아니고서는 찾을 수 없는 것들이다. 모든 노래는 고향으로 돌아가고자 하는 사람들의 갈망에 다름 아니라고 한다. 사랑의 갈망도 그리움과 동경의 변주도 다 궁극적으로는 자기가 나온 자궁, 그보다 더 안온할 수 없는 자궁으로 회귀하고자 하는 본능의 작용이라는 것이다. 그러나 어찌 그것이 가능하겠는가. 사람의 성대를 타고 나오는 노래는 그래서 슬프지 않은 것이 없다는 것이다.

그렇듯 교방에서는 가야금 소리나 거문고 소리, 그리고 노랫소리가 심심찮게 담을 넘어 밖으로 흘러나오고는 했다.

더벅머리 총각이 그 음률을 들었다면 교방을 두고 영영 닿지 못할 무지개 저편의 존재로 여기고 한숨을 쉬었을 것이다. 일상의 궤적만을 따라 맴을 돌듯 살아온 댕기머리 처녀가 그 음률을 들었다면 그 끌어당기는 인력을 잡아떼느라 등에 진땀을 흘려야만 했을 것이다. 상놈이야 자기 신세타령이나 하며 한숨을 끄면 그만이겠지만 과거 공부에 열중하던 선비가 들었다면 서책의 같은 곳에 헛눈길을 두고 하루 이틀은 허송해야만 했을 것이다.

위채에는 심 전율의 거처와 공부방이 있었고, 아래채는 기녀들이 거처로 쓰고 있었다. 심 전율의 수족과 다름없는 근수 성진과 교방의 잡무를 도맡아 하는 차비 범우는 심 전율 관할이므로 심 전율과 함께 위채에 기거하였고, 솔이 이하 열댓 명의 기녀들은 행수 초월의 감독 아래 아래채에서 생활했다. 아래채 식구들 가운데 수모와 하님도 기녀들에게는 행수 초월에 버금가는 무서운 존재였다. 서른이 넘는 대현 고을 기녀들 가운데 절반가량이 외거기(外居妓)로서, 행사가 있을 때만 관아에 들어와 기예를 뽐내고 나면 집으로 돌아가고는 했다.

낮이면 위채가 활기를 띠었고, 밤이면 아래채가 부산스러웠다.

낮이면 기녀들 모두가 위채로 올라가 공부를 하였다. 소리 공부, 가야금이며 거문고 공부, 춤 공부, 개중에는 서화 공부를 하는 기녀도 있었다. 소리, 가야금이나 거문고, 춤 공부는 각기 다른 방에서 스스로 반복적으로 연습을 하고 때에 맞추어 심 전율 앞에 나가 어느 정도 익혔는지 심사를 받았다. 서화도 스스로 되풀이 연습을 한 다음에 심 전율로부터 품신을 받았다.

심 전율의 눈높이는 이전이나 지금이나 변함이 없었다. 자기 눈의 높이를 아이들의 솜씨를 품평하는 데 그대로 적용하였다. 소리는 물론 가야금이나 거문고도 장악원 악공들의 솜씨를 염두에 두고 평가하였다. 필생의 업으로 음률을 익히는 악공들과 꽃에 향기를 보태듯 타고난 몸에 치장처럼 음률을 익히고 있는 교방 기생들의 수업 수준이 같을 리 없었다. 그러함에도 음률이란 똑같은 것이므로 그 익히는 자세나 공부란 똑같아야 한다고 심 전율은 강조하였다. 그 때문에 악공들에 비해 성심이 덜하고 게으를 수밖에 없는 기녀들은 심 전율로부터 호되게 담금질을 당하였다.

스스로 연습을 하여 기량을 높여 가야 하는 기녀들은 매달 보름께와 그믐께에 번갈아 가며 심 전율의 품신을 받아야 했다. 기녀들은 매달 보름께와 그믐께가 가까워 오면 가슴앓이 몸살부터 시작하였다. 심 전율로부터 당할 벌이 무서워 먼저 몸이 움츠러들었다. 그 가슴앓이 몸살은 심 전율의 방을 다녀와야 가까스로 잦아들었다. 품신을 받기 위해서는 먼저 회초리를 마련해 들고 가야 했다. 들고 간 회초리로 벌이 모자라면 열흘간 물 긷기나 땔나무를 해 오는 벌이 보태지기도 했다. 대개가 회초리가 부러지도록 매를 맞거나 몇몇에게는 물 긷기나 땔나무 해 오는 노역의 벌이 내려졌다. 어쩌다 하님을 불러 하루 이틀 밥을 굶기도록 조처하는 벌도 내려졌는데, 기녀들은 밥 굶기는 벌을 가장 무서워했다. 심 전율의 방을 다녀온 기녀들은 거의 모두 종아리에 피를 줄줄 흘렸고 며칠 동안 거동에 불편을 느꼈다. 기녀들에게는 가슴앓이 몸살보다 종아리의 아픔이 훨씬 가볍게 느껴졌다.

솔이 너도 몇 번이나 종아리에 피를 흘렸다. 가급적 가냘프고 낭창낭창한 것으로 골라 회초리를 해 들어가면 벼락이 떨어졌다. 당장 근수 성진이 불려 들어오고, 굵은 회초리를 대령토록 불호령이 떨어졌다. 그런 날의 회초리 맛은 훨씬 혹독했다.

"어허, 저년이 건너편 언덕에 핀 자운영 구경하고 있네. 가야금을 탈 때는 가야금에 온 정신을 쏟아야지. 너 지금 정신이 어디 마실 나가 있는 게냐?"

가진 정성을 다 쏟아 가야금을 타면 자기도 모르는 사이 콧등에 땀이 뱄다. 솔이 너는 콧등뿐만 아니라 이마에도 땀방울이 송글송글 맺혔다. 숨도 쉴 틈 없이 휘몰아 가는 손은 자기 눈에도 보이지 않았다. 이미 손은 제가 스스로 익힌 길을 오고 갈 뿐이었다. 손은 솔이 너의 의식의 통제권에서 벗어나 자유자재로 바람처럼 날아다니고 있었다. 그런 솔이 너에게 정신을 어디 두고 있느냐고 날벼락이 떨어진 것이다. 그날 종아리가 터지도록 회초리를 맞았으나 솔이 너는 종아리의 아픔을 이기고도 남음이 있는 감정의 고양을 느꼈다. 선생으로부터 꾸중을 듣고도 자부심이 지워지지 않았는데, 그 자부심은 자기가 가닿고자 하는, 자기가 얻고자 하는 소리를 얻은 데서 오는 자족감이었다. 다른 사람은 감지하지 못해도 솔이 너는 자기 소리의 진경을 인식하고 있었다. 게다가 언제 심 전율이 한 번이라도 칭찬하는 사람이던가.

"너 지금 어느 바다 속에 가라앉아 있는 게냐. 거문고 소리는 어디 두고 헛것만 짓까불고 있는 게냐?"

가야금 품신을 받은 한 달쯤 후, 거문고를 들고 방으로 들어가

심 전율 앞에 앉아 탄주를 시작했다. 중모리 들머리에 이르자 심 전율은 담뱃대로 재떨이를 탕탕 쳤다. 미간에 내 천 자를 그리고 눈을 새치름하게 뜨고서 노려보았다. 턱밑 수염이 파르르 떨렸다. 품신을 받을 때마다 겪은 일이었다. 솔이 너는 아랑곳하지 않고 눈을 감았다. 눈을 감아도 술대는 제 현을 탔고 왼손은 정확히 짚을 데를 짚어 소리의 장단과 고저를 맞추었다. 눈을 감고도, 적당히 흔들어 대는 농현도 잘 구사되었다. 거문고를 마친 날도 준비해 들고 간 회초리가 부러지도록 종아리를 맞고 방으로 돌아왔다. 물에 담근 쑥을 종아리의 터진 곳에 붙여 동여매면서, 솔이 너는 아픔을 느끼기는 커녕 자랑스러움을 느꼈다. 지금까지 자신이 탄 거문고 가락 중 그날 탄 가락이 가장 마음에 들었기 때문이었다.

"노래란 상, 중, 하로 가르는 것인데, 그 여운이 하늘에 구름과 함께 오래 머물러 있는 것이 상이요, 사람의 가슴속에 오래 시냇물 소리를 내며 흐르게 하면 중이요, 다만 귀만 달콤하게 하는 것이 하이다. 넌 지금 귀도 달콤하게 해 주지 못하니, 그걸 어디 노래라고나 할 수 있겠느냐!"

솔이 너의 노래에 대한 평가 또한 인색하였다. 사또를 비롯한 육방 관속은 말할 것도 없고 행수나 수모나 하님도 한결같이 솔이 너처럼 노래 잘하는 아이는 처음 본다고 칭찬이 자자했다. 그러나 심 전율은 하급에도 미치지 못한다고 한마디로 폄하해 단정 지었다. 물론 율음의 경지란 무궁무진하여 사람의 재주로는 가 닿을 수 없는 경지도 있다고 들었다. 거문고 탄주로 계절을 바꿔 겨울에 따스한 봄바람을 불어오게 하기도, 여름에 얼음을 얼게 하기도 하는 재주가 있다는 말을 들은 적이 있었다. 한아라는 가객이 슬프게 탄식하며 노래하고 지나간 마을의 집집마다 상기둥*이 사흘 동안이나 울었다는 이야기도 들은 바 있었다. 그러므로 심 전율의 지적이 틀렸다고 말할 수는 없을지 몰랐다. 그렇다 하더라도 하급에도 이르지 못하다니, 속이 상했다. 종아리를 맞고 방으로 돌아온 솔이 너는 이불을 뒤집어쓰고 오래오래 훌쩍였다.

심 전율은 어쩌다 운명이라는 걸 생각할 때가 있었다. 자기가 노력한 것은 생각지 않고 오로지 운명이 자기를 장악원 악공으로 종사하며 기예를 뽐내게 만든 것이라 믿었다. 운명의 조화가 아니었다면 아무리 기예를 훌륭히 갈고 닦았다 하더라도 장악원 악공으로서 궁중에서 그 기예를 펼칠 기회를 어찌 잡을 수 있었겠는가. 자기보다 훨씬 기예가 뛰어난 사람도 운명을 잘못 타고났다면 초야에 묻혀 자기 기예를 발휘할 기회를 얻지 못할 수도 있으리라 믿었다. 그러나 이따금 왜 운명이냐, 운명이 아니라 자기 스스로 노력하여 그런 기회를 잡을 수도 있는 일 아니냐, 라고 반발심이 일어날 때도 없지 않았다. 하지만 자기가 살아온 길을 뒤돌아보면 운명을 스스로 만들어 왔다고는 생각되지 않았다.

교방에서 생활하고 있는 아이들의 장래를 생각하면 그 운명이란 놈이 예사롭게 여겨지지 않았다. 아이들에게 어떤 계기로 그 고약한 운명이 덮어씌워진 것인지 대략 짐작은 갔다. 하지만, 무엇 때문에 아이들로 하여금 꼭 그런 불행이나 재앙을 겪게 해야만 하는가.

---

* 안방과 마루를 잇는 중심 기둥.

운명이란 가난과 불운과 고통을 동반하거나 동행하기 때문에 사람들은 가급적 그것을 멀리하려 한다. 교방 아이들 중 대부분은 기예를 닦을 만한 재능이 모자랐다. 다만 타고난 가난 때문에 어쩔 수 없이 가족으로부터 내쳐져 고생을 하고 있는 것이다. 대부분 재능도 모자라고 음률에 흥미도 느끼지 못한 채 강제로 교습을 받고 있는 아이들은 기초를 닦는 데만도 힘겨워 했다. 몇 달씩 가르쳐도 줄 고르는 기본조차 제대로 습득하지 못했다. 한 해가 넘도록 가르친 아이도 도드리 한 곡 제대로 뜯지 못했다. 철마다 정한 때에 품신을 받으러 온 아이들의 솜씨를 보면 가소롭기 짝이 없고 기가 막혔다. 잔재주를 피울 요령마저 없는 것이다. 몇 소절 듣지 않아 벌컥 울화가 치밀었다. 저도 모르게 휘두른 회초리가 현을 뜯는 아이의 손등을 갈겼다. 다급히 피했으나 이미 손등에는 피멍이 든 회초리 자국이 선명했다. 두 아이, 세 아이 차례로 살펴 나갔으나 하나 신통한 아이가 없었다. 손등이 터진 아이도 있고, 종아리가 터져 피를 흘리는 아이도 생겼다. 어찌나 화를 내며 씨근댔던지 아이들은 자신의 아픔보다 회초리를 휘두르는 선생의 화가 먼저 풀리기를 더 바라는 눈치였다. 회초리가 다 부러지고 나면 손찌검으로 회초리를 대신하기도 했다.

그러나 새로 온 솔이 너는 다른 아이들과 달랐다. 솔이 너는 영오했다. 가르쳐 주지 않은 것도 스스로의 노력으로 터득하였다. 자기가 빚어 놓고도 태 고운 놈이 보일 때 느끼는 도공의 만족감, 솔이 너를 볼 때마다 심 전율은 늘 그런 흐뭇함을 느꼈다. 하늘로부터 재주를 타고난 것인가, 거기에다 음률을 즐기는 성품까지 타고났다. 그 즐기는 성품이 남달라 더 많이 노력하고 그 노력이 아마 재주로 승화되는 것 같았다. 솔이 너의 가야금이나 거문고는 성진에게 결코 뒤지지 않았다.

성진의 거문고는 장악원 악공의 솜씨에 버금가는 수준이었다. 선가(善家)의 거문고 탄주를 듣고 있으면 문향 같은 것이 온몸으로 젖어드는 느낌을 받는다고 한다. 명인(名人)의 거문고 소리를 듣고 있으면 붓이 화선지 위를 달리는 것과 같은 유현한 소리가 귀를 적신다고 한다. 거장(巨匠)의 거문고 소리를 듣고 있노라면 한적한 정자 위에 누워 하늘에 걸린 구름에 오언절구를 일필휘지로 휘갈겨 내려가고 있는 듯 오연한 느낌을 갖는다고 한다. 아직 선가의 수준에도 이르려면 멀었지만 성진의 거문고를 듣고 있으면, 만야에 낙엽이 지고 있는 소리를 듣고 있는 것 같았다. 그 솜씨라면 몇 해 정도 잘 묵히면 능히 선가의 반열에는 들 수 있으리라, 짐작되었다. 그렇다면 마땅히 칭찬을 해 주고 독려해 주어야 마땅할 터인데도 그래지지가 않았다. 그의 기예에 진경이 느껴질 때마다 더 혹독하게 꾸중을 내리고는 했다.

"그게 어디 거문고냐? 소리가 단단해야지 그렇게 물러 빠져서야 원!"

심 전율은 성진에게 늘 단단한 소리를 내라고 다그쳤다. 거문고 머리 쪽에 줄을 받치고 있는 현침(絃枕) 가까운 데서 줄을 힘껏 밀어 소리를 얻어야 한다고 주의를 주었다. 여자아이들이야 줄을 뜯어 올려 부드러운 소리를 내도 상관하지 않았지만 성진에게는 부드러운 소리를 허용하지 않았다. 부드러운 소리는 내기가 쉽고 그것

136

이 정감이 있기는 하지만 허하다는 것이었다. 반면 단단한 소리는 얻기도 힘들지만 그 울림이 깊고 실하다는 것이었다. 아이들의 재주야 놀이판에 쓰일 것이므로 적당히 해도 무방하지만, 성진의 재주는 전문 악공으로 쓰일 것이므로 더욱 단단해야 한다는 것이 심 전율의 주장이었다. 그러면서 말끝마다 '쉽게 가려 하지 말라.'라고 윽박지르며 기회 있을 때마다 장구로 박자를 잡아 나가다 벼락을 내리고는 했다. 왼손 쓰는 재주를 강조하며 직접 보여 주기도 하고, 또 현침에 가까운 쪽에서 소리를 내라는 주문과 함께 왼손으로 줄을 꺼잡고 음을 내리는 퇴성법(退聲法)*을 교습하기도 했다.

성진에게 하는 버릇이 옮아온 탓일까, 솔이 너에게도 좀처럼 칭찬의 말이 나오지 않았다. 오늘은 칭찬을 좀 하려니 작정하고 마주 앉은 날도 끝내는 회초리를 들게 되고, 회초리를 들면 종아리에 피가 나도록 혹독한 매질을 하게 되었다. 심 전율은 그러한 자신의 감정의 격랑과 변덕을 알다가도 모를 일이라며 가끔 혼자 고개를 저었다.

다른 아이들에게는 꾸중을 하고 매질을 할 구실이 분명했다. 대부분의 아이들은 한 달 전의 품신 때나 두어 달 전의 품신 때와 똑같은 실수를 되풀이했다. 다스름을 마치고 도드리로, 도드리에서 밑도드리 정도 나가는 동안 몇 번 실수야 누구에겐들 없으랴. 대개 다스름은 무사히 넘겼다. 도드리나 밑도드리에서 그만 몇 번 현을 뜯는 손가락이 헛짚었다. 그럴 때면 고요히 흐르던 물에 누군가 툭

---

* 한 음을 낸 뒤 한 율, 또는 두 율 낮게 끌어내리는 기법.

돌을 던진 듯 심 전율의 정신에 파탄이 일어나고, 일순 새카만 혼돈이 정신의 시야를 가렸다. 이윽고 혼돈의 표피를 뚫고 정신이 되돌아오면 그다음 들려오는 탄주는 자갈밭을 달리는 차륜의 굉음처럼 어지럽게 들렸다. 그 때문에 번번이 회초리가 바람을 가르고 손등에 피멍을 들였다.

그러나 솔이 너는 실수를 거듭하는 일이 거의 없었다. 한 번 지적하여 꾸중을 들은 대목은 반드시 바로잡았고, 그 한 번의 꾸중을 다른 실수를 예방하기 위한 교훈으로 삼았다. 그 꾸중을 교훈 삼아 혼자 연습을 얼마나 혹독하게 했던지 품신을 받을 때마다 심 전율의 기대나 예상을 늘 앞질러 있었다. 그 때문에 솔이 너에게는 매가 필요하지 않았다. 그런데도 웬일인지 공연히 트집을 잡게 되고 마침내 매질을 하게 되고는 했다. 이제 매질은 하지 않아야지, 몇 번이나 작심했는지 몰랐다. 칭찬은 아끼더라도, 아무 탈도 일으키지 않는 아이에게 매질을 하여 종아리에 피를 내다니, 내가 왜 이토록 악독한 놈일까. 내심 그런 후회를 되씹으면서도 태도가 바뀌지 않았다. 매번 가혹한 매질로써 다음에 더 잘하라, 더 잘하라 다그쳤다.

이상하다. 지금 솔이 너는 시간이 지워진 공간에 앉아 있는 것 같다. 시간이 지워지고 없는 공간은 유리 막 저 너머의 원경처럼 존재감이 없어 보인다. 너는 물론 네 앞에 서서 무엇인가를 채근하고 있는 기이한 형상의 짐승도 실물감이 느껴지지 않는다. 독수리의 머리에 사람의 몸을 한 것도 같고, 사람의 머리에 수리부엉이와 비슷한 몸을 하고 있는 것도 같다. 그 기이한 형상의 짐승은 거대한 새와 비슷하다. 그래, 네가 구곡산에서 마주쳤던, 수미산의 사해에 살며 용을 잡아먹는다는 새의 왕 가루라가 맞는 모양이다. 금빛 날개를 가진 가루라는 입으로 화염을 뿜어내고 머리에 박힌 여의주에서 위력적인 빛을 내쏘아 적을 제압한다는데 그런 강강한 모습이 아니다.

자세히 살펴보니 새의 머리에 사람 몸을 한 것이 아니라 사람의 머리에 새의 날개를 가진 모습이다. 글쎄, 극락정토에 깃들이며 아름다운 노래를 부른다는 가릉빈가인가. 그래, 온화한 여인의 얼굴에 큰 날개를 가진 것으로 보아 너에게 항아리를 주선한 가릉빈가가 맞는 모양이다. 가릉빈가는 천녀의 고귀한 품성을 지니고 항상 고운 노래를 부르며 사해를 날아다닌다 했는데, 네 앞에 다시 현신한 까닭이 무엇일까. 가릉빈가와 네가 만나 이야기를 나누고 있는 모습이 마냥 신기해 보인다.

솔이 너는 반가운 기색을 띠고 평온한 얼굴로 가릉빈가와 이야기를 나누고 있다. 이상한 일이지만 가릉빈가가 네게 하는 말이 내 귀에도 또랑또랑 다 들린다.

"너는 항아리를 네 몸보다 더 끔찍이 보살피겠다고 약속했다."

가릉빈가의 말에 문득 긴장하며, 그 약속을 생생히 기억하고 있다고 말하려다 입을 다문 너의 불안한 마음이 보인다.

"항아리를 보살피는 데는 고생이 따르리라는 사실을 미리 알려 주기도 했다."

잘 기억하고 있다고 말하려다 입술을 깨무는 솔이 너의 마음이 내 눈앞에 그려진다.

"항아리를 가지면 대신 소중하고 귀한 것을 잃게 될 것이라는 경고도 했다."

너의 얼굴에 어두운 그늘이 지나간다. 너는 항아리로 인해 이미 어미를 잃었고, 앞으로 어떤 소중한 것을 또 잃게 되는지 모르리라 각오를 굳힌 바 있다고 항변하려다 그만둔다.

"보살피기를 소홀히 하면 항아리가 네게 작별 인사도 없이 홀연히 떠나 버릴 수도 있다는 사실을 명심하라고 당부한 바도 있다."

아직 보살피기를 소홀히 한 바 없다고 너는 마음속으로 항변한다. 다만 항아리가 원하는 것이 무엇인지 제대로 파악하지 못해 실행에 옮기지 못하고 있을 뿐이라고 말하려다 너는 입술을 깨문다.

"항아리가 무엇을 원하는지 파악하지 못했다니, 솔이 너답지 않구나."

항아리가 새 노래를 담아 달라고 하는데 어떤 것을 두고 새 노래라고 하는지 너는 알 수가 없다고 따지고 싶다.

"새 노래란 교방을 떠나 길을 나서야 비로소 얻을 수 있다고 항아리가 네게 누누이 말하지 않았느냐. 항아리는 네가 지은 새 노래를 불러 달라고 청했다."

솔이 너는 항아리가 다른 사람이 한 번도 부른 적 없는, 네가 새로 지은 노래를 불러 달라고 청한 사실은 잘 알고 있다. 그러나 내가 무슨 재주로 다른 사람이 한 번도 부른 적 없는 새 노래를 지어 부른단 말인가. 길을 나서면 얻을 수 있다고 하지만, 가야 할 곳이 어느 방향인 줄이나 알아야 길을 나서고 말고 할 것 아닌가.

어느 날 갑자기 항아리는 지금까지 불러 온 것과 다른, 새 노래를 불러 달라고 떼를 썼다. 새 노래를 불러 달라니, 지금까지 불러 온 노래가 싫증이 나서 그러려니 여긴 너는 그러마고 선선히 대답했다. 너는 심 전율에게 간청을 넣어 가사, 가곡을 배웠다. 전에 부르던 노래와 곡조며 가사 내용에 차이가 많이 나 배우기가 쉽지 않았다. 전에 부르던 노래가 짤막한 단가였다면 가사와 가곡은 길게 이어지는 장가였다. 전에 부르던 노래는 대개 빨랐다. 구성지거나 흥겨웠다. 그러나 가사, 가곡은 느리고 담백하여 흥취가 덜했다. 느리고 담백했으나 그것을 익히는 동안 그 맛 또한 점점 감칠맛이 느껴져 기꺼웠다. 너는 특히 가곡에 매료되었다. 서창인 초삭대엽, 이삭대엽, 중거, 평거……, 시작은 밋밋하지만 소용(騷聳)이에 이르면 웃음이 절로 났다. 아무렴 '불 아니 땔지라도 절로 익는 솥이 어디 있고, 여물죽 아니 먹여도 크고 살찐 말이 어디 있으며, 술이 샘처럼 솟아나는 주전자가 어디 있겠는가.' 선비들의 숨은 욕망을 은근히 꼬집고 풍자하는 내용에 절로 웃음이 났다. 그리고 계락, 우락, 언락……, 뒤로 갈수록 흥이 절로 솟아나 민요나 잡가들에서 느끼지 못했던 새로운 깊은 맛을 느끼며 공감하였다. 웬만큼 익숙해지자 너는 항아리 앞에 앉아 가사, 가곡을 불렀다. 그런데 몇 대목 듣지 않아 항아리는 쌀쌀하게 고개를 저었다. 그것들이 어찌 네 노래냐는 차가운 핀잔에 너는 대꾸할 말을 잃었다.

"방향이야 무슨 문제랴. 우선, 길을 나서야 한다 하지 않았느냐. 노래는 높고 깊은 산에도 있고, 수평선 너머 끝없이 펼쳐진 바다에도 있고, 항상 어딘가로 흘러가는 구름이나 강물에도 있고, 사철 옷을 달리 갈아입는 나무들에도 다 있는 것이다. 교방을 떠나 세상을 두루 섭렵하면 자연히 터득하여 스스로 노래를 지어 부를 수 있게 되리라고 항아리가 입이 아프도록 강조해 말하지 않았느냐. 네가 교방의 편안한 생활에 길들어 길 떠나 겪을 고생을 염려하면서 항아리의 청을 듣지 않겠다면 항아리가 너를 떠날 수밖에 다른 도리가 없겠구나."

단호한 가릉빈가의 경고에 너는 정신이 번쩍 든다. 항아리가 내게서 떠나다니, 그것만은 안 된다고 소리쳐 항의하고 싶다. 그렇지만 입술이 얼어붙어 말이 나오지 않는다. 너는 알았으니, 항아리와 헤어지지 않게만 해 달라고 마음속으로 다급히 간청한다. 준비를 마치는 대로 곧 노래를 찾아 교방을 떠날 것임을 굳게 다짐한다.

사람의 얼굴에 새의 몸을 한 가릉빈가에 이어 다음 날 너는, 이 세상이 비롯된 이래 계속 키를 키워 온 거대한 대나무와 마주 서 있다. 혼자 하늘을 떠받들어 감당하고 있는 듯 거대한 대나무는 줄곧 미끈하게 솟아올라 그 맨 꼭대기 우듬지에 초록 잎을 단 가지가 무성하다. 초록 잎을 흔들며 너울너울 춤을 추고 있는 모습이 우아하고 신비로웠다. 땅과 하늘을 잇고 있는 그 대나무가 너에게 말을 하고 너는 심각한 표정으로 그의 말을 묵묵히 귀담아 듣고 있다.

"내가 너에게 준비해 보낸 노래는 학습을 위한 것이었다. 네가 학습을 마친 지 이미 오래이므로, 이제부터는 스스로 노래를 지어 불러야만 한다."

너는 아직 노래 짓는 법을 배운 적이 없다고 항변하려 하지만 말이 나오지 않는다.

"내가 보낸 노래를 따라 부른 것도 노래 짓는 법을 배운 것이요, 교방에서 민요, 잡가, 타령을 배워 부른 것도, 그리고 심 전율에게서 시, 서, 화를 비롯하여 거문고, 가야금, 가곡, 가사, 시조를 배운 것도, 다 노래 짓는 법을 배워 익힌 것에 다름 아니다."

너는 고개를 갸웃이 기울인다. 너는 그런 것들을 노래 짓는 방법과 관계 지어 생각해 본 적이 한 번도 없었다.

"그래, 노래 짓는 심오한 방법을 터득하기 위해서는 남다른 식견과 긴 사유의 기간이 필요하지 않나요. 소녀는 식견도 짧고 재주도

없는데, 당장 노래를 지어 항아리에 담으라면 그것은 곧 죽음으로
내모는 것과 다름없는 가혹한 처사가 아니고 무엇인가요."

너의 마음속에 슬픔이 가득 고인다.

"영오한 솔이 너답지 않구나. 노래 짓는 법을 누가 가르칠 수 있
다는 것이냐. 터득하기 전에 네 마음속에 이미 존재하는 것인데 누
굴 원망한단 말이냐. 대저 노래란 정신에 미치는 바는 있으나 형상
이 있을 수 없고 행위 또한 없는 것이다. 마음으로 전할 수는 있으
나 손으로 받을 수는 없다. 체득할 수는 있으나 눈으로 볼 수는 없
다. 따라서 노래는 스스로 나타나 스스로 돌봄이 있고, 스스로 뿌
리를 뻗고 가지를 치는 것이다. 노래는 천지가 생겨나는 것과 때를
같이해 세상에 나와 면면히 이어져 와서, 항상 귀신도 신령스럽게
하고, 하느님도 신령스럽게 하고, 하늘에도 미치고 땅에도 미치는바
모자람이 없었다. 노래는 우주 위에 있어도 높다고 여기지 않고, 수
천 길 지하에 있어도 깊다고 여기지 않는다. 노래는 하늘과 땅보다
먼저 존재했어도 오래됐다고 여기지 않고 항상 새롭고자 한다. 태고
이전부터 존재했어도 늙었다고 여기지 않고 항상 젊고자 한다. 노
래는 항상 새롭고 젊기를 바란다. 이런 점만 헤아리면 노래가 절로
보일 것이다. 솔이 너 또한 새롭고 젊은 존재이다. 그러므로 노래가
너를 택한 것이다. 택함을 받았으니 너는 다만 행하기만 하면 되는
것이다."

대나무의 언변은 여항의 언변이 아니다. 뜻은 심오하고 비유는
현란하되, 도리어 혼란스럽고 갈피를 잡을 수 없다. 그런 속에서도
그 의미가 어렴풋이 잡힌다. 배움으로써는 전에 있던 것밖에 터득

144

할 수 없는 것인데, 전에 없던 새 노래를 지어 불러 달라는 말을 듣고 배움에 의지하려는 너는 필경 솔이가 아닌 모양이구나, 하는 질책으로 들렸다. 그 질책이 가슴속을 서늘하게 훑고 지나간다.

"어렵게 생각할 것 하나 없다. 네가 생각하는 바대로 행하기만 하면 흡족한 결과를 얻을 수 있을 것이다. 항아리는 네가 지어 부르는 노래를 바랄 뿐이다."

거대한 대나무의 충고를 들은 며칠 후, 번민의 대상인 오지항아리와 솔이 네가 마주 앉아 있는 모습이 보인다. 그것은 바로 내 옆자리, 박 위원의 무릎 앞에 놓여 있는, 배가 통통하고 아래위가 잘록하게 생긴 그 오지항아리임에 틀림없다. 내 눈앞에 있는 바로 그 오지항아리가 목판 속에서 글자의 변환으로 네 앞에 나타나 있는 것이 기이하게 여겨진다.

"너와 헤어질 때가 왔나 봐."

너에게 있어 동용주선과 희로애락의 근원인 항아리가 슬픔에 잠긴 목소리로 탄식하듯 말한다. 헤어지다니, 너는 깜짝 놀라 반사적으로 항아리를 덥석 품에 안으려 덤빈다. 항아리는 얼른 앉은걸음으로 물러나 너의 손길을 피한다.

"너는 편안한 교방 생활에 젖어 고생이 두려운 것이야. 고생을 두려워하는 사람은 새로운 것은 물론 아무것도 얻지 못해."

"내가 언제 교방 생활이 좋다고 했어. 어떤 고생도 두렵지 않아. 그리고 너와 헤어질 수는 없어. 너와 헤어지는 날이 곧 내가 죽는 날이야. 너 없이 내가 어떻게 이 세상에 존재하겠어."

"말은 그렇게 하지만 속은 다르지. 용기가 없잖아. 네가 발휘할 수 있는 수단은 용기밖에 없어. 용기만이 얻고자 하는 것을 얻게 해!"

"네가 말하는 새로운 노래가 어떤 것인지 몰라 망설였던 거야."

"일단 교방을 나서면 마침내 알게 될 것이라고 누누이 말했잖아."

"알았어. 준비되는 대로 떠나자."

"나는 지금 빈 몸이야. 전에 네가 불러 담았던 노래는 다 비워 버렸어. 이제 다시는 그런 고리타분한 노래는 담지 않겠어. 네가 새로 지어 불러 주기 전까지는 입을 꾹꾹 봉하고 있을 거야."

"노래를 부르지 않겠다고?"

"새 노래를 지어 담아야 비로소 다시 노래할 거야."

"그래도 노래를 다 비워 버렸다니, 너야말로 너답지 않은 것 아냐?"

"더욱 나다워지기 위해 진부한 것을 버린 거야."

담고 있던 노래를 다 비워 버리고, 새로 지은 노래를 불러 담을 때까지는 노래하지 않겠다는 항아리의 선언에 너는 어안이 벙벙할 뿐 더 다른 말이 나오지 않는다. 너는 불안한 기색으로 얼른 주위를 살핀다. 항아리의 말을 다른 누가 엿듣지는 않았는지 덜컥 겁이 났다. 항아리가 노래를 부르지 않는다니, 이 사실이 다른 사람 귀에 들어가는 날에는 큰일이었다. 필경 발 빠르게 사또의 귀에 들어가게 마련일 터이고, 사또의 귀에 들어가는 날에는 돌아오는 것이 죽음밖에 달리 없을 것이었다. 당장 새 노래를 지어 불러 담을 재주만 있다면 무슨 걱정을 하겠는가. 그렇지만 무슨 재주로 새 노래를 지어 담는단 말인가. 더구나 일단 길을 나서야 가능한 일이라 하지 않는가. 교방에 머뭇거리고 있다 사실이 발각될 경우 닥칠 끔찍한 처벌이 떠오르자 소름이 쫙 끼쳤다. 어미의 죽음이 떠오르자 머리끝

146

이 곤두서고 목을 옥죄는 것 같다.

너는 다급해진다. 당장 길을 나서겠다고 큰 소리로 약속한다. 그렇지만 걱정이 태산 같다. 항아리가 원하는 새 노래를 어디 가서 찾을 수 있단 말인가. 일단 길을 나서라고 하지만, 길 어디에 노래가 있단 말인가.

너는 길을 나서면 낯선 풍경을 구경하게 되고, 낯선 사람을 만나게 된다는 사실을 미처 생각하지 못한다. 낯선 풍경은 새로운 상념을 불러일으키고, 낯선 사람을 만나 이야기를 나누면 새로운 지식을 얻어 안목을 넓히게 된다는 사실도 또한 미처 생각하지 못한다. 다만 길을 나서 낯선 곳에서 겪을 고생이 먼저 떠올라 주저하고 망설인다. 그렇지만 이제 주저하고 망설일 여유가 조금도 없었다.

길에 노래가 있다

너의 시름은 한없이 깊다. 지향 없이 나서는 길, 어찌 시름을 동반하지 않을 수 있겠는가. 시름이 깊으면 궁리가 틀 것이고, 궁리가 터야 비로소 네가 닿을 곳에 현신할 수 있을 것인가.

너의 차림새가 참으로 명랑하지 않다. 무명 바지저고리에 삼끈으로 허리를 불끈 동여매고, 짚신을 신고 종아리에 행전을 치고 있는 모습이 얼핏 보아 한 주먹 하는 불량스러운 떠꺼머리총각 같다. 그러나 전의 모습에 익숙해 있는 내 눈에는 너의 남장한 모습이 어딘가 어수룩해 보인다.

방의 옷궤에는 비단옷도 있고, 신장에는 꽃신도 두어 켤레 있었다. 그러나 그런 화려한 것들은 돌아보지 않고 다만 거친 베옷과 짚신만을 여분으로 챙겼다. 베옷은 항아리와 함께 궤 안에 넣고 짚신은 궤 위에다 매달았다. 오동나무 궤를 어깨걸이로 등에 진 너는 대문을 나서기 전 문득 한 번 뒤돌아본다. 행수의 방은 물론 하님의 방도, 동무들 방도 다 캄캄하다. 깊이 잠든 교방은 불빛 하나 없다. 뜰에 큰 날개를 벌이고 서 있는 감나무 가지에 반달이 걸려 홀로 쓸쓸하다. 네가 바라는 대로 모야무지 교방을 떠나는 널 아무도 보지 못하고, 아무도 알지 못한다. 너를 붙들고 만류하는 손길 하나 없다. 발길 닿는 대로 흘러 다녀야 할 앞날의 고생을 생각하면, 당장 뒤돌아서 주저앉고 싶다. 장차 어디로 가 다행히 노래를 얻게는 되는지, 아니면 끝내 노래를 만나지 못하고 떠돌기만 하게 되는지, 생각하면 생각할수록 아득하고 막막할 따름이다. 앞으로 겪을 고생만 걱정되는 것이 아니다. 추쇄의 손길도 만만치 않을 것이었다.

기적(妓籍)에 올라 있는 너는 관노와 다름없는, 고을의 자산이다. 만약 관적에서 벗어나려면 같은 성, 같은 나이 사람을 대신 그 자리에 넣어 대비정속(代婢定屬)하지 않고서는 그 올가미를 벗어나기가 하늘 아래 불가한 것이다. 그런데도 감히 야반도주하는 너는 추쇄의 손길이 뻗칠 것을 예감하며 전율한다. 그러나 다행히 엄혹한 추쇄의 손길을 벗어나 자유의 몸이 된다 할지라도 걱정이 조금도 줄어들지 않는다. 낯선 고장을 지향 없이 떠돌아다녀야 할 너의 전정(前程)에 장차 어떤 험난한 일이 놓여 기다리고 있을지 모를 일이었다. 만약 하늘이 돕지 않아 추쇄의 그물을 피하지 못하고 붙들리는 날이면 치도곤 아래 명줄이 끊어질 것은 자명한 일이었다. 항아리도 노래를 그친 터, 참혹하게 사지를 절단하고 살을 저미는 능지처참형을 당하지 말란 보장도 없다. 되돌아서 등에 진 항아리 궤를 벗어 놓고 교방에 들어앉는다면, 항아리가 노래만 계속 불러 준다면, 너는 아무 근심 걱정 없이 주위의 고임을 받고 오래 평안을 누릴 수 있을 것이었다. 호미를 잡지 않아도 먹을 것이 나오고, 베를 짜지 않아도 입을 것이 생겼다. 가야금을 익히고 춤을 배우고 시를 짓고 사군자를 치는 것도 좋았지만 무엇보다 노래를 마음껏 부를 수 있는 생활이 싫지 않았다. 그런 안락하고 행복했던 교방 생활을 등지고 한데로 나서다니, 먹을 것이 기다리지도 옷이 생기지도 않을 것은 빤한 이치였다. 노자도 변변히 마련하지 못한 너는 마음이 천근만근이다. 길목마다 널려 기다리고 있을 고생을 생각하면 발걸음이 잘 떨어지지 않는다.

무엇보다 너에게 항상 자별하던 성진과의 메별이 아쉽고 서운했다. 거문고에 있어 이미 선가의 문턱에 들어선 성진은 자기 자신은 함부로 할지언정 너를 돌보는 데는 지극 정성을 아끼지 않았다. 네가 시야에 들어오기만 하면 성진의 눈에 광채가 나고 불현듯 활기를 띠기 시작했다. 무슨 일이나 네게 도움이 되거나 이로운 일이라면 물불을 가리지 않으려는 기세를 보였다. 너의 발이 땅을 딛는 것마저도 마냥 걱정스러운 눈으로 지켜보던 성진이었다. 그런 그가 너는 싫지 않았고 잠시만 보이지 않으면 궁금하기도 했다. 성진과 헤어지는 것이 불안하기도 하고 슬프기도 했다.

그리고 너에 대한 원의 고임 또한 얼마나 자상했더냐. 원의 고임을 받고 행수의 귀여움을 독차지하며 근심 걱정 없이 지낼 수 있는 편안한 생활을 더 도모할 수가 없게 된 것이 마냥 아쉬웠다. 그렇지만 지난 몇 달 동안 길을 나서야 한다고 채근하던 항아리의 마지막 경고를 들은 너는 교방의 편안함을 돌아볼 겨를이 없었다.

그런데 등에 업힌 채 길을 나서는 항아리 또한 네게 불만이 없지 않단다. 항아리가 노래를 비우고 입을 다문 까닭이 짐짓 너로부터 비롯된 것인데, 솔이 네가 눈치가 없는 것이 마냥 답답하단다. 말을 해 밝히지는 않았으나 대신 네 스스로 깨우칠 수 있도록 여러 가지 암시를 주기도 했는데 끝내 알아차리지 못한 네가 항아리로서는 답답하기만 했다.

언젠가 자정 넘도록 이어진 연회 끝에 녹초가 된 네가 방에 돌아가자마자 고목처럼 쓰러져 정신없이 잠에 빠진 일이 있었다. 다음 날 아침 눈을 떴을 때, 너의 마음속을 타고 맑고 슬픈 내가 한 줄기 서늘하게 지나갔다. 그 맑고 슬픈 내의 흐름에 이어 여러 갈래의 상념이 갈마들었다. 그 상념은 자신의 처지에 관한 비관으로 매듭지어졌다. 그 후 네 자신의 처지에 관한 비관이 나날이 몸집을 키워 가는 것을 항아리는 불안하게 지켜보았다. 지난 이태 동안의 교방 생활이 네가 바랐던 것의 전부가 아니라는 깨달음에 너는 번민하기 시작했던 것이다.

마음껏 노래 부르는 것을 바라 교방에 들어와 춤과 노래를 배우고 시, 서, 화를 익히기는 했으나 걸핏하면 연회에 나가 지치도록 노래를 부르고 술시중을 들어야 하다니, 이것은 솔이 네가 바라던 바가 아니었다.

한때는 춤과 노래를 배우는 재미로 아무런 불만 없이 지냈지만 두 해가 넘도록 같은 생활이 반복되자 너는 절로 주니가 났다. 연회에 나가 노래 부르는 것이 점점 싫어졌고, 아양으로 손님의 보비위를 하는 것도 유쾌하지 않았다. 게다가 연회에서 부르는 노래에도 짜증이 났다. 내용이나 곡조가 모두 비슷비슷한 것들뿐이었다.

대개 사랑이 아니면 이별이 그 내용을 이루고 있었다. 쏜살같이 달아나는 젊음에 대한 탄식이 아니면 어느새 다가온 백발을 두고 인생무상을 읊조리는 것들도 그 내용이 비슷비슷했다. 노래도 진부하여 짜증이 났고 몸까지 술자리의 노리개에 지나지 않는 처지라는 자각이 너를 깊은 슬픔에 빠뜨려 놓았다. 그런 너의 번민과 슬픔을 항아리가 모를 리 없었다. 너의 번민과 슬픔을 지켜보며 속을 태우던 항아리의 번뇌 또한 나날이 깊어 갔다. 더구나 교방 생활이 달라질 기미는 어디에서도 찾아볼 수 없었다. 아마 죽거나 내쳐질 때까지 교방 생활은 나날이 변함없이 되풀이될 터였다. 따라서 번민과 슬픔 또한 지속되리라는 자각에 입술을 깨무는 너를 지켜보는 항아리의 마음은 쓰리고 아렸다.

네가 평생 노래 부르며 살겠다고 나선 것은 네 자신이 즐겁고자 한 것이지 남을 위하고자 한 것이 아니었다. 너는 네가 부르는 노래가 남을 즐겁게 하는 데 쓰일 줄은 꿈에도 몰랐다. 노래를 부르는 것이 자기를 위한 흥겨운 행위가 아닌, 남에게 들려주기 위한 강요된 행위라니, 본래 바라던 바가 아니었다. 자기 의지가 배제된 곳에 보람이 있을 리 없고, 타의에 의해 꾸려지는 삶에 가치가 있을 리 없다. 오로지 자신을 위해 살아가는 삶이라야 보람이 있고, 노래 또한 자신을 위해 부르는 것이어야 진실로 빛나는 가치를 지니지 않겠는가. 그러나 타의에 의해 엮어져 온 지난 이태 동안의 삶이 허망했다.

세상살이란 자기와 남의 어우러짐에서 비로소 원만하게 되는 것이니, 네가 부르는 노래가 남을 위한 것이 될 수밖에 없지 않겠느냐고 자문도 해 보았으나, 결국 수긍할 수가 없었다. 삶이라는 것이 비록 남과 엮여 이루어지는 '관계'를 바탕으로 하는 것이라 할지라도 교방 생활은 일방적으로 희생을 강요당하는 것이지 공정한 '관계'로 이루어지는 것이 아니라는 슬픈 생각이 날이 갈수록 더 깊어졌다. 그런 자각이 눈물처럼 가슴을 적셨다. 생각할수록 한스럽고 서러웠다. 너의 입에서 절로 탄식이 흘러나왔다. 그러한 너를 지켜보던 항아리는 그래서 전과 태도를 달리하기 시작했고, 마침내 네 마음을 받아들여 진부한 노래 담기를 그치기로 결심하고 마침내 노래를 다 비워 버린 뒤, 벙어리가 되기에 이른 것이었다.

　그러나 너는 항아리의 그런 속내를 헤아리지 못하였다. 그 때문에 너는 항아리가 노래를 다 비워 버리고 이제 벙어리가 되어 있다는 말에 당황했을 뿐이었다. 지금까지 세상에 불리던 노래가 아닌 새로 네가 지은 노래를 불러 담아 달라니 가당키나 한 청인가. 내게 무슨 재주가 있다고. 어떤 노래를 어떻게 지어 불러야 하는지 알지 못한 너는 어떤 노래를 지어 불러야 하느냐고 몇 번이나 되물었다. 그때마다 항아리는 주저 없이 네가 스스로 지은 '사람의 노래'여야 한다고 선언했다. 그 선언은 단호하고 근엄했다.

　내게 노래 지어 부를 능력이 어디 있으며, 지금까지 부른 노래 가운데 사람의 노래 아닌 것이 어디 있느냐고 항변을 해 보았지만, 항아리는 냉랭히, 노래 지을 능력이 없다니 언제 시도나 한번 해 봤느냐고 쌀쌀하게 핀잔을 주었다. 그리고 이미 세상에 있는 노래란 곱게 꾸미고 단장만 했지 하늘이 땅에서 멀리 떨어져 있듯 사람의 생활과는 까마득하게 동떨어져 있는 것들 아니냐는 면박도 주었다.

즐거움이나 슬픔 아니고도 사람의 감정이란 다양한 것인데 어찌 즐거움이나 슬픔만을 위해 노래가 존재해야 하느냐고, 그것이 마치 네 탓인 양 꾸중이 자심하였다.

"그동안 네가 불러 온 노래란 흥을 돋우기 위한 잔치 노래나 한가한 사람들이 여가에나 즐기는 것들이 아니었난 말이야. 너도 그런 노래에 이미 싫증을 내지 않았어? 사람의 삶이 모두 한결같지 않고, 감정이라는 것이 천 갈래 만 갈래인데 어찌 노래만 그렇게 한결같아야 하는지 너도 깊이 번민했잖아. 내가 너를 못살게 괴롭히는 게 아냐. 네 속에 이미 새롭게 움트고 있는 노래에 대한 상념과 포부를 키울 필요가 있어. 어서 마음을 정해."

항아리는 핀잔과 조롱과 함께 용기를 북돋으려는 듯 부추기기도 했다. 그러나 항아리가 말하는 새로운 노래를 어디 가서 찾는단 말인가. 그런 노래를 구할 식견이 없는 자신이 원망스러웠다. 너는 깊은 절망감에 빠져 오래 고통 받았다.

너 스스로 진부하다고 생각했지만 그래도, 연모의 정이 가슴속에 피어날 때 불현듯 찾아오는 그 오묘한 설렘이 그려 내는 것이 노래 아닌가 생각되었다. 희로애락이 빚어낸 감정의 움직임이 그려 내는 노래보다 더 자연스럽고, 사람 살이를 방불하게 그린 노래가 어디에 있다는 것인가. 그런 자연스러운 감정의 발로를 어찌 사람의 일이 아니라고 단언할 수 있단 말인가. 너 자신도 새로운 노래를 배워 부르기를 원했으나, 한사코 '사람의 노래'를 지어 불러 달라는 항아리의 고집스러운 청을 들어 줄 정신적 준비가 너는 되어 있지 않았다. 항아리와 뜻이 통하지 않아 그동안 치른 초조감과 번뇌가 너의 모습을 추줄하게 만들었다. 잠을 송두리째 빼앗기고, 혀에 소태가 끼고, 한숨과 탄식이 그치지 않았다. 피골이 상접하여 주위 사람들이 너를 걱정하고 가엾게 여기기를 석 달 열흘, 그 긴 기간이 지나자 교방 사람들은 너를 가까이하기를 꺼렸다. 너는 사람들의 기피나 그에 따른 서운함은 염두에 두지 않았다.

"솔이 너의 약속은 하늘이 안다. 나를 갖는 데는 고생이 따른다고 일찍이 말했어. 솔이 너는 살에 심지를 꽂아 세상의 어둠을 밝히는 고통을 치를지라도, 목숨을 대신 바쳐 내 청에 응하고, 항상 내 안위를 지켜 내리라 굳게 맹세했어. 내가 성질이 까다롭다는 사실도, 내가 원하는 노래가 아니면 오래 담아 두지 않는다는 사실도 다 미리 말해 주었지. 게다가 노래를 담지 않고서는 내가 아무 쓸모가 없는 것이 자명한데, 나를 이토록 오래 쓸모없는 존재로 방치하고 천대한다면 나는 본원으로 돌아갈 수밖에 달리 도리가 없는 일 아니겠어?"

항아리의 최후 선언에 너는 더 미룰 수가 없었다. 항아리의 청을 더 모른 체할 수가 없었다. 너는 결국 노래를 찾아 교방을 떠나기로 결심한 것이다. 그러나 항아리가 원하는 노래가 세상 어디에 있다는 것인지 알지 못한 너는 답답하고 막막하기만 하다. 잔치 때마다 객사(客舍)에서 부르는 춘정 가득한 감미로운 연가나 품격을 애써 갖추려는 인위적인 가사며 시조, 교방 아이들과 노닥거리며 배운 흥겹고 애절한 타령이며 민요, 다른 어떤 노래보다 감성을 깊고 폭넓게 자극하는 여요(麗謠) 등 이런 훌륭한 노래를 다 싫다고 하는데, 어찌 그보다 더 훌륭한 노래를 지어 부를 수 있단 말인가. 항아리가 원하는 노래를 찾아 길을 나서기는 하지만, 너의 발걸음은 한없이 무겁다.

교방을 나선 너의 발밑에 마냥 어둠이 밟힌다. 하늘에 별이 총총하지만 너의 마음 탓인지 어디를 둘러보아도 칠흑 어둠뿐이다. 길섶의 풀은 숨을 죽인 채 어둠을 깊이 머금고 있고 가까운 곳의 키 큰 미루나무도 어둠에 잠긴 채 눈을 감고 있다. 앞산 능선은 엎드려 웅크리고 있는 검은 짐승 같고, 그 검은 짐승 어디엔가 깃들어 울고 있는 음산한 소쩍새 소리에 너의 마음은 더욱 무겁게 가라앉는다. 대현 고을을 등지고 얼마나 멀리 걸어갔을까, 평탄한 들길이 끝나고 산등성이 위로 길이 뻗어 올라가 있다. 재를 넘어야 하는데, 어두운 밤에 범이나 두억시니라도 나타나 앞을 가로막는다면 어떻게 하랴. 그러나 두렵다고 망설일 처지가 아니다. 범이나 두억시니보다 더 무서운 추쇄의 손길을 벗어나 무사하려면 이 밤 안으로 재를 넘어 두어야만 조금이나마 불안감을 줄일 수 있을 것이다. 걸음을 서두르는 너의 모습이 몹시 측은해 보인다.

너의 모습이 어찌나 추졸하고 측은했던지, 너의 안위를 비는 청사(靑詞)*가 저절로 주절주절 흘러나온다.

'보아도 형체가 있는 것인지, 들어도 소리가 나는 것인지, 진실로 헤아릴 수 없으나, 황홀하게 상(象)이 있는 듯도 하고 홀연히 물체가 있는 듯도 하지만 제가 붙들고 살필 수 있는 것은 하나 없사옵니다. 그렇지만 살피건대, 솔이는 보잘것없는 연약한 몸으로 이중 삼중의

------

* 도교의 제사에 쓰는 문장으로 청등지에 주자로 쓰기 때문에 청사라 함.

그릇된 운수에 처해 있습니다. 어려움에 드는 것을 피해 쉬움을 도
모해 주고 싶지만 행할 바를 모르옵고, 좋은 일을 향하게 하고 궂은
일을 등지게 하려 하나, 어떻게 조처해야 옳을지 모르겠습니다. 다
만 어디 가나 다행히 구해 주는 손길을 만나도록 비옵고, 아무쪼록
솔이의 전도를 잘 보살펴 안전하도록 은혜를 베풀어 주십사, 하늘
에 빌고 또 비올 따름입니다.'

추쇄꾼을 풀어라

　다음 날 솔이 네가 코끝도 보이지 않자 행수는 네 방으로 가 안을 살핀다. 경대의 화장 도구들과 옷장의 옷들은 늘 있던 자리에 그대로 놓여 있었다. 귀한 노리개와 비단신들도 다 그대로였다. 노래 항아리만 보이지 않을 뿐 다른 소지품들은 방에 고스란히 다 있었다. 하루해가 저물도록 네가 보이지 않자 불안하기는 했지만 이방에게 알리거나 어떤 조처를 취하려니 선뜻 내키지가 않았다. 항아리가 새 노래를 불러 달라 한다며 걱정하고 애를 태우던 너의 수심에 찬 모습을 지켜보아 온 터라 어디 은밀한 곳에라도 숨어 항아리를 달래느라 애면글면하고 있는 것인지 알 길이 없었다. 네가 교방을 등지고 모야무지 도주한 것으로는 미처 생각지 못한 행수는 사흘이나 망설이며 보냈다. 그러나 사흘이 지나도 네가 코빼기도 보이지 않자 어쩔 수 없이 이방에게 그 사실을 알렸다.
　행수의 전갈을 받은 이방의 당황하는 꼴이 가관이 아니다. 자기

목을 한 번 쓱 쓰다듬고 난 이방은 말을 더듬으며 행수를 다그친다. 행수가 최근 너의 수상한 행동을 주워섬기는 동안 이방은 앉았다 섰다를 되풀이하며 안절부절못한다. 이방은 사흘이나 통고를 지체한 행수를 향해 질책과 원망을 늘어놓는다.

사또로부터 당할 수모를 생각하니 울화통이 절로 터지는지, 이방은 우리 대현 고을에 솔이와 노래하는 항아리만 한 명물이 또 어디 있느냐고 힐책하며, 언젠가 너를 크게 써먹기 위해 사또께서 얼마나 애지중지 공을 들여 보살펴 왔느냐고 하늘을 찢을 듯 역정을 부린다. 솔이 년이 사흘이나 보이지 않는다니 항아리를 지고 도망을 친 것이 틀림없는데, 우리가 이제 죽은 목숨과 다름없게 되었다고 원망과 탄식이 자못 끊이지 않는다.

대현 고을은 서울의 턱밑에 위치해 있었다. 삼남 인사가 서울에 올라가거나 서울 인사가 삼남행을 하려면 반드시 거쳐 가야 하는 길목이다. 그 때문에 서울이나 삼남 손이 불쑥불쑥 원을 찾아들고는 한다. 미리 통지하거나 기약하고 방문하는 경우보다 다른 행차에 지나다 슬며시 들르는 경우가 더 많았다. 그렇게 예고 없이 찾아든 손님들 가운데는 소홀히 접대할 수 없는 중한 손님들이 더러 있었다. 사또는 그런 중한 손님들에게 술자리를 마련하고 교방 아이들의 노래와 춤과 서화의 재주로 흥을 돋웠지만, 다른 어느 재주도 솔이 너의 노래와 항아리의 노래에 미치지 못했다. 거기에다 이조 정랑 박두익에게 사람을 보내 항아리의 노래를 되살려 놓은 사실을 통지하고 그 하회를 기다리고 있은 지 실로 오래였다. 곧 기별을 하겠다는 소식을 인편에 전해 듣고 기다리기를 서너 철, 이전의 실망한 기억 때문인가, 이번에도 도중에 노래를 그쳐 낭패당할 일을 염려한 것인가, 쉽사리 연락을 해 오지 않아 속을 태우고 있던 터였다. 그런 터에 솔이 네가 항아리와 함께 행방을 감추었다니, 사또는 동헌의 마룻바닥이 꺼지라고 굴러 대며 노발대발이다. 당장 고을의 인력을 모두 동원하여 너를 잡아들이고 항아리를 찾아오도록 서슬 퍼렇게 불호령을 내린다.

사또의 노발대발도 황겁할 일이지만, 자기 구실 자리 입지가 다급해진 이방은 사또보다 한 술 더 떠 야단법석을 피우며 솔이 너의 행방을 쫓아 추쇄꾼을 사방에 풀어 조처한다. 이방 이하 육방관속은 물론 군졸들까지 동원해 추쇄케 하고 솔이 너의 행방을 찾는데 협조를 구하기 위해 너의 모색을 자세히 그린 초상과 문서를 지닌 파발을 원근 고을에 급히 띄운다. 그러고도 마음이 놓이지 않았던지 이방 자신이 직접 솔이 너를 찾아 여러 고을을 뛰어다니기 위해 길을 나선다.

솔이 너의 뒤를 쫓는 추쇄꾼들 가운데, 교방 선생이 특별히 따로 보낸 떠꺼머리총각이 눈길을 끈다. 성진이란 그 총각은 너도 잘 아는 얼굴이다. 너에게 늘 자상하고 멀리서도 너의 거동을 그윽이 지켜보던 그 총각, 거문고 교습 때마다 심 전율로부터 혼자 도맡아 놓고 야단을 맞으면서도 묵묵히 거문고를 타던 그 무던한 총각 말이다. 심 전율의 혹독한 교습 방법은 널리 소문나 있었다. 작은 실수에 따르는 꾸중이 종아리를 걷고 매를 맞는 정도였다. 큰 실수에 따르는 벌은 물 긷기나 땔나무하기 그리고 밥 굶기기로 이어졌다. 성진에게는 손에 잡히는 대로 목침이나 재떨이를 날려 정수리에 피를 내고는 했다. 심 전율은 다른 아이들의 실수에도 엄하기는 했으나 특히 성진에게만은 더 원수 다루듯 가혹했다. 심 전율의 교습 방법이 혹독하다는 소문은 바로 성진을 가혹하게 다루는 데서 비롯된 것이었다. 또래 낭자들 앞에서 종아리를 맞는 성진은 늘 웃음거리가 되었고, 이마에 혹 없는 날이 없는 그의 모색은 추레하기 짝이 없었다.

그러나 솔이 너는 한 번도 성진을 비웃거나 업신여기지 않았다. 거문고를 탈 때의 그의 눈빛을 너는 잘 알고 있었다. 한 꼭짓점을 향해 모인 총기 어린 눈, 벽력에도 꿈쩍하지 않을 듯 율음에만 골똘한 표정, 진지한 손놀림, 그리고 그가 탄주해 내는 율음의 고아하고 심현한 맛을 너는 짚어 알고 있었다. 성진에게 심 전율이 남달리 가혹한 것은 음률의 경지를 한결 높여 놓으려는 야심 때문일 것이리라, 너는 어렴풋이 그렇게 짐작하고 있었다. 성진 또한 그런 심 전율의 내심을 짐작하고 있었던 것일까, 낭자들 앞에서 종아리를 걷고 회초리를 맞을 때도 이마에 흐르는 피를 닦으면서도 불만스러운 표정을 짓는 일은 한 번도 없었다. 비굴한 표정이나 부끄러운 표정도 짓지 않았다. 꾸중을 듣고도 그렇듯 담담한 표정을 짓는 사람이 어디 그렇게 흔하겠는가.

그러나 심 전율 앞에서만 벗어나면 금방 생기가 돌아오고 어엿한 떠꺼머리총각으로 돌변했다. 거문고 교습 때만 풀이 죽어 야단을 도맡아 맞았지, 글 읽고 그림 그릴 때는 자신만만했다. 남달리 허우대가 쭉 뻗어 오른 건장한 체구는 아니었으나 들일이나 나뭇짐은 남 못지않았다. 말도 시원스레 잘하는 편이었다.

"그 아이를 꼭 찾아 데려오너라. 만약 찾지 못하거나 데리고 올 수 없으면, 네놈도 이곳에 다시는 나타날 생각 말고."

성진은 심 전율의 강다짐을 받고 반드시 찾아 데리고 오겠다고 자신 있게 대답했다. 그것은 그 자신의 희망이기도 했다.

지난 이태 동안 성진은 솔이를 인식의 촉수에서 한 번도 놓쳐 본 일이 없었다. 일부러 애를 쓰지 않아도 마음이 먼저 그쪽으로 달려가 그 움직임을 늘 지켜보고는 했다. 솔이가 생활하는 아래채는 시야에 닿지 않아 그 움직임을 눈으로 볼 수는 없었지만 의식은 잠시도 그녀를 놓치지 않았다. 가야금을 타거나 거문고를 탄주할 때는 그 음률의 특색이 그녀를 알게 하였고, 노래를 부를 때면 그의 귀가 있는 대로 폭을 넓혀 그 노래를 빨아들였다. 다만 연회에 불려 가 있을 때면 성진의 촉수가 안으로 움츠러들어 솔이의 움직임을 더듬어 내는 걸 스스로 삼갔다.

한 번은 솔이가 수청 드는 걸 안 성진이 객사 밖 한데서 하룻밤을 고스란히 지킨 일이 있었다. 추위가 혹독한 엄동설한이었다. 그러나 추위보다 더 견디기 힘든 것이 방 안의 오래 이어지는 침묵이었다. 방에서 새어 나오는 노랫소리와 말소리에는 마음이 쓰이기도 하고 질투심이 일어나기도 했으나 고통스럽지는 않았다. 그러나 길게 이어지는 침묵에는 몸과 마음이 형틀에 묶여 담금질이라도 당하고 있는 것처럼 고통스러워 견딜 수가 없었다. 침묵에 따른 번민이 견딜 수 없게 길어지자 성진은 돌을 들어 왼손 소지를 찍었다. 피가 솟구쳐 오르고 통증이 극렬했다. 그러나 소지의 극렬한 통증으로도 마음이 겪는 고통과 번민을 다스려 내지 못했다. 얼마 안 있어 방 안에서 노랫소리가 다시 들려 나오자 그것을 들은 성진은 소지의 통증도 아랑곳없이 밤하늘을 향해 벌쭉 웃음 지었다.

이튿날 거문고를 뜯는 그에게 심 전율의 불벼락이 떨어진 것은 당연한 일이었다. 현을 켜고 짚는 연주자가 천금처럼 아끼고 조심해야 할 것이 손인데, 정신을 어디다 두고 얼마나 소홀했으면 소지를 다쳤겠느냐고 가슴에다 목침을 날렸다. 목침을 피하지 않고 가슴에 맞은 성진은 소지가 아니라 약지를 깨지 않은 것만도 다행으로 여기며 이를 악물었다.

추쇄의 발걸음은 비호같고 촘촘하여 인근 백리 안팎 모든 마을의 고샅까지 미치지 않은 데가 없었다. 네가 산속으로 길을 잡아 나아가지 않았다면, 열흘도 채 지나지 않아 그들의 손아귀에 덜미를 잡히고 말았을 것이다. 항아리에 대한 욕심을 사또가 버리지 않는 한 고을의 추적은 집요할 것이었다. 사또에 못지않게 교방 심 전율 또한 너를 반드시 잡아 와야 한다고 성진에게 단단히 강다짐을 둔 것은 다른 까닭 때문이 아니었다. 솔이 네가 불러 항아리에 담았던 노래의 비의를 미처 캐내지 못한 것이 아쉬웠기 때문이었다. 심 전율은 그 노래의 비밀을 반드시 캐내 밝혀 알고 싶었던 것이다.

길은 산속에서 끝나고

세상 만물에게는 다 제 집이 있다. 해는 서산 너머에 집이 있고, 벌은 제가 지은 집에 살고, 나비는 꽃을 보금자리로 삼는다. 바위는 늘 같은 자리를 지키며 살고, 하늘을 찌를 듯 높이 자란 미루나무는 땅속 깊이 뿌리를 내리고 있으면서도 거침없는 허공에서 숨을 쉬며 산다. 산다는 것은 우선 숨을 이어가는 것을 의미하지만, 먹고 자고 정을 나누는 데 불편함이 없는 자기만의 공간을 소유하는 것을 뜻하기도 한다. 노래의 집은 어디에 있을까. 노래가 먹고 자고 정을 나누며 사는 곳은 어디일까.

볼 때마다 노래 부르는 새들은, 어디서 노래를 배워 오는 것일까. 동박새는 항상 곱고 귀여운 노래를 그치지 않는다. 꾀꼬리의 노래야 더 말할 나위 없고, 뻐꾹뻐꾹 가락을 뽑는 뻐꾸기의 노래도 구슬프기는 하지만 일가를 이루고 있음에 틀림없다. 이들은 모두 어디서 노래를 배운 것일까. 멱따는 소리를 내지르며 날개를 털고 날아올라 자리를 옮기는 꿩은 필경 어디 노래 배울 데를 몰라 고운 노래를 부르지 못하는 것이리라.

교방 심 전율은 걸핏하면 노래든 그림이든 이왕 하려고 덤볐으면 일가를 이루어야 한다고 다그쳤다. 자기 음률은 일가를 이루었노라고 자부심이 대단했는데, 자기 음악은 오래전 궁중에서 중히 쓰였으나 고을에서는 미처 쓰일 데가 없어 재주를 놀리고 있다고 탄식해 마지않았다. 그런 그의 교만과 자부심의 근원을 충분히 알아내지 못한 것이 너는 아직도 못내 아쉬웠다. 가곡과 가사를 일러 주고 교방 아이들에게 가야금과 거문고, 대금을 가르치기를 엄격히 하는 것과 성진을 다그쳐 가르칠 때의 엄혹함을 보며 그 정도를 짐작할 뿐이었지, 그가 직접 풍류 한바탕을 끝까지 타는 것을 보지 못했던 것이다.

산속 깊이 너를 안내하던 길이 문득 끊어져 있다. 어디로 가야 할지 방향을 알 수 없다. 해가 솟아오르는 방향으로 가도, 해가 지는 방향으로 가도, 길이 나서지 않는다. 끔찍이 두렵고 무서운 밤이 세 번이나 거듭 지나도록 산속을 헤맸다. 발이 부르터 진물이 흐르고 가시덩굴에 긁혀 얼굴에 피가 맺히고 허기에 온몸이 시들어 갔다. 산을 나가는 길도 찾을 수 없고 그렇다고 새들에게 노래를 가르친다는 노래의 집을 찾을 가망 또한 없다. 언젠가 심 전율이 한 말에 따르면 모든 길의 끝에 이르면 반드시 유하주(流霞酒)*에 취해 노래 부르는 신선을 만나게 되리라고 했지만, 길이 끝난 지점에서 며

---

* 신선이 마신다는 선계의 신비한 술.

칠을 방황했는데도 길만 잃었을 뿐 유하주에 취해 노래 부르는 신
선은커녕 노래의 집도 보이지 않았다.

　지난 며칠 동안 범이나 승냥이, 멧돼지를 만나지 않아 다행이었
으나, 너는 소나무를 쪼르르 타고 오르는 청설모에도 기겁을 하고
덩굴 숲 너머에서 고개를 내밀고 이쪽을 살피다 달아나는 고라니에
도 놀라 엉덩방아를 찧었다. 딱따구리가 나무를 쪼는 소리에도 간
이 떨어지고, 스르륵 발 앞을 지나가는 무자치에도 너는 혼이 나갔
다. 별안간 푸드득 날아오르는 꿩에는 또 얼마나 놀랐던가. 처음 겪
는 그런 두려움 속에서도 발걸음은 계속 산속으로만 옮겨졌다. 이
제 더 가 봐야 노래의 집도 유하주에 취해 노래 부르는 신선도 만
나지 못하리라는 깨달음과 함께 너는 허기와 피로에 지쳐 그만 기
함하여 쓰러지고 만다.

김가의 분노

계속 북받쳐 오르던 설움이 겨우 잦아든 뒤의 낯선 기분이다. 마음이 차분하게 가라앉는 무류한 노랫소리에 너의 귀가 조금씩 열려 그것을 신중히 받아들인다. 저것인가! 마침내 저 노래인가? 처음 듣는 노랫소리의 힘에 끌려 충동적으로 벌떡 몸을 일으킨다. 마음뿐 몸은 무엇에 결박이라도 당한 듯 꼼짝도 할 수가 없다. 물에 불리기라도 한 듯 너의 온몸이 퉁퉁 부어 있다. 감발을 벗긴 발에는 약초를 싼 무명 헝겊이 칭칭 감겨 있다. 여기가 어디인가. 서까래가 드러나 있는 보꾹을 쳐다보던 너는 거친 베를 바른 지게문으로 눈을 돌린다. 누런 지게문에 햇빛이 서성거리고 있다. 한낮인가. 네가 누워 있는 방바닥에는 갈대 삿자리가 깔려 있다. 왜 여기 누워 있는 걸까, 눈을 질끈 감고 기억을 더듬어 본다. 산속에서 까무룩 정신을 놓았던가. 뻐꾸기 노래를 듣고 있었던 기억밖에 떠오르지 않아 답답하다.

저것이 무슨 노래인가. 가느다란 해장죽 속을 빠져나온 듯 가냘 픈 여자 목소리가 아니다. 왕대 속을 가르고 나온 듯 굵은 남자 목소리다. 낭랑하기가 가슴속에 시원한 바람이 지나가는 듯하고, 애절하기가 깊은 고뇌를 토로하는 것 같기도 하다. 고달픈 너의 영혼이 위안을 받는 것 같기도 하고, 묵은 서러움을 북돋아 금방이라도 울음이 복받칠 것 같기도 하다. 높낮이가 일정하게 반복되는 것이 틀림없는데, 단조롭지가 않다. 높낮이가 일정하게 반복되는 저 소리가 왜 단조롭지 않게 느껴지는 것일까. 노래가 아닌 것일까. 일정한 가락으로 읊는 저것이 노래가 아니라면, 대체 무엇일까. 가락을 짚어 나가는 박도 있다. 박을 잡아 나가는 저것이, 혹여 목탁 소리인가! 그래, 목탁 소리임에 틀림없다. 목재를 타격하는 둔한 소리가 공명통을 돌아 나오기 때문인가, 맑고 그윽하게 머릿속을 감돌며 울린다. 너는 비로소 절 집에 와 있다는 사실을 깨닫는다. 주위를 두리번거린다. 작은 봉창 하나뿐인 토방에 별다른 장식은 없다. 횃대에 걸린 먹물 치의(緇衣)* 한 벌이 눈에 들어온다. 너는 목탁으로 박을 잡아 나가는 염불 소리에 계속 귀를 기울이고 있다. 사람 세상의 일을 저세상의 원력으로 도모하려는 기원(祈願)이 바탕을 이루기에 염불도 간절하기가 기도와 다를 것이 없다. 따라서 아무리 염불이라 할지라도 저것이 노래가 아니라면 무엇을 두고 노래라 할 것인가. 사람들은 모든 새의 언어를 노래로 듣지 않던가. 노래가 문득 그쳤다.

---

* 물들인 승려복.

귀를 활짝 열어 두고 노래가 다시 이어지기를 한동안 목마르게 기다렸다. 그러나 어디 먼 곳으로 떠나 다른 세상을 배회하고 있는지 노래는 쉽게 돌아오지 않았다. 지게문이 한결 더 밝아졌다. 그런 후에도 부질없는 기다림은 계속되었다. 저것이 항아리가 원하는 노래일까. 그렇다면 얼마나 좋으랴. 그러나 너는 순간 소스라치게 놀란다. 그때까지 너는 항아리의 존재를 까맣게 잊고 있었던 것이다. 머리를 돌려 급히 찾던 너는 머리맡에 서 있는 오동나무 궤를 보고 안도한다. 네가 밤읽이로 묶어 둔 매듭이 그대로인 것으로 보아, 항아리가 무탈한 것으로 생각됐던 까닭이다.

"이제 정신이 좀 드느냐?"

지게문이 벌컥 열리고 빛이 왈칵 무더기로 쏟아져 들어온다. 부신 눈을 뜨지 못한 채 너는 누군가 방 안으로 들어서는 기척을 감각으로 느낀다. 눈을 뜨고 자애로운 목소리의 임자를 확인하기 전에 낯선 손이 너의 이마를 짚는다. 이마가 불같이 뜨겁다. 너는 이윽고 눈을 뜨고 손의 임자를 쳐다본다. 이마를 짚은 손이 흙일하다 온 것처럼 거칠고, 가뭄에 논바닥 터지듯 주름이 깊이 파인 얼굴 또한 비쩍 마르고 거칠다. 눈에 고여 있는 인자한 기운과 염려스러워하는 기색을 보지 않았더라면 너는 두렵고 겁이 났을 것이다. 몸에 감겨 있는 잿물 빛 치의와 목에 걸려 있는 염주가 한결 너를 안도시킨다.

"저 아래 화전 부치는 김가가 산골짜기에 쓰러져 있는 낭자를 데려왔다. 목숨이 붙어 있는 것도 같고 끊어진 것도 같아 망설이다 짊어지고는 왔는데, 목숨에 관한 일은 자기로서는 감당할 수 없는 일이라며 내게 맡기고 돌아가더구나. 사흘째도 꼼짝하지 않아 나도 이미 가망이 없는가 싶었는데, 낭자에게 부처님의 가피(加被)가 이른 모양이다."

고맙습니다. 겨운 마음은 용솟음치지만, 말이 되어 나오지 않는다. 너의 양쪽 눈귀에서 살쩍으로 눈물이 주루룩 흘러내린다. 너의 눈물을 본 노스님은 측은한 듯 혀를 끌끌 찬다.

"지초 달인 물이다. 입술을 좀 축이자."

잠시 방을 나갔다 다시 돌아온 노스님의 손에 넓적한 목기가 들려 있다. 나무 숟가락으로 목기의 액체를 떠 너의 입술을 축여 준다. 쌉쌀한 액체가 목으로 넘어가자 잊고 있던 갈증이 벌떼같이 일어난다. 너는 입을 크게 벌려 액체를 채근한다. 목기의 액체가 순식간에 다 비고 만다.

노스님은 속으로 빙그레 웃는다.

"부처님께서 목숨을 돌려주시면 저야 횡재지요. 제발 살려만 주세요."

김가는 늦장가라도 들 기회가 생긴 것 아니겠느냐고 즐거워하였다. 마흔을 훌쩍 넘긴 채 홀어미를 모시고 사는 김가의 소원이 이루어질지도 모르겠는걸!

지게문에 빛이 엷어질 무렵, 노스님이 목기를 들고 다시 방으로 들어왔다.

"자, 잣으로 쑨 미음이다. 어서 기운을 회복해야 미색도 되찾을 게 아니냐."

아직 기동이 불편한 너에게 노스님은 이번에도 나무 숟가락으로 미음을 떠 입안에 흘려 넣어 준다. 너는 미음 그릇도 곧 다 비워 낸다. 이튿날 아침과 저녁에도 노스님이 지초 달인 물과 미음을 먹여 주었다. 따라서 너는 차츰 기운을 회복해 간다. 기운을 회복해 감에 따라 몸의 요구 또한 늘어난다. 몸의 요구를 들어주려다 너는 급기야 난처한 일을 저지르고 만다. 몸도 천근같고 짓무른 발도 성치 않아 바닥을 딛고 일어서기가 용이치 않다. 팔 힘으로 엉덩이를 밀며 간신히 문턱을 넘어가기는 했으나 너는 축대에 쓰러진 채 일어나지 못하고 오줌을 싸고 만 것이다. 너의 아랫도리는 민망스럽게도 흥건히 젖고 만다. 기운을 차리고 다시 방으로 들어오기는 했으나 누가 보았으면 어쩌나, 가슴이 콩닥거리고 얼굴이 발갛게 익어 간다.

　노스님께서 너의 오줌 실수를 알아차린 것인지, 알고도 모른 척 눈감고 있는 것인지, 시치미를 떼고 있다. 지초 달인 물과 미음을 사흘째 누워서 받아먹는 너를 달리 이상스레 여기는 눈치가 아니다. 쓰러지기 전 산속을 헤맨 이레 동안, 속에 넣은 것이 별로 없었던 탓인가. 오줌 실수가 다시 일어나지 않아 그나마 너는 안도한다.

　그 소리를 딛고 의식이 되돌아왔기 때문인가. 너는 아침저녁으로 예불 시간에 들려오는 노스님의 염불 소리와 목탁 소리를 들으면 마음이 편안해진다. 일정한 박자와 높낮이로 경건하게 읊조려 나가는 염불 소리가 잊고 있던 오래된 서러움을 불러내고 장차 겪을 고난에 대한 걱정을 미리 당겨 불러오는 것 같지만 그 소리를 듣고 있으면 도리어 마음이 편안하게 가라앉는다. 그윽하기 그지없고 심오하기 비길 데 없는 그 가락에 너는 흠뻑 취한다. 사람이 저 가락의 끈만 제대로 잡고 살아간다면 갈등도 다툼도 시비도 없는 평온함을 누릴 수 있을 것만 같다. 저렇게 편안하고 경건한 가락이 어디 달리 더 있을까.

"잘 봤다. 번뇌를 씻어 내려는 방편이란다. 번뇌란 욕심에서 오는 것이므로, 욕심을 씻어 내는 방편이기도 하다."

아미타불을 모시는 절의 규모는 소졸한 편이다. 큰 법당이라야 지붕에 기와는 올렸으되 삼간 맞배지붕의 아담한 정도이고 요사채는 이엉을 얹은 초가이다. 요사채 옆에 솔이 네가 묵고 있는 단간 초가가 있고 큰 법당 뒤쪽에 조촐하게 꾸민 한 간 반짜리 삼신각이 서 있는 것이 전부이다. 큰 법당 앞의 검은 이끼가 짙게 앉아 있는 탑과 석등은 몇 세기의 법랍(法臘)을 넘긴 오래 묵은 용자이다. 네가 자리에서 일어난 지 사흘이 지나고 나서도 너는 예불을 올리는 큰 법당에 직접 들어가기를 주저한다. 절집 예절을 알지 못한 너는 조신하게 행동하여 무람없는 실수를 삼가려 애쓴다. 다만 예불 시간을 기다렸다가 법당 주위를 맴돌며 밖에서 염불 소리를 챙겨 듣고 외우기를 부지런히 할 따름이다. 마침내 스님과 마주 앉아 이야기를 나누게 되었을 때 너는 주저하며 염불 소리에 대한 너의 생각을 여쭈었다.

"사람이 평안하면 더 바랄 것이 없을 것입니다. 그렇다면, 세상 사람들이 모두 스님처럼 염불을 외면 세상이 평온해지지 않겠습니까. 그런데 그러지 않는 까닭을 소녀는 잘 모르겠습니다."

네가 살아온 열여덟 해, 그동안의 세상 경험은 매우 일천하다. 열여섯 해는 곡수정 옆 초옥에서 곡수정 물을 바라보며 살았다. 누에를 쳐 명주를 짜고, 목화를 심어 면화를 따 실을 잣고 베를 짜는 등 길쌈으로 생업을 이어 온 홀어미와 단 두 식구 단출하게 지내 온 그 시절은 그저 평범한 나날들이었다. 네가 노래를 멀리했다면 그 평범한 생활은 결코 깨어지지 않고 지금도 이어졌을 것이다. 한사코 노래를 부르지 못하게 매질하는 어미와 매를 맞은 아픔이나 고통에도 불구하고, 달이 솟아오르면 저절로 곡수정에 천만 가지 영롱한 노래가 안개처럼 피어오르듯 너도 모르게 저절로 입에서 피어오르는 가락을 어찌하지 못하고 노래를 부르고 마는 너의 그 반복되는 이상한 일탈만 아니었다면, 네 어미나 너에게 그런 엄청난 신변의 변화가 닥치지는 않았을 것이다. 곡수정, 저 건너편 물 자락의 끝을 바라보고 있으면 저절로 노래가 가슴속에 고이고 가슴속에 노래가 가득 고이면 제어할 수 없이 저절로 입을 통해 나오는 그것을 너로서는 어찌할 수 없는 노릇이었다. 그로 인해 너와 네 어미에게 벼락치듯 닥친 급격한 변화 또한 미리 정해진 무슨 운명의 장난 같은 것은 아니었을까. 대현 고을 교방에서 보낸 이태 동안 네가 겪은 일들은 다른 평범한 사람들이 일생을 통해 겪는 경험을 압축해 겪은 것과 다름없었을 것이다. 또래들의 시샘과 모략과 고자질과 다툼 속에서 잠시도 바람 잘 날이 없었다.

"다 욕심 때문이란다. 중생의 삶이란 욕심에 의해 운행되는 것이란다."

구곡산에서 가루라가 한 말이 상기되었다. 그는 자기 소임이 무거움의 범접을 경계하는 것이라고 했다. 그리고 세상에 욕심보다 무거운 것은 없다고 했다.

"욕심을 없애면 다툼에 따른 고통은 없겠군요?"

"욕심을 없앤다면, 곧 그 중생의 삶은 정지된 것과 다름없는 것이 되고 말 터이다."

"그렇다면……?"

"우리야 중생의 삶을 떠나 부처님께 귀의한 몸 아니냐. 우리의 몸이나 마음속에는 욕심이 들어와 살 만한 집이 없느니라."

노스님의 말을 너는 가슴속에 새겨 여투어 둔다. 욕심을 다 털어 버리고 부처님께 귀의하면 그렇듯 경건한 소리를 평안하게 낼 수 있다는 것인가. 대나무가 노래 부르는 구곡산이 너의 머릿속을 가득 채운다.

"아까 김 서방 봤지? 네가 괜찮다면, 그의 집에서 함께 지내도 좋다고 했다. 어쩌려느냐?"

부처님의 정토와 구곡산과 노래에 대해 이것저것 마음속에 생각을 굴리느라 한동안 잠자코 있는 너를 넌지시 건너다보고 있던 노스님이 말을 바꾼다.

"너를 구해 준 은인이다. 숯을 굽고 화전을 일궈 이제 살림이 아주 튼실하고 성품도 또한 원만하고 미더운 사람이다."

너는 비로소 노스님의 말뜻을 짐작하고 얼굴을 붉힌다.

"네가 세상을 피해 깊은 산속으로 숨어 들어온 사연이 무엇인지 내가 알 바 아니다만, 그런 사람이 지내기에는 아주 안성맞춤일 것이다."

처음 데려왔을 때 그 입성이며 자태로 보아 평범한 농투성이 집 낭자는 아닌 것으로 노스님은 짐작하였다. 입성은 비록 무명으로 지었지만 청결한 새것이었고, 감발 속에 비단을 한 벌 감고 있는 것도 예사로 보이지 않았다. 등에 지고 온 오동나무 궤도 대패질 솜씨가 곱고 경첩도 반들반들 빛이 나는 범상치 않은 귀물로 보였다. 게다가 낭자가 남복을 하고 깊은 산속에 쓰러져 있었다니, 변괴 많은 세상을 등질 무슨 말 못 할 사연을 지닌 집 낭자려니 여겼다. 기운을 회복하자 미태도 돌아오고 자태도 의연하였다. 불목하니 행자 하나에 노구 입치레하는 데도 시량이 늘 딸리는 궁벽한 절에 군식구를 들일 형편이 되지 못했다. 병구완이 끝나 몸이 회복되었으므로 그 행처를 정해야 하는 것은 당연한 일이었다.

"노스님께서 소녀를 구해 주신 은혜, 무엇으로 갚아야 할지 실로 막막하옵니다. 소녀 가진 것이 없어 적은 사례도 올릴 수 없는 것이 안타깝습니다. 하지만, 노스님의 배려에 소녀는 순순히 따를 수가 없습니다. 소녀가 갈 길은 따로 정해져 있습니다."

"갈 길이 따로 정해져 있다?"

"예, 소녀는 한 사내의 아낙으로 안주할 수 있는 편안한 몸이 아닙니다. 몸의 안위를 걱정할 여유 또한 없습니다."

"그건 어째서냐?"

"소녀, 대현 고을 교방 기녀였습니다. 교방에서 탈출했으니 추쇄꾼이 원근에 널렸을 것입니다. 하지만 소녀는 추쇄꾼을 겁내는 것에 그치는 안일한 처지 또한 아닙니다."

그랬던가. 자태가 곱고 입성이 끼끗해 평범한 농가 출신은 아니리라 짐작했지만 기녀라니, 뜻밖이었다. 더구나 추쇄꾼의 올가미보다 더 두려운 것이 있다니 그 두려운 것의 정체가 무엇이란 말인가. 노스님의 얼굴에 그늘이 진다. 네가 더 측은해 보인 것이다. 교방 기녀라면 고을에 예속된 노비와 다름없는 신분이다. 기녀는 고을의 재산이며, 고을 원이 생사여탈권을 쥐고 있는 것이다. 노비가 도망칠 경우 그 주인은 추적하여 잡아들이는데 인력과 경비를 아끼지 않게 마련이다. 기녀도 그와 다름없으므로 추쇄꾼을 원근에 뿌려 잡아들이기 위해 혈안이 되어 있을 것이다. 그런데 그런 추쇄꾼의 손에 잡히는 것 따위는 안중에 두지 않는다는 눈치이니 그 까닭이 무엇이란 말인가.

너는 노스님의 묻는 말에 대답을 망설인다. 볼에 홍조가 엷게 번진다. 사실을 털어놓기가 실로 난감하였기 때문이다. 어떻게 말해야 쉽게 알아들을까. 빤히 쳐다보며 대답을 재촉하는 노스님의 눈길을 더 견디지 못한 너는 윗목의 나무 궤를 가리킨다.

"저 오동나무 궤 안에 오지항아리가 들어 있습니다."

"그래, 낭자를 데려온 날 나도 봤다."

"아, 그러셨군요. 저 항아리 때문입니다."

"항아리가 어쨌다는 것이냐?"

노스님은 오동나무 궤를 열고 항아리를 꺼낸다. 앞뒤로 돌려 가며 꼼꼼히 살핀다. 아래위가 잘록하고 배가 통통한 오지항아리다. 금방 칠한 것처럼 짙은 고동색 유약이 반들거리며 윤택이 흘렀지만 별다른 특색은 더 찾아볼 수 없다.

"노래를 받아 두었다가 그것을 부르는 노래 항아리입니다."

너의 말이 미덥지 않았던지 노스님의 얼굴에 그늘이 스쳐 지나간다.

"항아리가 그런 신기한 능력을 지녔다니, 누가 믿겠느냐!"

176

너는 길을 나선 사실을 자초지종 털어놓았다. 그것을 다 듣고 난 노스님은 항아리를 돌려 가며 다시 살폈다. 노스님의 눈에 강한 호기심의 그림자가 드리운다.

"가능하다면 나도 항아리의 노래를 한번 들어 보고 싶구나."

"조금 전 말씀드렸듯 지금은 노래를 하지 않습니다. 제가 항아리의 마음에 드는 노래를 찾아 담을 수 있을지 모르지만, 노래를 담으면 그때 제가 들려 드리도록 노력하겠습니다."

"언젠가 노승에게도 그런 인연이 닿았으면 좋겠구나. 헌데, 노래를 찾는 일도 힘들겠지만, 연약한 몸으로 이 항아리를 온전히 간수나 할 수 있을지 걱정이구나."

"그 점, 저도 걱정입니다. 하지만 다른 사람이 이 항아리를 탐내 손에 넣으면 반드시 행티를 부린답니다."

"행티를 부리다니?"

"동티를 내어 목숨을 온전히 보존할 수 없도록 해코지를 한답니다."

노스님은 얼른 항아리를 밀어 놓고 고개를 갸웃거리며 다시 바라본다.

"결국 임자밖에 가질 수 없는 물건이라는 말이로구나!"

그것 참 신기한 일도 다 있구나, 하는 표정으로 노스님은 고개를 끄덕이며 거듭 항아리를 살핀다.

"소녀의 어미가 바로 이 항아리 때문에 장하에서 물고를 당하고 말았습니다."

"낭자의 어미가?"

노스님은 깜짝 놀란다. 너는 어미가 물고를 당하기까지의 자초지

종을 대략 엮어 아뢴다.

"그래서 이 항아리를 넘보면 목숨을 잃게 된다고 한 것이로구나!"

"소녀의 어미가 어찌 이 항아리의 속내를 알았겠습니까. 항아리는 저에게는 복이지만 다른 사람에게는 마물입니다. 뿐만 아니라 소녀는 평생 항아리에 봉사해야 하는 시녀인 것입니다. 이 항아리가 하자는 대로 따라 해야 하는 운명을 제 스스로 선택해 진 것입니다."

너의 말을 듣고 난 노스님은 김가의 소망이 가당치 않은 것이었음을 뒤늦게 깨닫는다. 아쉬워할 그의 어두운 얼굴이 떠올랐으나 속으로 도리질을 했다. 하늘은 짝이 맞아야 서로 맺어 주는 것이야.

"노래를 찾아 나선 것도, 이 항아리의 청 때문이라고 했더냐?"

"예, 시녀로서 명을 거스를 수야 없는 일 아니겠습니까."

"항아리가 새로운 노래를 찾아 부르라 명했다고?"

"예, 그렇습니다. 어느 날 갑자기 이제부터는 사람의 노래를 찾아 불러 달라면서, 자기 청을 들어주지 않으면 다시는 노래를 담지 않겠다고 고집을 부리지 않겠습니까. 그래서 노래를 찾아 길을 나선 것입니다."

"사람 사는 노래를 불러 달라 했다?"

"예, 그렇습니다. 하지만 외로움도 슬픔도 그리움도 원망도 반가움도 다 사람이 살아가며 느끼는 일 아닌가요. 사람이 살아가면서 느끼는 그런 감정을 곡에 실어 부르는 것이 노래인데, 그것을 두고 사람 사는 노래가 아니라고 하니, 소녀는 눈앞이 캄캄할 따름입니다."

"이 노승이야 노래에 관해 청맹과니나 다름없지만, 항아리가 사람 사는 노래를 불러 달라고 했다는 것은 어렴풋이나마 짐작이 가는구나. 흔해 빠진 남녀 간의 사랑을 내용으로 한 노래가 아니라, 사람이 살아가면서 겪는 여러 생활이나 경험을 두루 노래로 지어 불러 달라는 청 같구나. 그래, 사람이 어디 사랑만으로 살아가느냐. 다다르고자 기를 쓰고, 얻고자 밤잠을 설치고, 이루고자 땀과 피를 흘리는 것이 사람의 삶인데, 이제 그런 실제적인 삶을 노래의 내용으로 삼으라는 뜻 같구나."

뜻밖에 노스님의 말이 항아리의 주장과 비슷한 것에 너는 속으로 적이 놀란다.

"소녀는 아침저녁으로 스님께서 예불을 드릴 때 염불하는 소리를 듣고 그것을 노래로 만들면 안 될까, 생각해 보았습니다."

"염불은 곧 부처님께 드리는 공양이니라. 어찌 노래가 될 수 있겠느냐."

노래의 속내를 두루 안다고 할 수 없는 노스님은 너를 도울 수 없어 안타깝다.

"그래도 그 가락이 사람의 간절한 염원을 담고 있어서 그런지 구성지고 그윽하기 이를 데 없었습니다. 소녀의 귀에는 노래로 들렸습니다."

"낭자의 말이 크게 틀리지는 않을지 모르겠지만, 항아리가 설마 염불을 노래로 여기지는 않을 것 같구나. 좀 더 두고 깊이 생각해 보아라."

너와 노스님이 그런 말을 주고받은 다음 날이었다. 네가 완전히 회복하여 용태가 바로 돌아오기를 기다리고 있던 김가가 너를 집으로 맞아들이기 위해 절을 찾아 올라왔다.

너의 사정을 들어 잘 알고 있던 노스님은 아무쪼록 김가를 달래 서운하지 않게 돌려보낼 방법이 없나 궁리하느라 바빴다. 김가를 방으로 들어오게 한 노스님은 너와 나눴던 대화를 바탕으로 두 사람의 인연이 닿지 않음을 사리를 밝혀 가며 설명했다. 여자를 맞이해야 할 처지를 모르지는 않지만 낭자는 낭자대로 피치 못할 다른 사정이 있어 이곳에 머물 수 없는 처지임을 차분히 밝힌 것이다.

그러나 술이 너의 용자를 보자 마음이 달 대로 달아오른 김가는 노스님의 말이 귀에 들어오지 않았다. 도리어 다른 저의가 있어 자기를 따돌리려는 수작이려니 속으로 분개하며 자기가 구하지 않았으면 이미 죽은 목숨일 터인데, 살려 놓으니 딴소리를 한다면서 결기를 세웠다. 반드시 자기가 아내로 맞아야 한다고 완강히 고집을 부리는 것이 평소 다소곳하던 모습과는 너무나 판이했다.

너는 속이 탔다. 목숨을 살려 준 은혜는 평생 잊지 않을 것이며, 언젠가는 돌아와 이 은혜를 반드시 갚겠다고 약속하며 설득하고 달랬다. 그러나 김가는 콧방귀만 뀌었다. 훗날은 기약할 바 아니라며 한사코 지금 너를 데리고 가겠다고 설쳤다.

노스님은 마지못해 궤 안에서 항아리를 꺼내 놓고 네가 산속에서 혼절해 있기까지의 사연을 조근조근 들려주었다. 낭자는 이 항아리에 매인 몸으로 사람이 달리 어떻게 손을 쓸 수 없는 처지임을 강조해 밝혔다. 그래도 김가는 고개를 완강히 저었다.

"이 따위 항아리가 문제라니, 그걸 말이라고 하는 것입니까?"

갑자기 벽력같이 고함을 지르며 김가는 벌떡 자리를 박차고 일어났다. 다짜고짜 항아리를 발로 냅다 걷어찼다. 발에 차인 항아리는 노스님의 머리 위를 획 날아, 맞은편 벽에 퍽 소리를 내며 부딪치고 탁 소리와 함께 바닥으로 나가떨어졌다.

"악!"

너는 비명을 지르며 항아리를 쳐다본다. 노스님도 기겁을 하고 뒤로 넘어진다. 아직도 성이 풀리지 않은 김가는 콧김을 뜨겁게 불어 냈다. 그러나 다음 순간, 멀쩡한 항아리를 쳐다본 김가의 얼굴에 그늘이 잡힌다. 아니 곧 흙빛으로 변하였다. 겁을 집어먹은 눈치다. 어찌 된 영문인가. 힘껏 발로 걷어차 맞은편 벽에 퍽 소리를 내며 부딪치고 탁 소리와 함께 바닥으로 떨어졌던 항아리가 아무 탈 없이 멀쩡한 모습으로 앉아 있지 않은가. 산산이 부서져 가루가 되어 있어도 모자랄 터인데, 항아리가 온전한 모습으로 앉아 있다니, 기함을 할 일이었다. 당황하고 있는 김가를 밀치고 솔이 네가 허겁지겁 항아리로 달려간다. 항아리를 살핀 후 품에 꼭 껴안았다.

한동안 방 안에 납보다 무거운 침묵이 깔렸다.

항아리를 쳐다보고 있던 김가는 기세가 한풀 꺾인 것이 분명했다. 무슨 생각을 했던지 그는 풀죽은 모습으로 시큰하게 문을 열고 방을 나갔다. 도수승처럼 혼자서 무엇인가 계속 투덜거리며 그는 집으로 가는 길로 접어들었다.

나무 세 그루의 의견

나무 세 그루가 이야기를 나누고 있다.

한 그루는 미끈한 회갈색 피부의 가지를 여럿 뽑아 올린 멋쟁이 느티나무다. 잎이 무성한 느티나무는 언제 봐도 많은 이야기를 품고 있는 것 같다. 마을 사람들이 걸핏하면 그의 그늘을 찾아 쉬는 까닭은 그의 이야기를 듣기 위해서인가.

다른 한 그루는 키가 훌쩍 큰 은행나무다. 그는 가을에 가장 빛난다. 햇빛 아래 우아하게 바람 무늬를 짓고 몸을 흔드는 황금빛 잎들을 보고 있으면 사람들은 절로 마음이 풍요로워진다. 한 개의 돌에서 큰 산보다 더 깊은 의미를 찾아내는 안목이 있는 사람이라면, 은행나무의 몸짓에서 지구의 과거를 다 읽어 낼 것이다. 한 알의 열매에서 우주 만물의 크기와 인연을 읽어 내는 혜안을 지닌 사람이라면, 은행 알 하나에서 영원한 미래를 읽어 낼 것이다. 우리 같은 평범한 사람의 눈에는 기껏해야 풍요로움이 은행나무의 으뜸 인상으로 남을 뿐이지만.

또 다른 한 그루는 심장 모양의 널따란 잎을 달고 있는 오동나무다. 가락에 맞춘 춤사위처럼 너울거리는 널따란 심장 모양의 잎 때문인지, 굵은 몸통 속에 여러 틀의 거문고라도 품고 있는 듯하다. 몸을 조금만 움직여도 유현하고 고아한 가락이 금방이라도 울려 퍼질 것 같다.

늘 한 자리를 지키고 서 있지만 나무들은 잠시도 지루하지 않다. 하루 종일 쉼 없이 지나가는 것들을 만나기 때문이다. 자기 옆을 지나가는 것들을 바라보는 것으로써 나무들은 움직여서 다른 풍경을 만나는 동물들에 못지않은 지혜를 얻는다. 가서 만나 아는 것과 서서 만나 아는 것에 차이가 없으리라, 나무들은 그렇게 믿고 있다. 그리고 늘 같은 자리에서 계절의 변화를 겪는 것이 움직이며 계절의 변화를 맞이하는 동물보다 한결 적실하리라 자부한다. 동물은 움직임으로써 변화를 잠시 놓칠 수도 있지만 움직일 수 없는 나무들은 계절의 변화를 서서 고스란히 다 겪는다. 계절마다 달라지는 날씨야 그렇다 치더라도 봄, 여름, 가을, 겨울 계절마다 각기 모습을 달리하는 이웃들을 지켜보고 있으면 자기도 모르게 생각이 깊어진다. 상념은 변화에 약하다. 변화를 만나면 자연 마음속에 상념이 뭉게구름 일어나듯 일어나게 마련이다. 그 때문인 듯 나무들은 이윽고 우주의 철리를 꿰뚫어 알고 있는 느낌에 사로잡힐 때가 자주 있다. 그리고 꼭 그러려고 한 적은 없는데도 가끔 사색적 자태로 몸이 흔들릴 때도 있다. 그 때문인 듯 나무들은 가끔 명상하는 것처럼 보일 때가 있다.

'노래는 어디에 살까. 노래가 사는 곳은 어디일까. 그걸 모르는 사람이 어디 있겠어. 사람 마음속에 살고 있지. 사람 마음을 떠나 노래가 어디에 살겠어.'

느티나무가 혼자 묻고 혼자 대답하며 빈정거린다. 그는 남달리 가지와 잎이 풍성하다 하여 늘 좀 거만스럽다. 여름이면 시원한 그 늘을 만들어 동네 사람들을 쉬게 한다. 산에서 사랑하는 짝으로부터 구박을 받은 솔잣새가 내려와 한참 노래를 부르며 상한 마음을 달래다 돌아간다. 깃이 유난히 고상하게 반짝이는 오디새도 풀씨를 쪼다 그늘을 찾아 잠시 쉬어 가기도 한다. 느티나무는 이 모든 것을 자랑으로 삼는다.

그러나 느티나무가 사람처럼 말을 할 까닭이 없다. 입이 있는 것도 아니고, 다른 나무들처럼 느티나무는 말없이도 세상을 살아가는 데 아무 불편을 느끼지 않는 존재이다. 그러나 솔이 너는 느티나무가 하는 말을 알아듣는다. 아니, 느티나무가 하는 말이 아니라 솔이 너의 내면에서 솟아 올라와 너의 귀에 들리는 소리인지도 모른다. 어쨌든 너는 느티나무를 찾아갈 때마다 그가 하는 말을 알아듣고 그대로 믿는다.

'그럼 사람 많은 곳으로 가야 하겠네. 노래가 사람 마음속에 살고 있다면 되도록 많은 사람들을 만나야 하잖아. 더구나 사람들은 제각각 다른 노래를 간직하고 있을 테니까!'

은행나무가 느티나무의 말을 받아 말한다. 부채 모양의 황금빛 잎을 우아하게 흔들며 자태를 뽐낸다. 그런 그의 모습은 교만해 보이지만, 어딘가 귀태가 흐른다.

'그러니까 노스님께서 그랬지. 사람 많은 서울로 올라가라고.'

오동나무가 받아 노래하듯 말한다.

'맞아, 노스님께서 그러셨지. 어디서나 귀만 잘 열고 있으면 여러 노래를 들을 수 있을 것이라고도 하셨어. 사람들뿐만 아니라 움직이는 것은 모두 노래 부르지 않는 것이 없다 하셨잖아. 노스님께서는 심지어 시간도 노래 부른다고 하셨으니, 원!'

오동나무의 목소리는 어딘가 깊은 계곡을 돌고 돌아온 거문고 여운을 닮은 듯 가슴을 둔중하게 울린다.

'그래, 아무튼 서울로 잘 올라왔어. 하지만 정작 고생은 이제부터야.'

느티나무의 말에 은행나무와 오동나무가 거의 동시에 고개를 끄덕인다.

'사람은 몸으로만 되어 있는 것이 아니지. 몸은 정신을 주인으로 모시고 사는 것이잖아. 노래가 몸만을 위한 것이라면 제구실을 다 한다 할 수 없지. 정신에만 치우쳐 있는 것도 또한 당치 않아. 몸과 정신을 함께 어우러지도록 할 때 비로소 노래는 제 가치를 지녀. 그런 노래를 얻으려면 이 세상 가지가지 고생을 다 모아 지은 불가마보다 더 뜨거운 고통 속에서 담금질을 받고 나서야 비로소 가능하다 했어!'

느티나무가 사려 깊은 음성에 동정을 담아 말한다.

'그러게, 지난 이태 동안 노래를 찾을 수 있는 기초는 웬만큼 다 닦은 셈이지. 명심보감과 채근담을 떼고, 사군자를 치고, 시 짓는 법도 배웠잖아. 이제 거기에 고생만 보태면 돼.'

은행나무가 알은체를 한다.

'그렇지만 솔이 생각은 다르잖아. 노래를 제대로 지으려면 세상을 속속들이 깊이 있게 이해할 수 있는 안목을 갖추도록 지식을 더 쌓고, 그리고 시를 짓는 데 막힘이 없도록 문장 수련도 더 해야 한다고 믿고 있었잖아. 그런데 미처 그런 준비를 다 갖추기 전에 노래를 찾으라고 고생길로 내몰았으니, 안 할 고생까지 하게 되었다고 원망이 실로 깊잖아.'

오동나무가 솔이 너를 대신하듯 항변한다.

'지식을 쌓는 것도 중요하지만, 노래를 찾기 위해서는 글공부보다 더 중요한 것이 있다고 항아리가 말했잖아.'

느티나무가 측은하다는 듯 편을 든다.

'그래, 그랬지.'

세 그루의 나무가 거의 동시에 합창하듯 탄식한다.

'많은 사람들을 만나고 나면, 솔이가 스스로 터득하게 될까?'

이번에도 은행나무가 걱정스럽다는 투로 말한다.

'당연한 일 아니겠어. 지난번에, 나무는 무엇을 먹고 살까? 바위는 왜 저렇게 늘 같은 자리에 앉아 있을까? 강물은 왜 늘 같은 방향으로만 흐를까? 그런 의문에 사로잡혀 있는 걸 봤지? 전보다 생각이 깊어진 것은 틀림없어.'

오동나무가 밝은 음성으로 거든다.

'그래도 아직 멀었어. 지금도 세상이란 눈에 보이는 형상대로 이루어져 있는 것으로 믿곤 하니까. 정작 세상이란 속을 보여 주는 데는 인색한 데 말야. 앞으로 더 많은 질문에 시달려야 해. 그래야 새로운 노래를 불러 달라는 항아리의 뜻을 제대로 알아차리지!'

느티나무의 걱정에 오동나무가 고개를 끄덕인다.

'서울에 당도했으니 달라지겠지. 고생이 어련히 제 알아서 가르쳐 주겠어!'

느티나무가 결론을 내리자 은행나무와 오동나무는 그 말에 가지를 흔들며 공감을 나타냈다.

이야기 팝니다

마침내 서울에 당도한 솔이 네가 거리를 배회하고 있는 모습이
그려진다.

처음 와 본 서울에 아는 곳이 있을 리 없고, 시골에 묻혀 살아온
네가 서울에 아는 사람 하나 있을 리 없다. 아는 곳이 없으니 갈 데
가 따로 있을 수 없고, 아는 사람이 없으니 찾아갈 집 또한 하나 없
다. 무작정 거리를 배회하며 여기저기 기웃거리는 것밖에 달리 할
수 있는 것이 없다.

남대문을 거쳐 종루를 지나 운종가를 배회하고 있는 너는 줄곧
어리둥절한 표정이다. 눈에 보이는 것마다 낯설고, 신기롭다. 세상
에, 저렇게 많은 집들이 있는 줄 너는 미처 몰랐다. 눈 가는 데까지
빈틈없이 딱딱 붙어 있는 집들이 경이로웠다. 고만고만한 집들을
지나자 줄지어 서 있는 고래 등 같은 기와집들이 또 너를 놀라게 한
다. 그 웅장한 건물들 또한 끝 모르게 이어져 있다. 길은 또 동서남

188

북으로 뻗어 갈피를 잡을 수 없이 어찌나 많고 드넓은지 벌린 입을 다물 수 없다. 그 길을 오가는 행인들은 또 어찌 그렇게나 많은지, 어안이 벙벙할 따름이다. 내왕하는 우마차와 사람들을 피하느라 너는 정신이 없다. 한눈을 팔다 몇 번이나 어깨를 부딪친 너는 더욱 긴장한다. 길 치는 길라잡이의 우레 같은 고함 소리에 기겁을 한 사이 사인교가 휭 옆을 스쳐 지나갈 때는 혼이 쏙 빠졌다. 남색 쾌자에 홍색 흉배를 두른 장교가 말을 달려 옆을 스치듯 지나갈 때도 놀라 까무러칠 뻔한다.

벼슬아치의 행차를 피해 얼른 골목으로 달아나 숨는 민복들의 민첩한 몸짓도, 머리에 보퉁이를 인 아녀자의 씩씩한 걸음걸이도 너의 눈에는 낯설다. 짐을 실은 우마차와 가마가 끊임없이 오가고, 행인들은 서로 어깨를 부딪칠세라 경계하고 조심스럽게 내왕하며, 행인들의 복색은 하나같이 어찌나 화려한지, 서울에는 못 사는 사람이 하나도 없는 것 같다. 모두 활기차고 여유 있고 당당한 모습들이다.

전동을 왼쪽으로 두고 운종가로 들어서는 어간 몇몇 군데에서 너의 발걸음이 절로 멈추어진다. 비단이 그렇게 흔한 것인지 산처럼 쌓아 둔 집이 있는가 하면, 피륙을 쌓아 둔 집도, 인삼과 약재를 쌓아 둔 집도, 모시와 삼베를 쌓아 둔 집도, 곡식 가마를 천장에 닿도록 높이 쌓아 둔 집도 있었다. 종이전, 모전, 갓전, 사기전, 두석전, 옥방전 앞에서 걸음이 멎을 때마다 어찌나 놀랍고 신기한지 한동안씩 발걸음이 떨어지지 않는다. 세상에 귀한 물건은 다 몰려 있는 것 같았다. 세상에 옷감과 쌀 등 물산이 저렇게 흔하다면 세상에 헐벗고 굶주린 사람이 어디 하나나 있으랴 싶었다. 그래서 그런지, 내왕

하는 사람들의 얼굴에서는 궁기를 찾아볼 수 없다. 마주치는 사람마다 귀골에 당당한 모색이다. 넝마 같은 바지저고리 차림의 너와는 아주 대조적인 모습에 너는 계속 기가 죽는다. 사람들이 붐비고 눈이 부셔 쳐다보기 힘든 화려한 상품들이 전시된 저잣거리를 너는 기가 죽어 서둘러 벗어난다.

모전 다리 부근에 이르니 사람들이 어깨를 결어 울타리를 친 곳이 보인다. 사람들의 어깨를 비집고 너머를 들여다본다. 한 사내가 손에 보자기를 들고 그것을 펼쳐 보이기도 하고, 털어 보이기도 하더니, 갑자기 크게 기합을 넣으며 왼손을 쳐들어 보이는데, 보자기는 온데간데없고 비둘기 한 마리가 손 위에 올라앉아 날개를 퍼덕이고 있다. 어찌나 신기했던지, 구경꾼들 사이에서 탄성이 터져 나온다. 한 거리가 끝나자 초립동이 대접을 들고 구경꾼들 앞을 한 바퀴 돈다. 대접에 엽전 떨어지는 소리가 심심찮게 들린다. 다음 거리로 넘어간 얼른재비*는 빈손에서 꽃을 피워 올리는 재주를 펼쳐 보인다. 꽃을 한 송이씩 피워 올릴 때마다 구경꾼들 입에서 연이어 탄성이 터진다. 초립동은 어깨에 덩덕궁이 장단을 싣고 신명을 내며 구경꾼들 앞에 대접을 들이민다. 대접에 엽전 떨어지는 소리가 더 잦아진다. 너는 엽전 떨어지는 소리에 자꾸만 주눅이 든다. 욕심 같아서는 맨 앞줄로 나가 가까이서 구경을 하고 싶지만 엽전을 내며 치고 들어오는 사람들에게 자리를 조금씩 양보하게 된다. 그렇게 양보하다 보니 어느새 구경꾼의 울타리에서 밀려나 어깨 너머 구

---

* '요술 부리는 사람'을 일컫는 남사당패 은어.

경도 어렵게 되고 만다. 돈만 있다면 맨 앞줄에 앉아 종일이라도 구경을 하고 싶었으나 그러지 못한 너는 씁쓸한 기분으로 그곳을 떠나기로 마음먹는다. 얼른판을 등지고 터덜터덜 걸음을 옮기는 너의 뒷모습이 볼수록 쓸쓸해 보인다. 번화한 거리를 벗어나자 사람들의 왕래가 뜸해지고 한적하다. 수표교 어름에 이르렀을 때다. 너는 무슨 마력에라도 끌린 듯 한곳에 시선을 박고 꼼짝도 하지 못한다.

'이야기 팝니다.'

너의 고개가 절로 외로 꼬인다. 길갓집 담벼락에 의지해 친 하얀 차일 끝자락에 '이야기 팝니다.'라는 종이 표지가 바람도 없건만 펄럭이고 있다. 세상에, 이야기를 다 판다고? 무슨 이야기를 어떻게 판다는 것일까? 너는 아무래도 짐작이 가지 않는다. 아직 이야기를 파는 사람이 있다는 말을 들어 보지 못한 네가 놀라고 신기하게 여긴 것은 당연한 일. 호기심을 이기지 못한 너는 무엇에 끌려가기라도 하듯 그곳으로 다가간다. 여남은 걸음 떨어진 곳에 이르자 차일 안이 들여다보인다. 정자관에 턱수염을 기른 사내가 계속 입을 놀려 앞에 앉아 있는 낭자를 상대로 무엇인가를 지껄이고 있는 모습이 보인다. 정자관의 사내가 이야기를 팔고, 앞의 낭자가 이야기를 산 모양이라고 너는 짐작한다.

사내의 입은 잠시도 쉬지 않고 무엇인가를 계속 지껄이고 있고 앞의 낭자는 그것을 들으며 웃기도 하고 가끔 눈물을 훔치기도 한다. 전에 듣지도 보지도 못했던 신기한 광경에 너는 넋을 빼앗긴다. 그러나 이야기를 판다고 했으니, 돈이 없는 너로서는 차일 안으로 들어갈 수는 없는 일, 너는 조금 더 가까이 다가가 예닐곱 걸음 떨어진 곳에서 귀를 가다듬어 기울인다. 앞에 앉은 낭자처럼 잘 들을 수는 없지만 이야기꾼의 구성진 이야기를 이삭 줍듯 귀가 대강대강 주워듣는다. 자세히 알아듣지는 못했으나 너는 이야기 몇 자락에 그만 혼이 쏙 빠진다. 파란만장한 영웅담이나 신분 몰락에 따른 슬픈 사랑 이야기나 적몰된 집안을 일으켜 나가는 장손의 눈물겨운 노력에 감수성 예민한 네가 어찌 혼을 빼놓지 않을 수 있겠느냐. 더구나 이야기꾼은 말로만 이야기를 끌어 나가는 것이 아니었다. 가끔 슬픈 대목이나 강조하고 주목해야 할 대목에서는 손짓 몸짓 표정도 동원하며 말을 가락에다 실어 엮어 나갔다. 말을 가락에 실어 길게 엮어 나갈 때면 엇구수한 맛이 더 우러난다.

해가 져 이야기꾼이 차일을 거둘 때까지 너는 이야기꾼의 곁을 떠나지 못한다.

다음 날도 그다음 날도 너는 이야기꾼의 차일 부근을 서성거린다. 이야기꾼은 한곳에만 머물러 있지 않았다. 갓전골이나 모전 다리, 사기전골, 탑골, 수표교 어름 등을 오고 가며 차일을 옮겨 치고 손님을 상대로 이야기를 팔았다. 솔이 너는 이야기꾼이 자리를 옮길 때마다 옮긴 곳으로 따라가 한 곁에 앉아 이야기에 귀를 기울인다. 동냥밥으로 허기를 겨우 달래는 정도로, 목숨을 위해서는 별로 마음을 쓰지 않는다. 오로지 전기수의 이야기에만 정신을 쏙 빼놓는다. 고저장단을 맞춰 가며 구성지게 이야기를 엮어 나가는 전기수는 목구성도 좋았다. 이야기를 가락에 실어 엮어 나갈 때면 쇳소리가 엷게 끼여 있는 그의 음성이 귀성스럽고 맛깔스럽다. 그의 이야기는 슬픈 내용으로 이루어져 있는 것이 많았다. 귀를 기울이다

보면 어느새 솔이 너의 옷섶은 눈물로 흥건하게 젖어 있고는 했다.

이야기를 파는 데는 한두 군데가 아니었다. 길을 배회하던 너는 신전 뒷골이나 종묘 어름에서도 차일을 치고 이야기를 파는 전기수의 모습을 본다. 관잿골 초입의 한 집에서는 마루에 이야기 전을 펴고 이야기를 팔고 있기도 하였다. 여남은 명의 손님에 둘러싸여 신명을 내고 있는 이야기꾼이 있는가 하면 두셋 귀를 상대로 목청을 높이는 이야기꾼도 있고 혼자 앉아 파리를 날리는 이야기꾼도 있었다. 너는 가급적 그들에게 가까이 다가가 귀를 기울여 이야기를 듣는다. 이야기는 아무리 들어도 싫증이 나지 않았다. 이야기를 찾아 여기저기를 기웃거리던 너는 며칠 지나지 않아 맨 처음 이야기꾼에게로 되돌아간다.

이야기 꾸려 가는 입담이며 솜씨가 이야기꾼마다 각기 달랐다. 낭랑한 목소리를 뽐내는 이야기꾼이 있는가 하면, 손짓 발짓을 곁들여 신명을 내며 이야기를 풀어 나가는 이야기꾼도 있었다. 그리고 이야기는 줄거리만 엮어 나가는 것이 아니었다. 원 줄거리에 곁가지를 보태 이야기를 더욱 풍성하게 꾸며 나가고는 했다. 비슷한 사례를 끌어와 비교해 가며 실감을 더욱 북돋우고 구수한 맛을 한결 높여 놓기도 했다. 목구성 또한 다만 글 읽는 낭랑한 목소리만이 아니었다. 흥취를 더 자아내기 위해 가락에 얹어 장단을 맞춰 가며 구성지게 엮어 내기도 했다. 그런, 이야기를 이끌어 가는 재치와 목구성에서 처음 이야기꾼을 당할 사람이 없었다.

오늘은 좀 더 가까이 다가가 이야기를 들으리라 작심하고 너는 수표교 어름의 그 이야기꾼의 차일 옆에 자리를 잡고 앉는다.

차일 안에 이미 손님의 모습이 보인다. 차일은 위와 앞면만을 가리고 있을 뿐 양옆은 툭 터져 있어 어렵지 않게 안을 들여다볼 수 있다. 담벼락을 등지고 정자관의 이야기꾼 사내가 앉아 있고, 그 사내와 마주 보고 댕기머리 낭자가 하나 앉아 있다. 이야기꾼은 입을 부지런히 놀려 이야기를 엮어 나가고 그 앞에 앉은 댕기머리 낭자는 고개를 외로 꼬거나 가끔 앞뒤로 주억거리며 이야기 듣기에 열중하고 있다. 너는 더 가까이 가고 싶은 유혹을 강하게 느꼈지만 차마 용기가 나지 않는다. 오늘따라 바람이 이쪽에서 저쪽으로 불어서 그런지 이야기꾼의 이야기 소리가 귀에 잘 들어오지 않는다.

이윽고 이야기꾼이 이야기를 마친 듯 웃음 짓는 모습이 보인다. 등을 보이고 앉아 이야기를 듣느라 고개를 외로 꼬거나 머리를 앞뒤로 주억거리던 댕기머리 낭자가 일어난다. 돌아서 앞모습을 보인 댕기머리 낭자는 곱게 화장을 하고 비단옷을 입고 있다. 차일 밖으로 걸어 나오는 낭자의 얼굴에 흡족한 미소가 고루 퍼져 있다. 이야기의 감동이 아직도 여진처럼 마음을 흔들고 있는 것인가, 눈부신 하늘을 한 번 쳐다보고 땅을 내려다보며 그 감동의 여운을 다스리고 있는 표정이다. 여자 나이는 자태와 눈매를 보면 대강 헤아릴 수 있다 한다. 자태에는 사람을 대해 온 연륜이 스며 있고, 눈매에는 사물을 익혀 길들인 세월이 고여 있다는 것이다. 낭자는 너와 나이가 같거나 한두 살 위로 보인다. 벌떡 일어난 너는 저도 모르게 그 낭자를 향해 걸음을 재촉해 옆으로 다가간다. 무슨 이야기를 들었기에 낭자가 저토록 황홀해할까. 너는 그 궁금증에 몸살이 날 지경이다. 네가 가까이 다가가자 낭자는 금세 표정이 굳어지고 당황해

하며 뒷걸음질 친다. 얼굴에 황홀하게 피어오르던 미소가 싹 가시고 놀라 경계하는 빛을 드러낸다.

"무슨 이야기를 샀기에 그렇게 감동스러운 표정이세요?"

낭자가 가까이 오는 너를 경계하는 눈치를 네가 모를 리 없다. 너는 사람들의 그런 태도에 익숙해져 있었다. 떠돌이라는 것이 그랬다. 낯선 고장에 들어가면 모르는 사람들과 관계를 트지 않고서는 아무것도 얻을 수 없었다. 물 한 모금도, 대궁밥 한 숟가락도, 이슬을 피할 잠자리도 구할 수 없었다. 늘 낯선 사람들과 성공적으로 관계를 터야만 구복을 다스릴 수 있었다. 누구나 낯선 사람을 경계하게 마련이다. 나는 좋은 사람이오, 하는 표지로서 손색이 없는 선량한 인상을 가진 사람이라 할지라도 일단은 접근을 꺼린다. 겉과 속이 똑같은 사람을 찾아보기 힘든 세상 경험이 경계심을 늦추지 않는다. 이쪽에서 성심성의를 다해 애원하고 간청하여 측은지심을 자극해 내기까지 선심은커녕 접근조차 못하게 거리를 둔다. 너의 위아래를 훑어본 낭자가 눈살을 찌푸리며 기겁을 하고 뒷걸음질 친 것은 자연스러운 반응이다. 바지저고리에 짚신감발을 한 너는 갈데 없는 떠꺼머리총각이다. 때가 굳어 검게 반질반질한 옷섶이며, 땀과 먼지가 앉아 구정물이 줄줄 흐르는 얼굴도 가관이 아니다. 길게 자란 손톱 밑에 검은 때가 끼어 흉측했고 피로가 쌓인 눈도 정기를 잃고 흐릿하다.

"아가씨, 놀라지 마세요. 남장을 하고 있지만 저도 같은 여자랍니다. 그리고 집을 떠난 지 오래되어 이런 추레한 모습을 하고 있답니다."

행색과는 달리 너의 목소리는 나긋나긋하고 구김살이 없다. 남장을 한 여자라는 말에 낭자의 눈이 너의 아래위를 뜯어 살핀다. 듣고 보니 바지저고리가 헐렁하게 겉도는 것 같고 얼굴에도 가녀린 빛이 감돈다. 그러나 안심이 되지 않았던지, 낭자는 차일 안으로 뛰어 들어간다.

너와 낭자가 나누고 있는 수작을 진작부터 지켜보고 있던 차일 안의 이야기꾼 사내가 낭자를 등 뒤에 두고 앞으로 나서며 너의 접근을 가로막는다. 공들여 손질한 베옷 차림에 정자관을 쓴 이야기꾼 사내는 명색이 양반짜리인 모양이다. 약관은 이미 넘긴 듯했으나 아직 이립의 나이테는 뚜렷하지 않은 얼굴이다. 얼굴에 위엄을 갖추고 너를 살피는 눈매가 곱지 않다. 너는 지지 않고 당돌하게 이야기꾼 사내를 마주 바라본다. 아무리 서울 사람이라지만 이야기꾼 주제에 정자관이라니, 하고 시틋한 생각이 없지 않다. 양쪽 귀 밑으로 흘러내린 구레나룻이 턱에서 보기 좋게 모여 있다. 안색으로 살림 형편을 헤아리는 관행을 좇아, 너는 이야기꾼의 살림살이 형편이 곤궁함을 읽어 낸다. 정자관과 수염이 양반짜리임을 강조하고 있고 그 얼굴에 그려진 터무니없는 오연한 기색도 만만치 않아 보이지만 이야기꾼을 쳐다보는 너의 시선도 만만치 않게 무람없다. 더욱이 이야기꾼의 등 뒤에 숨어 고개를 내밀고 너를 훔쳐보는 낭자가 너는 괘씸하다.

"아가씨, 제가 무슨 행패라도 부렸나요? 다만 아가씨의 표정이 어찌나 오묘하던지 무슨 이야기를 듣고 그러시나 궁금했을 뿐이에요."

너는 목소리를 가다듬고 힐난한다. 나긋나긋한 여자 목소리임에는 틀림없지만 당당하기가 남정네 같다. 이야기꾼은 터무니없이 당당한 너의 항변에 속으로 눈살을 찌푸리면서도 그 당당함에 오히려 마음이 끌린 눈치이다. 저 터무니없는 당당함은 단순한 성정 때문인가, 아니면 다른 숨겨진 무슨 내력이라도 지닌 것인가.

"그래도 모르는 사람이 접근하니 놀랄 수밖에 더 있겠습니까."

이야기꾼 사내가 목소리를 가다듬고 점잖게 나선다.

"다 똑같은 사람인데, 저를 보고 왜 놀라요?"

"낯선 남자를 내외하지 않을 낭자가 어디 있겠습니까. 놀란 것은 당연한 이치인데 시비를 다투려는 낭자가 도리어 경우에 벗어난 것으로 보입니다."

이야기꾼의 말이 사리에 어긋나지 않았다. 너는 더 대꾸를 하지 못하고 입을 다문다. 잠시 침묵이 흘렀다. 너는 곧 그 침묵을 깬다.

"저는 세상에 이야기를 파는 데가 있다는 걸 몰랐어요. 이야기를 팔다니, 저는 신기해 지난 며칠간 아저씨 주변을 맴돌았어요. 이야기를 듣고 싶었거든요. 하지만 돈이 있어야 이야기를 사지요. 할 수 없이 멀찍이 서성거리며 이야기를 엿들었어요. 그러던 중 아가씨와 마주친 거예요. 저를 나쁜 사람으로 여기지 마세요."

"허어, 그래요. 나도 낭자를 며칠 전부터 눈여겨봐 왔구려. 하지만 낯선 사람에게 접근하려면 예를 갖추어야 하지 않겠소. 그런데 지금 낭자의 차림은 예를 갖추었다 할 수 없겠군요. 남장을 한 데다 입성도 후줄근하고 얼굴도 물 구경한 지 몇 달이 지났는지 땀과 먼지가 켜를 이루고 앉아 있으니 누가 가까이하려 하겠습니까. 게다가 등에는 이상한 것을 지고 있으니, 그런 낭자의 모습을 보고 놀라지 않을 사람 어디 있겠소."

이야기꾼 사내의 말에 너는 너 자신의 모습을 떠올리며 말문이 막힌다. 사내의 어조나 얼굴 표정이 쌀쌀한 기색만은 아니다.

"무슨 말씀인지 알겠어요. 아가씨를 놀라게 해 죄송해요. 서울 사람들은 사람을 짐승보다 더 무서워하고 경계하는 것 같네요. 저는 서울은 이번이 처음이에요. 집을 떠난 지가 하도 오래되어 차림도 엉망이고 몸도 엉망이에요."

"그럼 서울 사람이 아니군요."

"그래요. 그냥 떠돌이에요."

"떠돌이라면 오로지 먹고 자는 일에 관심이 있을 뿐일 터, 이야기에 관심이 있다니, 이상하군요."

그렇게 이야기꾼과 네가 주고받는 수작을 옆에서 지켜보고 있던 낭자가 앞으로 나선다. 잠시 너의 눈을 쳐다보던 낭자가 무슨 생각을 했던지 허리춤의 주머니를 열고 동전 세 닢을 꺼내 이야기꾼에게 건넨다.

"미안해요. 제가 잘못했어요. 지레짐작으로 겁을 먹은 저를 용서하세요."

낭자가 내미는 동전을 이야기꾼이 엉겁결에 받아든다.

"아저씨 이 낭자에게 이야기 좀 부탁해요. 저는 다음에 또 올게요."

고맙다는 치렛말도 미처 하기 전, 낭자는 이미 등을 보이고 나풀나풀 멀어져 간다. 너는 속으로 고맙다는 인사를 하고 멀어져 가고 있는 아가씨를 눈으로 배웅한다.

"저 아가씨, 겉보기와는 달리 무슨 허전한 데가 있는 모양이네요?"

댕기머리를 나풀나풀 흔들며 멀어져 가는 낭자의 뒷모습을 바라보며 무심코 네가 한마디 던진다. 그 말에 이야기꾼의 얼굴이 일변한다. 예기치 못했던 신통한 말이라 여겼던지 의외라는 표정이다. 이야기꾼은 너의 위아래를 다시 훑어보고 너의 얼굴을 살핀다. 무릎은 말할 것도 없고 팔꿈치에도 다른 헝겊을 덧대 기운 자국이 더덕더덕하다. 바지는 때가 덜 탔지만 저고리 앞섶은 먼지 때가 절어 녹슨 구리 색으로 더러워져 있다. 집을 나선 지 오래라더니, 과연 그러한 모양이라고 이야기꾼은 속으로 측은한 생각이 든다. 등에 덜렁 매달려 있는 나무 궤가 너무 거추장스러워 보인다. 너를 압도하고 있는 형국의 나무 궤를 쳐다보며 무슨 생각을 했던지 이야기꾼이 입을 열어 말한다.

"등에 진 것이 아가씨 운명과 무슨 관계가 있는 모양이군요!"

“운명이요?”

“운명과 관련이 없다면 그렇게 이상하고 무거워 보이는 궤를 지고 다닐 까닭이 없지 않겠어요!”

이야기꾼은 때에 전 초라한 입성과 병약해 보이는 초췌한 얼굴과는 달리 너의 눈이 매우 초롱초롱하다고 여긴다. 더욱이 이야기를 듣고 간 낭자를 두고, 무슨 허전한 데가 있는 모양이라는 너의 남달라 보이는 예단에 자꾸만 신경이 쓰인다.

너는 이야기꾼의 말이 그럴 듯하다고 생각하며 빙그레 미소 짓는다.

“낭자가 웃는 걸 보니 내 짐작이 맞는 모양이군요. 그래 무슨 사연이 있는지 궁금하오.”

“막상, 대답하려니 난감합니다. 이 오동나무 궤 때문에 소녀가 정처 없이 길을 떠돌아다니고 있기는 합니다만, 어떻게 말씀드려야 할지 요령부득입니다. 한 번도 소녀는 이것을 운명과 연관시켜 생각해 본 적도 없었고요……..”

“아까, 이야기를 듣고 간 아가씨와 비슷한 말을 하는군요. 왜 이야기를 그토록 좋아하느냐고 묻자, 글쎄 자기가 왜 이야기를, 그것도 남의 이야기를 이렇게 좋아하는지 아직 한 번도 생각해 보지 않았다더군요.”

“그 아가씨, 겉으로는 행복해 보이지만 마음 허전한 데가 있을 거예요.”

또 같은 말을 너는 되뇐다.

“그건, 어째서?”

"자기 자신으로 속이 가득 차 있는 사람은 남 이야기에 관심을
둘 겨를이 없거든요."

"나로서는, 모를 말이군요."

이야기꾼은 너의 다음 말을 듣기 위한 배려인지 일부러 한 발 물
러선다.

"노래 좋아하는 사람이나, 그림이나 시에 정신 파는 사람들 한번
보세요. 그런 사람들, 가만히 살펴보면 어딘가 외로운 데가 꼭 있어
요. 출생이 온전하지 않았거나, 일찍부터 이별을 안고 살았거나, 사
랑을 잃었거나, 갖고 싶은 것을 갖지 못했거나, 뜻하지 않았던 시련
을 겪고 있거나, 이런 현세에 이루지 못한 어떤 결핍이나 갈등 때문
에 고통 받는 사람들이 대부분이에요. 이런 사람들은, 노래로써 자
신을 달래고, 그림이나 시로써 상상의 세계를 펼치며 위안을 받는
것 같아요. 이야기를 좋아하는 사람도 아마 그렇지 않겠어요. 그리
고 그런 사람들, 대개 현세에 영달하는 사람이 드물지요?"

이야기꾼은 입을 꾹 다물고 고개를 주억거린다. 자신의 처지를
꼭 집어 말하는 것 같아 서늘한 느낌을 받는다. 너를 쳐다보는 눈
에 호기심과 자애심이 어우러진다.

"왜 그런 생각을 하게 되었는지 알고 싶군요?"

"제가 집 떠난 지 오래됐고, 떠돌이가 되어 길을 헤맨 지도 벌써
여러 달이 됐어요. 그런 생활을 하다 보면 별의별 생각을 다 하게
되어요."

떠돌이 생활을 하다 보면 보고 듣는 것이 많을 터이다. 그렇게
보고 들은 견문이 한 생각을 이루어 지혜로 영글기도 하겠지. 그러

나 이 낭자에게는 그 이상의 무엇이 더 있는 것 같았다. 등에 지고 있는 오동나무 궤도 아무래도 심상한 존재가 아닌 듯했다. 잠시 생각에 잠겨 있던 이야기꾼이 너를 천막으로 불러들인다.

너는 이야기꾼 사내의 인상이나 신중한 말투 그리고 너를 대하는 정중한 태도가 싫지 않았다. 턱수염까지 이어진 구레나룻이 보기 좋고 눈에 악의가 없어 보였다. 상대를 억누르거나 물리치기 위해 표정을 꾸미거나 목소리를 높이지도 않았다. 그의 언행에는 행복보다 불행을 더 많이 겪은 사람들이 흔히 지니는 남에 대한 배려와 조심스러움이 배어 있었다.

"등에 지고 다닌 그 나무 궤가 자꾸만 궁금하군요?"

이야기꾼이 다시 오동나무 궤에 관심을 보였다. 항아리와 너와의 운명적인 관계? 너는 잠시 머뭇거린다. 솔직히 다 털어놓고 말까. 잠시 그런 생각도 해 본다. 그러나 사실대로 말해도 그가 곧이 들어주지 않을 것 같아 망설인다. '소리'를 찾아다닌다고 하면 미쳤다고 할지도 몰랐다.

"노래를 찾아 길을 나섰어요."

망설이던 너는 꾸며 대는 것이 번거롭게 생각되어 곧이듣든 아니듣든 사실대로 털어놓고 만다.

"노래를 찾아 길을 나섰다고요……?"

"예, 등에 지고 있는 나무 궤 안에 항아리가 들어 있는데, 그 항아리가 저를 이렇게 고생시키고 있어요. 새로운 노래를 찾아 달라고 하도 보채서……."

너는 조심스럽게 항아리와 너의 인연을 털어놓는다. 너는 이야기꾼의 표정을 곁눈질한다. 지레짐작과는 달리 이야기를 듣는 표정이 진지하다. 너의 이야기를 듣는 동안 눈이 한결 깊숙이 들어가고 표정이 더욱 진지해진다. 무엇인가 깊이 생각하는 눈치이다. 터무니없는 이야기로 일축해 버릴 것으로 짐작했던 너의 예상은 보기 좋게 빗나간다.

"고생 많겠군요. 낭자의 고생은 반드시 보상을 받을 것이오."

허튼수작으로 사람을 기롱하려 든다고 책망하거나 내치기는커녕 깊이 이해하고 염려하는 진지한 표정이다. 도리어 고생 많겠다고, 그 고생은 반드시 보상을 받게 될 것이라고 위로하고 격려를 아끼지 않는다. 예상 밖의 위로와 격려에 너는 금세 눈을 슴벅거린다. 이어 눈물이 양 볼을 타고 흘러내린다. 옆에서 지켜보던 이야기꾼 사내가 네게 수건을 내민다. 너는 오랜만에 듣는 따뜻한 말에 눈물을 보인 자신이 겸연쩍었으나, 알아주는 사람이 있다는 데에 큰 힘이 솟는다.

"나무 궤를 벗어 두고, 저 냇물에 가서 얼굴 좀 씻고 오시오."

네가 눈물을 닦고 나자 이야기꾼 사내가 한결 친근한 표정으로 말한다.

"나중에, 그러지요."

"아니오. 다른 손님이 들어오다 도망칠까 봐 그러지. 저기 앞에 가면 개울이 있으니 거기 가서 씻고 오면 바로 내가 이야기를 들려주겠소."

다른 손님의 눈치를 봐야 한다는 이야기꾼의 말에 너는 내키지는 않았으나 오동나무 궤를 벗어 두고 개울로 가서 얼굴을 씻고 돌

아온다. 돌아온 너를 살핀 이야기꾼의 얼굴에 웃음이 번진다. 먼지
와 땀을 씻어 낸 너의 얼굴에 윤기가 흘러 눈이 부셨던 까닭이다.
얼굴에 살만 좀 오르면 용모가 아까의 낭자보다 못할 것 없어 보였
다. 고운 용모를 먼지와 땀으로 가리고 다니며 남자 행세를 해 왔을
너의 행태를 상상하며 이야기꾼은 웃음 짓는다.

"낭자를 상대로 이야기를 하자니 좀 쑥스럽군요."

"왜요?"

"내가 아는 것 중에는 낭자의 사연보다 더 기구한 이야기는 없거
든요."

"이야기란 자기가 몰랐던 세계를 알고자 하는 것에 다름 아닐 것
입니다. 제가 아는 것은 보잘것없는 저 하나에 국한되어 있습니다.
……세상이 얼마나 넓은데요."

역시 대답이 예사롭지 않았다.

"그렇다면, 이야기를 시작해 봅시다. 무슨 이야기를 듣고 싶습
니까?"

이야기꾼은 탁자 위에 놓여 있는 책을 이것저것 뒤적인다. 『장
국진전(張國振傳)』, 『설공찬전(薛公瓚傳)』, 『대관재기몽(大觀齋記夢)』,
『진대방전(陳大房傳)』, 『장화홍련전(薔花紅蓮傳)』, 『최고운전(崔孤雲
傳)』, 『구운몽(九雲夢)』, 『홍길동전(洪吉童傳)』, 『적벽대전(赤壁大戰)』,
『양산박(梁山泊)』, 『사씨남정기(謝氏南征記)』 등의 제목이 보인다. 모
두 너는 처음 보는 것들이다.

"저는 이야기에 대해 아는 것이 하나도 없어요. 이 많은 것들이
다 이야기예요?"

"그래요. 다 이야기책입니다. 이중에 아름다운 사랑 이야기, 열녀 이야기, 용감한 장수 이야기, 목숨을 바쳐 임금을 모신 충신 이야기, 여러 나라 간의 전쟁 이야기, 백성의 억울함을 풀어 주는 판관 이야기 등 가짓수가 수도 없이 많습니다. 이 가운데 어떤 것으로 할까요?"

"저는 모르니까, 이야기를 처음 듣는 사람에게 권하고 싶은 것으로 해 주세요."

너의 말에 이야기꾼은 다시 쌓여 있던 책을 위아래로 바꿔 가며 뒤적인다. 미처 이야기책을 골라 정하기 전에 인기척이 들렸다. 한 낭자가 차일 안으로 고개를 슬며시 들이민다.

"아저씨, 안녕하세요?"

낭자가 방긋 웃는다. 낯이 익은 듯 이야기꾼 사내의 얼굴에 반가운 기색이 감돈다.

"어서 오세요."

낭자에 이어 또 다른 낭자가 따라 들어온다. 그들은 이야기꾼의 탁자 앞에 나란히 앉는다. 머리를 쪽 져 올리고, 비단옷에 집신을 신은 낭자들의 얼굴에 화장기도 보인다. 차림으로 보아 아마 여염집 낭자들은 아닌 모양이다.

"한동안 안 보여 궁금했는데, 바빴던 모양이군요?"

"저희들 사는 게 늘 그렇지 뭐 별다른 게 있었겠어요. 어쩌다 보니 발길이 뜸했네요."

대답은 심드렁하지만 목소리는 앳되고 나긋나긋하다. 어떤 대갓댁 시녀이거나 아니면 주루에서 남자들 시중을 드는 아가씨들인가.

헤픈 웃음이며 자발없는 몸짓으로 보아 그런 짐작이 갔다.

"오늘, 우리 『최고운전』 듣기로 했지?"

한 낭자가 다른 낭자의 팔을 잡아 흔들며 묻는다.

"그래, 『홍길동전』, 『구운몽』은 전에 들었지. 오늘은 아저씨 『최고운전』으로 해 주세요."

먼저 들어온 낭자가 그렇게 말하며 소매 안에서 주머니를 꺼내더니 동전 세 닢을 탁자 위에 올려놓는다.

"그럽시다."

이야기꾼은 고개를 끄덕이며 책상 위에 쌓여 있던 책 중에서 『최고운전』을 찾아 펼친다. 헛기침을 몇 번 하며 목소리를 가다듬은 이야기꾼은 한쪽에 다소곳이 앉아 있는 너를 일별한다. 너는 얼른 고개를 끄덕이고 저도 모르게 다리를 고쳐 앉으며 이야기를 들을 자세를 잡는다. 이야기꾼은 책장에다 눈을 주고 아가씨들을 상대로 이야기를 시작한다.

"……최치원 선생은 그 출생부터가 예사롭지 않았습니다. 어찌 태어났느냐. 금돼지의 자식으로 오인되어 다른 사람 아니 겪을 비극을 겪습니다. 왜냐하면 그의 어머니가 금돼지에게 물려 갔다가 구출된 후에 태어났기 때문이지요. 그를 금돼지 새끼로 여긴 아버지는 길에다 내다 버리게 했어요. 그렇지만 길에 버려진 그를 본 소나 말은 그를 피해 가고 백조가 날아와 날개를 펼쳐 그를 감싸 주고, 선녀가 내려와 젖을 먹였습니다……."

이야기를 산 아가씨들보다 네가 더 듣는 데 열중한다. 이야기꾼의 입담이 구수하다. 이야기의 굴곡에 맞추어 목소리를 높이거나 낮추고, 혹은 우렁찬 목소리로 혹은 구슬픈 목소리로 이야기를 구성지게 엮어 나간다. 그리고 가끔 가락에 얹어 노래 부르듯 이야기를 읊어 진행하기도 한다.

처음에는 책을 펴 놓고 시작했지만, 조금 지나자 책을 덮는다. 책을 보지도 않고 줄거리를 술술 잘도 엮어 나간다.

중국으로 가는 길에 용왕의 둘째 아들 이목을 만나 그의 도움을 받아 가뭄으로 고생하는 섬사람들을 위해 비를 내리게 한다든지, 중국에 들어간 후 자신을 살해하려는 독약이 든 밥을 미리 알아차리고 먹지 않는다든지, 석함(石函)에 넣은 계란을 알아맞히는 시를 지어 중국 천자에게 바친다든지, 중국 벼슬아치들의 참소(讒訴)로 인해 남해 고도로 유배되어 죽을 지경에 이르나 이슬을 받아 마시며 살아 돌아오고, 마침내 억울한 누명을 벗고 해박한 지식과 식견으로 중국 천자를 질책하여 크게 뉘우치게 하는 등 갖은 시련과 모함을 다 이겨 내고 마침내 벼슬을 산 다음 신라로 돌아오는 최치원 선생의 일대기는 흥미진진하고 통쾌하기 이를 데 없었다. 신라인을 차별하고 업신여기려는 중국인의 온갖 시험을 지혜와 용맹으로 이겨 내는 최치원 선생의 뛰어난 지혜가 눈부셨다. 게다가 신라인으로서의 자긍심을 끝까지 잃지 않고 중국인들에게 학문과 지혜로써 본때를 보여 주는 모습 또한 통쾌하였다.

다른 낭자가 또 소매에서 오색 비단 주머니를 꺼내더니, 동전 세 닢을 집어 책상 위에 올려놓았다.

"아저씨, 이번에는 슬픈 이야기로 좀 해 주세요."

"그럴까요. 어디 보자, 『피생명몽록(皮生冥夢錄)』은 들었던가요?"

"무슨 이야긴데요? 제목만 가지고는 잘 모르겠어요."

"김이(金伊)와 목환(木歡) 이야긴데?"

"슬픈 이야기면, 그것으로 해 주세요."

이야기꾼은 책상의 책 중에서 한 권을 꺼내 펼쳐 놓고 이야기를 시작한다.

"……어느 날 저녁 염흥방 시랑(廉興邦侍郎)은 이화정(梨花亭) 위에 곤히 누워 취흥을 타 잠들었으니 때는 3월 보름쯤이었습니다. 달빛이 뜨락에 은은하고 꽃 그림자가 땅에 가득한데 시랑의 애첩 목환은 창 안에 있고, 노비 김이는 창밖에 있었습니다. 서로 간에 눈이 마주쳐 둘은 춘정을 누를 길 바이없었습니다. 마침내 두 남녀는 손을 잡고 문병(門屛) 사이에 숨어들어 운우의 정을 나누었고 끊어질 수 없는 인연을 이루었습니다. 혹은 담장의 구멍을 뚫고 나가기도 하고, 혹은 담장을 넘어 들어오기도 하며, 한 번 가고 한 번 오며, 밤마다 만나지 않은 적이 없었습니다. 1년이 못 가 목환은 아이를 가져 사내아이를 낳았는데 생김새가 김이의 모습과 꼭 닮았습니다. 염흥방 시랑이 그 사실을 알고, 목환을 마당에서 매로 쳐 여린 손이 끊어지고 옥 같은 살결이 허물어져 마침내 엄위 아래에서 숨지게 되었습니다. 김이 또한 마찬가지로 태어난 아이와 함께 주검이 되어 홍교(虹橋) 옆에 버려졌습니다.

……명부(冥府)에 올라간 그들 김이와 목환은 억울하게 죽임을 당한 것이라 판결되고, 다시 인간 세상에 환생케 되었습니다. 그러나 어찌 된 일인지 목환은 사족의 딸로, 김이는 역리의 아들로 환생하여 전생의 신분 질서의 질곡에 의한 고통은 다시 차생에서도

이어지게 되었습니다. 양반과 상놈으로 신분이 다르게 태어나 이승에서 인연을 맺지 못하게 되었던 것입니다. 명사(冥司)에서 억울하게 죽임을 당했다 하여 함께 이 세상에서 다시 삶을 얻게 해 주었는데 공교롭게도 목환은 양반인 권 씨의 딸이 되고 김이는 역졸인 김가의 아들로 태어난 것입니다. 참으로 기구한 것이 전세의 명자(名字)에 따른 것이었지요. 숙연(宿緣)이 다하지 않았으니 진실로 마땅히 부부가 되었어야 하나, 국속에 사족과 상서의 등분이 엄격해 혼인을 이룰 수 없게 되었으니, 이보다 안타까운 일이 어디 있겠습니까."

이야기꾼은 목소리를 더욱 가냘프게 가다듬어 분위기를 잡아 나갔다. 목소리를 착 가라앉히고 눈도 반쯤 감았다. 안타깝다는 듯 혀를 차기도 했다. 그럼으로써 두 낭자의 예민한 감정과 누선을 자극한다. 세상에는 신분의 차이로 인해 맺어지지 못한 비극적인 사랑이 어디 한둘인가. 그렇듯 흔한 이야기지만 흔한 만큼 세상에 이해와 공감의 장이 널리 마련되어 있어, 누구나 쉽게 심정적으로 동조하고 즐기는 소재인 것이다.

제도라는 것이 사람의 타고난 본성을 중심으로 마련되어 있으면 좋으련만 그렇지 못한 경우가 더 많았다. 대개 모두를 위한다는 명분으로 개인의 희생을 강요하는 측면이 강했다. 널리 공익을 위해 개인의 성정을 돌보는 것을 가볍게 여기도록 강요했다. 특히 신분제도라는 것은 인간의 본성을 도외시한 대표적인 제도였다. 소, 돼지, 닭 등 동물은 종이 다르므로 우리나 사료를 다르게 구분해 주는 것이 당연하다 하겠지만, 똑같은 사람을 두고 반상으로 구분하여 삶을 다르게 살도록 강요하다니 하늘의 법은 아닐 터였다. 게다가 어찌 보면 신분 제도란 수적으로 절대 다수인 일반 백성들을 위해 만들어진 것이 아니라, 극히 소수인 지배층을 위해 만들어진 것이 아닌지 의심스러웠다. 지배층의 숫자가 한 줌에 지나지 않는다면 피지배층인 백성들의 숫자는 넓은 들을 덮고 있는 풀처럼 헤아릴 수 없이 많았다. 적은 숫자의 지배층이 영화를 누리기 위해 넓은 들을 덮고 있는 풀처럼 헤아릴 수 없이 많은 백성들의 불행을 만들어 내는 것이 곧 신분 제도였던 것이다. 그렇듯 신분 제도라는 것은 행복은 적게 불행은 많이 만들어 내면서도 생명력이 강인했다. 그래서 그런 것인지, 세상에는 행복보다 불행이 더 흔하고, 기쁨보다 슬픔이 더 널리 퍼져 있었다.

두 낭자의 이해는 그런 고답적인 수준과는 거리가 멀었다. 그들은 누구나 지니고 있는 일반적인 정감과 타고난 본성에 의해 받아들이고 이해하는 정도였다. 그들은 남녀의 사랑이란 맺어지는 것이 그렇지 못한 경우보다 아름답다고 느끼고 있었다. 그런 느낌을 자극하며 전개되는 남녀의 비극적 사랑 이야기는 자연스럽게 두 뺨에 눈물이 흐르게 하였다. 이야기가 전개되어 가는 동안 두 낭자는 이야기 속의 김이와 목환 두 남녀의 운명이 반전되기를 바라며 얼마나 속을 태웠는지 모른다. 만약 자기의 행복을 뚝 떼어 주어 두 남녀의 운명이 반전될 수 있고 행복해질 수 있다면 그렇게 할 수도 있으리라, 생각하며 줄곧 마음 졸였다. 그러나 두 낭자의 바람은 헛될 뿐이었다. 두 남녀는 철저하게 정해진 슬픈 운명의 희생자가 되고 만 것이다. 전생으로부터 차생에 이어지면서도 끝내 벗어날 수 없는 강고한 신분 질서의 질곡에 희생당하는 두 남녀의 이루어질 수 없는 사랑에 얼마나 눈물을 많이 흘렸던지 이야기가 끝났을 때 두 낭자의 손수건은 흠뻑 젖어 있었다.

슬픔에 익숙하고 고생에 이골이 난 너도 어느새 눈이 촉촉이 젖어 있었다.

이야기라는 것이 저런 것이었구나. 주로 고생한 사람들이 성공하여 행복에 이르는 내용이거나, 사람의 힘으로는 이겨 낼 수 없는 어떤 비극적 운명을 내용으로 하고 있거나, 슬픈 사랑 같은 것으로 이루어져 있는 것이로구나.

"이야기 중에 행복이란 꽃만 가득 피어 있는 아름다운 정원 같은 것은 없는 거예요?"

두 낭자가 돌아가고 둘만 남았을 때, 너는 이야기에 대한 너의 의견을 제시하며 아쉬움을 나타낸다. 뜻하지 않았던 말이었던지, 이야기꾼은 놀란 표정을 짓는다. 잠시 생각에 잠겨 있던 이야기꾼은 신중하게 입을 열어 말한다.

"행복이라는 꽃만 피어 있는 아름다운 정원! 그런 것은 없어요. 그런 것은 굳이 이야기로 꾸밀 필요도 없을 거요."

이야기꾼은 덧붙여 말한다.

"사람들은 양지쪽만 보여 주면 금방 싫증을 내고 말아요. 음지쪽도 보여 주어야 관심을 보이지. 한눈에 다 들어오는 들판이라면 무슨 궁금증이 일어나겠어요. 깊어 건너지 못하는 강도 흐르고, 새가 둥지를 트는 숲도 있고, 해가 뜨고 지는 산도 있어야 무슨 곡절이 있어 보이고, 숨어서 보이지 않는 것이 있어야 궁금하지. 어떤 사람

도, 아무리 영달한 사람이라 할지라도 그 생애를 돌아보면 숨은 곡
절이 있게 마련이지요. 그런 곡절이 궁금해서 이야기에 흥미를 느
끼는 것입니다."

  이야기꾼 사내의 자상한 설명을 듣고 너는 잠시 깊은 생각에 잠
긴다. 그래, 이야기란 어떤 사람의 생애 가운데 숨어 보이지 않는
부분을 드러내 사람들에게 들려주는 것이란 말이군. 하지만 '어떤
사람'이겠지, '모든 사람'의 생애는 아닐 것이다. 많은 사람들의 동정
심을 자극할 만한 감동적인 생애가 아니고서는 이야기가 될 수 없
을 것이다. 노래 또한 그러하리라. 그런 것인가! 너는 새삼 깨닫는다,

전기수 대우

"나와 함께 가지 않겠소?"

네가 미처 깊은 생각의 늪에서 헤어나지 못하고 있을 때 불쑥 이야기꾼 사내가 제안한다.

"뭐라고요?"

"보아하니, 어디 기식할 데도 없고, 노자도 넉넉지 않은 것 같은데 우리 집으로 갑시다. 음식은 보잘것없지만, 낭자에게 줄 옷가지도 있고, 세수는 마음대로 할 수 있을 겁니다."

뜻하지 않았던 제안에 너는 어리둥절한 얼굴로 이야기꾼을 쳐다본다. 당장 어디 갈 데도 없고, 어느 집 문전을 기웃거리며 대궁밥 한 술이라도 얻어먹을 수 있다면 다행이련만, 그런 행운도 기약은 없었다. 낯익은 주림에 시달리며 다리 밑 같은 난데서 한뎃잠을 청해야만 할 처지였다. 넉넉지는 않지만 음식도 주고 더러운 넝마를 대신할 옷가지도 있다는 것이다. 더욱이 샘이 있어 세수는 마음대로 할 수 있다니, 너로서는 더 바랄 수 없는 행운이 아닐 수 없다. 이야기꾼 사내의 선량한 표정이 아까부터 마음을 편안하게 해 주었다. 그러나 이토록 큰 호의를 베풀겠다니, 덥석 받아들여도 되는 것일까. 너의 경험은 돌다리도 두드려 보고 건너라, 그렇게 귀엣말을 하고 있었다.

"낭자를 동정해서가 아닙니다. 내가 날 돌보려는 것과 다름없는 일이지요. 나도 낭자처럼 많은 불행을 겪어서 안답니다. 고생할 때 누가 손만 잡아 줘도 큰 힘이 된다는 것을. 지금 낭자가 치르고 있는 고생이 자칫 낭자를 다치게 할까 걱정돼서 그럽니다."

너의 눈에 눈물이 핑 돈다. 너는 얼른 얼굴을 돌린다. 이야기꾼 사내는 그런 너를 보며 주섬주섬 짐을 챙긴다. 챙긴 짐을 등에 지고 앞장선다.

"그래, 노래는 찾았소?"

광교를 건널 즈음 이야기꾼 사내가 뒤돌아보며 묻는다. 너는 어이없다는 얼굴로 이야기꾼 사내를 맞받아 쏘아본다.

"어디 있는 줄 알아야 찾고 말고 하지요."

퉁명스레 내쏘는 것 같지만 너의 목소리에 물기가 젖어 있음을 이야기꾼 사내는 알아차린다. 너의 번뇌가 그의 가슴으로 전해진다. 낭자를 집으로 데려가기로 한 자신의 결정을 참 잘한 일이라고 생각하며 사내는, 헛기침을 두어 번 한다. 낭자가 말한 내력이 사실이든 아니든 노래를 찾기 위해 집을 떠나 고생을 하고 있다니, 범상한 일은 아닌 것이다. 노래를 찾아 나섰다는 것이 어디 예사로운 일인가. 낭자를 도와야 한다는 의무감 같은 묵직한 기분이 가슴을 눌러 왔다. 집에 계신 어머니가 그렇지 않아도 궁색한 살림에 먹을 것 축내는 군입을 달고 들어오는 것을 달갑게 여기지 않을 것이 걱정이지만, 낭자에게서 들은 말들이 그런 걱정을 이겨 내고도 남음이 있을 만큼 묵중하게 느껴졌다.

"저 거지는 왜 달고 왔어?"

아니나 다를까, 낭자를 씻으라고 뒤꼍 샘으로 보내고 났을 때 어머니가 잡아먹기라도 할 듯 따지고 든다. 예상했던 일이라 이야기꾼 대우는 그다지 대수롭지 않게 맞받는다.

"거지라니, 왜 저 낭자가 거집니까. 집 떠난 지 오래되면 누구나 거지꼴이 되는 거예요."

"저런 넝마를 걸친 아이가 거지가 아니면 누가 거진데?"

"겉은 저래도 속에는 선녀가 들어 있어요."

"선녀가? 네가 저 아이 속에 들어갔다 나왔다는 것이냐?"

"고생해서 구하는 것에 먹을 것 입을 것이 아닌 다른 중요한 것도 있다는 사실을 저 낭자를 통해 알게 됐어요."

"만날 이야기책을 끼고 살며 세상 기이한 일 다 안다는 네가 지금껏 모르는 일도 다 있었구나?"

"그러지 마시고, 저 낭자 걸칠 옷가지나 좀 찾아보세요. 어머니도 반드시 저 낭자를 좋아하시게 될 거예요."

"내가 반드시 좋아하게 될 것이라니, 며느리라도 삼아야 할 처녀란 말이냐?"

"그런 말씀 마세요. 그냥 저 낭자를 돕고 싶어 데리고 왔어요."

"우리 처지에 남을 돕는다고? 지나가는 개가 다 웃겠다!"

"그러지 마세요. 저 낭자는 하늘이 도울 거예요. 예사 낭자가 아닙니다."

"네가 무슨 생각을 하고 있는지 모르지만, 우리 집안을 생각하렴. 우리가 아무리 몰락했다 해도 길거리의 거지를 맞아들일 수는 없다."

"넘겨짚지 마세요. 그런 낭자가 아니란 말입니다."

"그렇지 않다면, 이 어미 손 덜어 주기 위해 달고 왔단 말이냐?"

"그런 게 아니라니까요. 저 낭자를 좀 도와주고 싶어 데리고 왔다고 했잖습니까."

"우리가 남을 돕고 말고 할 계제냐?"

"저 낭자는 갈 데가 없단 말입니다. 길에 방치하면 어떤 험한 일을 겪게 될지 어떻게 압니까. 데리고 온 것만으로도 충분히 도움이 될 것입니다. 옛날 허백 이야기 모르십니까? 저 낭자를 보니 허백 어른의 일화가 생각났습니다."

엄친 김만후 대감은 사람은 겉모습만으로는 알 수 없는 것이라며 허백을 예로 들어 금과옥조로 삼으라고 가르쳤다. 문장가 허백이 홀로 용문에 묻혀 저술에 힘쓸 때, 얼굴은 부어 종기가 나고 손은 뼈가 앙상했다. 입고 있는 옷은 낡아 어디 닿기만 하면 해졌다. 사흘을 굶는 것은 예사고, 5년이 지나도 옷 한 벌 새로 지어 입지 못했다. 갓끈은 끊어져 없어진 지 오래였고, 누가 옷소매를 잡으면 그대로 찢어졌다. 그러나 다 닳아 밑바닥 없는 짚신을 끌고 집을 나서며 시를 읊조리면 그 소리가 천지에 가득 차서 금석(金石)의 악기를 연주하듯이 고아했다. 그와 같이 뜻을 기르는 자는 형체를 돌보

지 않고, 정진하는 자는 이욕(利欲)을 잊으며 일체의 마음도 잊는다
고 했다.

대우는 아버지 말씀대로 사람은 겉모습만으로 평가해서는 안 된
다고 항변한 것이었지만, 지금 허백을 빌려 와 저 낭자를 이해시키
는 방편으로 삼는 것이 적절한지, 비유가 너무 과한 것 같아 새삼
속이 탔다.

"이야기책에 빠지면 저렇다니까. 제 처지도 모르고 세상을 자기
편한 대로만 본다니까. 사서삼경 헛했어."

사서삼경 헛했다니! 어머니의 핀잔이 가슴을 후벼 팠다. 어쩜 저
렇게 당신만 아실까. 자식의 기분은 손톱만큼도 헤아리지 않고 당
신만의 감정을 내세워 함부로 내뱉으면 듣는 나는 그 고통을 어떻
게 감당하란 말인가. 사서삼경, 제자백가서 공부한 것을 구름에 적
어 날려 버린 허망감을 간신히 견뎌 내고 있는 자식의 고통을 왜
어머니는 헤아리지 못하는 것일까.

문장이란 다만 마음을 통하게 하고, 도(道)를 실어서 전하는 것
이라 하지만 그것이 명백하고 곡진하여야 뜻에 온당하다 하여 얼마
나 오랜 기간 각고면려했던가. 좌구명(左丘明) 한 고비를 간신히 넘
기면 사마천(司馬遷)이 우뚝 서 있고, 유장한 장자(莊子)란 강을 건
너면 한유(韓愈)가 가로막고 있었다. 일엽편주에 실려 한유를 건너
자 기다리던 소식(蘇軾)은 또 얼마나 건너기도 어렵고 넘기도 힘들
던가. 거기에다 최치원, 이규보, 퇴계, 율곡도 앞에 우뚝 버티고 있
었다. 천신만고 끝에 겨우 그들을 넘어섰다고 자부했을 때, 입을 열
어 말하는 것마다, 먹을 갈고 종이를 펼쳐 쓰는 글마다 사마천이거

나 한유이거나 소동파(蘇東坡)의 것일 때의 절망감, 그 절망감을 어머니는 짐작이나 해 보셨을까. 마침내 그들의 그늘을 벗어나 온전한 내 것이라는 자부심을 갖고 말하거나 쓸 때, 그 치졸함에 소름 끼치던 경험은 또 얼마나 가혹했던가. 그뿐인가. 왕조와 인물의 부침을 통해 감계(鑑戒)를 더욱 철저히 익히기 위해 통감(通鑑)을 끼고 밤을 샌 적은 또 얼마였던가. 혹서와 혹한을 견딘 연약한 초목에게 기다리고 있던 봄은 오지 않고 닥치는 것은 오로지 더욱 가혹한 혹서와 혹한뿐임을 알았을 때의 절망감을 왜 어머니는 헤아려 보살피지 않으시는 것일까. 그게 누구 탓이란 말인가.

노론 일파와 정치적 입장을 달리하여, 천 리 밖 원지로 유배당한 것으로 모자라 가산을 적몰당하고 일족의 환로를 막은 것이 누구란 말인가. 배소(配所)의 소나무를 봐도, 머리 위를 떠가는 구름을 봐도 무심하지 않을 수 없고 원망하지 않을 수 없는 아버지의 고통을 짐작이나 하시는 걸까. 아버지만 그렇게 되지 않았다면 벌써 과장(科場)에 나가 마음껏 실력발휘를 해 급제를 하고도 남았을 것이다. 오래도록 신분 회복의 전망이 보이지 않는 터, 배운 기술이 있어 공장이로 나설 수도 없고, 밑천이 있고 염량이 좋아 장사치로 나설 계제도 아니었다. 날개를 꺾인 후 계속된 길고 오랜 번민의 세월 그 어느 겨를에 위안으로 다가오던 옛 이야기들, 상상의 세계를 마음껏 유영할 수 있는 그 세계, 현실에서 구할 수 없고 획득할 수 없는 것들로 가득 채워도 무방한 그 세계, 거기에 흠뻑 빠져 지내는 것이 어느덧 유일한 낙이 되었다. 굴뚝에 연기를 피워 올리지 못하기를 엿새째 나던 날, 책을 짊어지고 종로로 나갔고, 그 책 속의 것을 소리에 실어 오고 가는 사람들에게 팔았다. 그리고 그것을 구복의 수단으로 삼아 온 터였다.

"씻었으면, 이 옷을 갈아입으시오."

이야기꾼 대우는 어머니로부터 받은 옷가지를 네게 건네고, 건넌방을 손으로 가리킨다. 너는 옷을 받아들고 그가 가리키는 방으로 들어간다. 바닥에 기직자리가 깔려 있고 횃대에 헌옷 몇 가지가 걸려 있을 뿐 횅한 빈 방이었다. 문을 닫고 옷을 갈아입은 너는 머리의 물기를 닦으며 마루로 나온다.

"당분간 그 방을 쓰도록 하시오."

심씨 가문으로 출가한 누이가 처녀 때 입던 것이 지금도 남아 있었던지, 숙부인은 그 베옷을 챙겨 내놓았다. 저고리의 품이며 치마의 길이가 신통하게 몸에 꼭 맞았다. 얼굴의 때를 씻어 내고 옷을 갈아입자, 완전히 다른 사람처럼 변한 너의 모습을 보고 이야기꾼 대우는 속으로 빙그레 웃음 지었다. 옷이 날개라더니, 옛말 하나 그르지 않았다. 숙부인은 너를 몇 번이나 새로 뜯어 살핀다.

처음 차갑게 대하던 숙부인도 얼굴을 폈다. 땟국이 줄줄 흐르는 지저분한 거지꼴에서 씻고 옷을 갈아입고 나자, 양가댁 규수에 손색없는 자태로 변한 것이 신기한 모양이었다. 볼이 야위고 홀쭉했지만 귀염성이 있는 용모였다. 행실도 음전했다. 숙부인의 일을 돕는데 조금도 몸을 사리거나 아끼지 않았다. 부엌일이며 빨래 등속의 일이 손에 익었던지 야무졌다. 저 아이 손끝이 맵구나, 숙부인은 네가 나서서 하는 일마다 마음에 들었던지 너를 조금씩 살갑게 대하기 시작했다. 다만 대우가 책을 지고 집을 나설 때면 함께 따라나서는 것을 두고 늘 마음 켕겨 했지만, 이야기를 듣고 싶어 하는 성정을 꾸짖어 집 안에 붙들어 둘 수는 없는 일이었다. 대우는, "저 낭자에게는 하려는 일이 따로 있습니다. 그것을 위해 스스로 고생을 사서 하고 있습니다."라며 한사코 변호했다. 이야기판에 따라나서는 것보다 삯바느질이라도 거들면 도움이 되지 않겠느냐고 숙부인이 집 안에 잡아 두려 했으나 대우는 당치 않는 일이라며 손을 휘휘 내저었다.

저 낭자가 하려는 일이 도대체 무엇일까? 숙부인은 궁금했으나 더 따져 묻지는 않았다. 여자아이로서 마땅히 해야 할 일은 아닌 듯했다. 시집을 가기 위해 준비하는 것도, 부덕(婦德)을 앙양하기 위한 것도 아닌 듯했다. 이야기를 들어 할 수 있는 일이 무엇일까. 이야기를 듣겠다고 나갈 때마다 거추장스럽게 등에 지고 나가는 저 나무 궤는 또 무엇이란 말인가. 아무리 짐작의 폭을 넓히며 생각을 굴려도 가 닿는 곳이 없었다.

그 궁금증은 그러나 어느 날 낭자가 스스로 풀어 주었다.

"그동안 참 많은 이야기책을 읽고 또 듣기도 했습니다. 이제 제가 찾고 있는 노래가 어떤 것인지 어렴풋이나마 알 것 같습니다."

어느 날 저녁 집으로 돌아와 보리밥에 짠지 몇 쪽의 빈약한 저녁을 들고 났을 때 낭자가 지고 다니던 나무 궤를 들고 와 말했다.

"이야기들 속에 제가 찾는 노래가 흐르고 있다는 사실을 알았습니다. 구성지게 엮어 나가는 이야기에는 사람 살이의 모든 것이 다 담겨 있었습니다. 항아리도 사람 살아가는 모습을 곡진하게 그려 소리하면 된다 했는데, 이제야 항아리가 듣고 싶어 하는 노래가 어떤 것인지 알 것 같습니다."

너는 그렇게 말한 다음, 오동나무 궤의 밤얽이를 푼다. 궤를 열고 항아리를 꺼낸다. 방 가운데 항아리를 놓은 다음 숙부인과 대우를 차례로 돌아보며 엷은 미소를 짓는다. 두 사람의 눈은 항아리에 모아져 있다. 겨우 무릎 높이에 닿을 둥 말 둥한 정도일까. 나지막한 키에 운두가 고르고, 배가 복숭아처럼 봉긋이 보기 좋게 불러 보였다. 붉은 갈색 몸통에 금방 오지를 바른 듯 윤택이 흘렀다. 너는 대우에게는 간략히 말한 바 있어 숙부인을 상대로 항아리의 내력을 들려준다.

"노래하는 항아리라?"

"예, 그렇습니다. 제가 노래를 부르면 그것을 담아 두었다가 부르고는 했습니다."

네 말에 숙부인의 눈에 의심이 가득 차오른다. 항아리 속에 노래를 담아 두다니, 설마 그럴 리가, 숙부인은 고개를 외로 꼰다.

"한동안 항아리가 귀를 기울이려 하지 않았는데, 여기 있는 동안 제가 이야기로 열심히 단련했기 때문에 오늘은 제 노래를 받아 줄 것 같습니다. 잠시 기다리시기 바랍니다."

너는 달래듯 항아리의 배를 한 차례 돌려 가며 쓰다듬는다. 쓰다듬기를 마친 너는 항아리를 앞에 앉히고 뚜껑을 연다. 뚜껑을 무릎 옆에 놓은 다음 너는 항아리를 향해 몸을 숙인다. 너는 얼굴색을 수시로 바꿔 가며 입을 벙긋거린다. 눈에 애처로운 기운이 감돌기도 하고, 얼굴이 벌겋게 물들기도 한다. 고개를 주억거리며 오른손으로 무릎을 치기도 한다. 그러한 너의 모습을 지켜보는 숙부인의 얼굴에는 미타하다는 기색이 역연하고 대우의 얼굴에는 미묘하다는 기운이 감돈다.

"겨우 서너 곡을 듣더니 항아리가, 이르려면 아직 까맣게 멀었다고 손을 내저었습니다."

한동안 항아리를 향해 몸을 숙이고 갖가지 벙어리 흉내를 다 내던 네가 몸을 바로 세운 다음 대우를 향해 말한다. 얼굴색을 고치고 태연하려 애쓰는 모습이다. 그 처연한 모습과 항아리가 이르려면 아직 까맣게 멀었다고 손을 내젓는다는 말을 대우는 납득하기 쉽지 않아 고개를 갸웃거린다.

너의 귀에는 항아리의 핀잔이 생생하다.

'네가 이야기 몇 자락 듣고 나더니 세상 물리 다 튼 것으로 자만하는 모양인데, 너의 피를 바꾸는 데는 남의 이야기로써는 당치않아. 남의 고생이 네 고생처럼 생생할 리 있어?'

항아리의 그 핀잔이 계속 너의 가슴을 무섭게 후벼 판다.

"그렇지만 몇 곡은 들을 수 있을 것입니다."

너는 항아리에 손을 집어넣어 감아올린다. 손끝에 노랫소리가 따라 올라온다. 고운 여자 목소리의 노래이다. 항아리에서 노래가 솟아오르다니, 대우는 물론 숙부인은 귀신이라도 만난 듯 기겁을 한다. 숙부인은 항아리를 향해 무릎걸음으로 한걸음 다가앉고 대우는 놀란 눈으로 너와 항아리를 번갈아 쳐다본다. 숙부인은 호기심을 참지 못하고 항아리 안을 들여다본다. 그러나 안이 텅 비어 있음을 확인하고 더욱 놀란 숙부인은 다음 순간 몸을 번쩍 뒤로 젖히며 파랗게 질린다. 숙부인은 덤벼들 때보다 더 다급히 뒤로 물러

난다. 몸을 떨며 손을 휘휘 내젓는다. 마치 덤벼드는 귀신이라도 물리치려는 듯 그 손짓이 화급하다. 숙부인의 당황해 어쩔 바를 모르는 모습을 의아한 듯 쳐다보던 대우 또한 항아리 안을 넌지시 들여다본다. 빈 항아리에서 노래가 나오다니, 너로부터 이야기는 들은 바 있으나 글쎄, 그는 고개를 젓는다.

시가 사람을 궁하게 할 수 없고
궁한 이의 시가 좋은 법인가
뜻이 차니 삿됨은 사라져 가고
마음 비니 한 이치 뚜렷이 밝네

목소리가 곱고, 노래의 뜻도 분명했다. 출전은 알 수 없으나 대우에게는 낯설지 않은 내용이었다. 시에 탁월한 재주를 지닌 사람은 가난하다는 옛말을 뒤집어 궁할 때 좋은 시가 나온다고 고쳐 말한 것은 전조〔高麗〕의 이제현으로 기억하고 있었다.

경학으로 몸을 닦은 대우였다. 삿된 것을 멀리하고 오로지 사람에게 이로운 덕을 흠모하며 공부에 열중했다. 이제 그 쓰일 데를 찾을 길 없어 허망하지만, 그가 닦은 지와 덕은 조금도 훼손되거나 마모되지 않고 마음속에 기둥처럼 우뚝 서 있었다. 빈 항아리에서 흘러나오는 노래라니, 장자나 열자의 우화편(寓話篇)에서도 찾아볼 수 없던 희한한 일이었다. 장자나 열자의 우화는 사람이 쉽사리 믿기 어려운 기사들로 되어 있지만 궁극적으로는 이치에 닿는 비유의 내용으로 이루어져 있어 세인이 크게 공감하거나 감탄하였다. 명궁이 되고자, 흔들리는 송곳 앞에 눈을 부릅뜨고 대들기를 3년 여, 마침내 머리카락 끝에 달린 이가 수레바퀴만큼 크게 보일 때까지 수련하여 백발백중의 명궁이 되었다는 기사나, 옛날 중국의 거문고 명률(名律) 사문(師文)이 거문고를 탄주하여 계절을 바꾸는 조화를 부렸는데, 여름철을 당하여 우현(羽絃)을 퉁겨 황종(黃鐘)의 가락을 타면 때 아닌 눈서리와 함께 개울물이 꽁꽁 얼어붙었고, 겨울철을 당하여 치현(徵絃)을 퉁겨 유빈(蕤賓)의 가락을 타면 햇볕이 뜨겁게 내리쬐면서 얼었던 물이 단박 녹아 버렸다는 기사는, 격물의 이치에서 보면 믿을 수 없다 할지 모르지만, 구극의 경지가 어떤 것인가를 사람들로 하여금 짐작하게 하고도 남음이 있는 것이었다. 그러나 항아리가 노래를 부르다니, 이 기괴한 사실을 어떻게 받아들여야 할지 대우로서는 갈피를 잡을 수가 없었다. 꿈이라면 깨고 나면 그만이련만, 살을 꼬집어 보고 도리질을 하는 숙부인의 모습을 보니 꿈이 아닌 것이 분명했다.

"이상하게 생각지 마시기 바랍니다. 소녀가 불러 담은 노래입니다."

두 번째 곡이 끝났을 때 너는 항아리 뚜껑을 조심스럽게 닫는다.

노래를 찾아다닌다고 했다. 어디에 자기가 찾는 노래가 있는지, 있는 곳을 알지 못해 몇 달 동안이나 그 노래를 찾아 떠돌아다닌다고 했다. 대우가 하는 이야기들이 자기가 찾는 노래와 무슨 연관이 있는 것 같다는 생각이 자꾸만 든다며 고개를 갸웃거렸다. 그러면서 이야기를 듣는 은혜를 오래 베풀어 달라고 간곡하게 부탁했다. 대우의 이야기보따리가 바닥날 때까지 옆에 있도록 해 달라고 간청했다.

"이제 저는 더 분명히 알 것 같습니다. 제가 좀 더 열심히 노래를 찾아다녀야 할 것 같습니다."

대우로서는 더욱 모를 소리였다. 노래가 항아리에서 나온 사실에 놀라, 미처 노래에 정신을 둘 겨를이 없었지만, 기억을 돌이켜 보니 아름답고 고운 노래였다. 노래라면 곱고 예쁜 목소리로 간절한 내용을 전하거나, 즐거운 내용으로 사람들의 흥취를 돋우는 것이면 훌륭한 것이다. 그렇다면 조금 전에 들은 그 노래는 아름답고 고운 목소리에, 시를 궁구하는 시인의 심정을 절실히 그린 훌륭한 노래였다. 그런 훌륭한 노래로서도 아직 부족하다니, 그럼 찾아야 할 노래란 어떤 것이란 말인가. 깊이 생각할수록 궁금증이 더 쌓여 갔다.

며느리로 삼아도 좋다

이튿날, 이야기를 팔기 위해 수표교를 건너 베전 병문 어름에 차
일을 친 다음이었다.

"자, 우리가 이제 헤어질 때가 이른 것 같소."

차일을 치고 자리를 정리한 다음 탁자를 펴 그 위에 이야기책 몇
권을 올려놓으면 그것으로 하루 손님 맞을 준비를 마친 셈이다. 탁
상 앞에 양반 다리를 하고 앉은 대우가 너를 불러 말한다. 영문을
몰라 너는 대우를 물끄러미 쳐다본다.

"낭자와 만난 지도 벌써 두세 달이나 지났구려. 그 사이 내 이
야기 밑천이 다 떨어지고 말았으니, 낭자를 다른 데로 보낼 수밖
에……."

눈을 들어 너를 바로 쳐다보지 않는 대우의 태도가 아무래도 미
심쩍다. 탁자 위에 올린 손을 꼼지락거리며 거기서 눈을 떼지 않고
머뭇거리는 것이 무엇인가 속에 감추고 드러내지 않으려 애를 쓰는

모습으로 비쳤다. 그동안 아침저녁 밥을 짓고 빨래를 하고 집 안팎 청소를 하는 등 부지런히 숙부인을 돕는 너에게 고마워하는 눈치였다. 대우에게서 들은 많은 이야기를 통해 세상을 이해하는 바른 눈을 뜨게 된 것 같다는 너의 말에 흐뭇해하기도 했었다. 바로 어제저녁만 해도 항아리의 노래가 끝난 뒤 더 새로운 노래를 찾아 고생을 마다하지 않겠다는 너의 결심을 듣고 대우는 기특해하며 말하지 않았던가.

"아름다운 것보다 참된 것이 더 소중한 것이오. 수명도 아름다운 것보다 참된 것이 또한 더 오래가지요. 이런 사실을 명념하고 세상을 살피고 이해하면 기필코 좋은 노래를 얻을 수 있을 것이오."

그 말을 들은 너는 눈을 슴벅거렸다. 갑자기 눈앞이 환히 밝아진 느낌이 들었다. 새롭게 노래를 지어 불러야 하겠다는 결심은 서 있었지만 막연히 결심만 서 있었을 뿐 아직 어떻게 하려는 방편은 미처 세우지 못했다. 앞으로 궁리하면 길이 나서겠거니, 막연히 그렇게 생각하고 있었을 뿐이었다. 그런데 아름다운 것보다 참된 것을 위해 노래하라니, 대우의 그 말이 너의 전정을 환히 밝혀 주는 것 같았다. 오래 묵혀 온 숙제를 풀어낸 듯 후련한 느낌마저 들었다. 참된 것! 이야기의 내용도 거의 다 아름다운 것보다 참된 것의 승리로 귀결되고는 했다. 노래 또한 그러하리라. 앞으로 신중히 궁구하면 반드시 좋은 결실을 거둘 수 있을 것 같아 너는 새삼 가슴 설레기도 했다. 그런데 하룻밤 사이에 왜 사람이 저토록 다르게 바뀐 것일까. 어제저녁, 앞으로 더 열심히 노래를 찾아다녀야 하겠다는 결심의 일단을 밝힌 것을 듣고 저러는 것일까. 그러나 그것은 아닌 것 같았다. 그 때문이라면 밝은 얼굴로 기한을 두고 작별을 준비하도록 했을 것이다. 이렇게 갑자기 이별을 선언하다니, 아무리 궁리해도 너는 그 까닭을 알 수 없었다. 짐작 가는 실마리 하나 없어 답답하고 서글펐다.

"여기서 한 200리쯤 동쪽으로 가면 경해사라는 절이 있을 것이오. 그 경해사 옆 고샅에 초막을 짓고 지내는 고강이란 사람을 찾아가 이 서찰을 주고 내 이야기를 하시오. 쉽게 남에게 곁을 허락하지는 않지만, 만약 옆에 머물게만 된다면, 낭자의 노래에 놀라운 진경이 있을 것이오."

대우는 그러면서 봉함된 서찰과 엽전을 내놓았다. 열 냥은 조이 될 것 같았다.

평소에 매우 신중한 대우였다. 내치는 까닭을 끝내 밝혀 말하지 않을 것임을 너는 알아차린다. 이야기는 들을 만큼 들었으니, 노래의 진경을 위해 길을 떠나라니, 꼭 자상한 오라버니의, 누이에 대한 배려로 들릴 법도 한데 속에 감추고 드러내지 않는 까닭이 있는 것 같아 뜨악하고 아쉬웠다. 보내는 까닭을 알고 싶었지만 끝내 입을 열지 않으리라 짐작한 너는, 나무 궤를 찾아 등에다 졌다. 아마 집에 두어서는 안 될 까닭이 생긴 것이리라. 다른 사람을 집에 들이기로 되어 있는 모양이라고 너는 지레짐작한다. 새 식구를 들이지 않고서는 너를 거추장스럽게 여길 까닭이 없을 것이라 짐작하며 너는 길을 나서기로 작심하고 아쉬움을 달랜다.

"숙부인께 작별 인사도 드리지 못하고 떠나 송구스럽습니다. 잘 말씀드려 주십시오."

너는 어느 사이 눈시울이 뜨거워진다.

"그리고 이 돈은 받을 수 없습니다. 오래 길을 떠돌아다녀서 알지만 길은 사람에게 필요한 것을 다 베풉니다. 비록 고달프기는 하지만 거기에 익숙해 있어 돈이 있으면 도리어 귀찮은 일을 벌게 될 것입니다. 대우 님의 말씀대로 고강 님을 찾아가 지도받도록 하겠습니다."

돈을 책상 위에 올려놓는 너의 눈에 눈물이 핑 돈다. 얼른 고개를 숙여 눈물을 감춘다.

대우는 너보다 한발 늦게 집을 나오며 챙겨 왔던 너의 옷가지며 짐을 네게 내민다. 너는 한층 이별을 실감한다. 근친처럼 네게 잘해 주던 대우와 이렇게 쉽게 헤어지게 되리라고는 예상하지 못했다. 어젯밤, 항아리의 노래를 들려준 것은 너 자신에 대한 대우와 숙부인의 궁금증을 한 꺼풀 벗겨 보인다는 생각으로 용기를 내어 한 행동이었다. 너 자신을 이해시키는 한편 그들의 호감 또한 살 수 있으리라 기대했던 것이다. 그런 너의 기대와는 달리 도리어 이별을 재촉한 촉매가 된 것은 아니려니, 의구심을 애써 다독인다. 매일 돈을 받고 파는 이야기가 거짓이라면 모르려니와 천성이 거짓말이라면 사소한 것 한마디 못 하는 대우의 어색한 표정으로 미루어, 속에 넣고 털어놓지 못한 무슨 사정이 따로 있는 것에 틀림없어 보이기는 했지만 따져 궁금증 풀기를 단념하고 너는 옷가지를 받아 항아리 궤 위에 묶는다. 그동안 오랜만에 사람의 따뜻한 정을 흠뻑 받았다. 그 정의 울타리로부터 내쳐진다는 생각을 하니 너의 발걸음은 한없이 무겁다. 뒤는 돌아보지 말자고 다짐을 하며 너는 동쪽을 향해 무거운 걸음을 한 발 한 발 내딛는다.

대우는 네가 보이지 않을 때까지 눈으로 너를 멀리 배웅하며 안 추름이 서 있다. 가슴을 칼로 저미는 듯했고, 당장이라도 뛰어가 붙들어 오고 싶은 충동을 애써 견뎠다. 거리 모퉁이를 돌아 너의 모습이 보이지 않게 되자 대우는 천막 앞, 서 있던 자리에 털썩 주 저앉는다.

"얘야. 하늘도 무심치 않지. 우리에게 살아날 방편을 주시다니."

아직 동도 트기 전의 이른 새벽이었다. 아까부터 일어나 있었던 지, 평상복으로 챙겨 입은 숙부인이 대우를 흔들어 깨웠다. 문밖에 는 어둠이 아직 머뭇거리고 있었다.

"아닌 밤중에, 무슨 말씀이세요?"

"무슨 말은 무슨 말이야. 네가 다 복이 있어 그렇지. 내가 좋아 할 아이라더니, 과연 틀린 말이 아니었구나."

대우는 어머니의 말뜻이 얼른 이해되지 않았다. 해 주는 밥도 별 로 달가워하지 않고, 애써 빨아 곱게 다림질해 준 옷가지도 데면데 면 허투루 쳐다보고, 걸핏하면 트집이나 잡으려고 안달이던 숙부인 이 갑자기 낭자에 대해 칭찬을 하고 나오다니, 오늘 해가 서쪽에서 뜰 모양이었다.

"저 노래 항아리, 우리가 갖자."

대우는 정신이 번쩍 들었다. 노래 항아리를 우리가 갖자니, 어찌 그런 무모한 생념을 낼 수 있단 말인가.

"지금 무슨 말씀이세요?"

"하늘이 우리를 저버리지는 않은 모양이구나. 우리에게 저 노래 항아리를 전하기 위해 저 낭자를 보낸 것 아니겠니. 하늘이 준 기회를 놓쳐서는 안 된다!"

"하늘이 어떻고, 노래 항아리가 어떻고, 지금 무슨 말씀이세요?"

"이런 미련한 놈 봤나. 저 항아리를 뺏고 낭자를 내쫓던가, 처치해 버리잔 말이다."

대우는 희미한 어둠 속에서 숙부인을 똑바로 노려보았다. 어떻게 숙부인이 이런 터무니없는 욕심을 낼 수 있단 말인가. 항아리를 빼앗고 낭자를 처치해 버리자니, 그토록 현숙하던 숙부인께서 어떻게 이렇게까지 악랄해질 수 있단 말인가. 천 리 밖 배소에서 고생하고 계실 아버지를 생각한다면, 그리고 외가 쪽 벌열 가문을 생각한다면 체면과 명분으로 똘똘 무장되어 있을 터였다. 그런 숙부인께서 어떻게 이토록 야비한 욕심을 낼 수 있단 말인가. 더구나 막된 살인까지 운위하다니, 믿을 수가 없었다. 욕심이 사람을 바꿔 놓을 수 있다고 들었지만, 아무리 욕심이라 한들 어떻게 숙부인을 이렇게 다른 사람으로 바꿔 놓을 수 있단 말인가.

"하늘이 준 기회를 놓치는 것도 큰 죄를 짓는 것이야. 당장 건너가 아이를 처치하렴. 안 하겠다면 내가 직접 하겠다."

숙부인은 그 궁리로 밤을 샌 모양이었다. 이미 결심을 굳힌 듯 만류한다고 순순히 그만둘 것 같지 않았다. 대우는 정신을 가다듬고 궁리했다. 이 위기를 어떻게 모면할 것인가.

"무슨 말씀인지 잘 알아들었어요. 저 낭자를 처치하지 않아도 잘 타이르면 어머니께 항아리를 드릴 겁니다. 저 낭자, 세상에 둘도 없이 착한 낭자예요."

“아니, 저런 귀한 걸 거저 순순히 내놓을 사람은 없다. 강제로 빼앗지 않으면 손에 넣을 수 없어.”

“그렇지 않다니까요. 제가 잘 타일러, 오늘 저녁 항아리를 어머니께 드리도록 하겠습니다.”

“지금 당장 내놓으라 하지 않고?”

“지금 윽박질러 빼앗으면 도리어 반발할 수 있어요. 탈 없이 할 수 있는 일을 왜 시끄럽게 키우려 하십니까. 제가 낮에 잘 타일러 어머니 청을 알아듣도록 설득할게요.”

“며느리로 삼아도 좋다고 해라. 항아리만 손에 들어온다면 우리는 부자가 될 수 있어. 부자만 되겠냐. 네 아버지도 유배에서 풀려날 수 있고 너 또한 과거에 급제해 영화를 누릴 수도 있어.”

“예, 며느리로 삼고 싶어 한다고 전하겠습니다. 틀림없이 어머니 말씀을 따를 거예요.”

숙부인은 마지못한 듯 고개를 끄덕였다. 당장 다잡아 일을 치르지 않는 것이 못내 아쉽다는 듯 미련이 남은 표정이었다.

미친 환쟁이

글자들이 여러 형상으로 변환해 한꺼번에 겹쳐 보이고 또 사라지기를 되풀이한다. 졸졸 소리를 내며 산자락을 끼고 흐르는 개울물이 보이는가 했더니, 서어나무 가지 위에 솔새가 한 마리 앉아 노래하고 있다. 노란 부리에 흰 테 안경을 낀 눈이 앙증맞다. 그것도 순간, 기와지붕이 나타나고, 바람에 흔들리는 처마 끝의 풍경 소리가 갱연하다. 그것도 잠시, 솔이 너의 모습이 그려지는가 싶더니 금방 지워지고, 낯선 사람이 갑자기 등장하기도 한다. 진달래가 능선을 덮고 있는 연홍색 산이 펼쳐지는가 하면 어느새 바뀌어 햇빛을 받은 은행나무가 금빛으로 눈부시게 반짝이는 모습이 시야를 가득 채우기도 한다. 첩첩산중에 다 쓰러져 가는 띳집 한 채가 얼핏 보이더니 금방 사라진다. 웬 띳집인가, 마음속 궁금증을 알아차렸던지 그 띳집이 제 알아서 다시 나타나 좀 더 자세히 살필 여유를 준다. 방 한 칸에 부엌이 딸린 띳집이 다 살필 겨를도 없이 갑자기 무덤으로 변한다. 깜짝 놀랐으나 그것이 얼른 사라져 주어 다행이다. 사람의 몇 생이 겨우 겨자씨 하나로 응축되어 보이는 영겁의 세계가 그러할까. 바람이 그림책을 성급하게 넘겨 여러 그림을 한꺼번에 보여 주는 것 같다.

이윽고 목판은 안정을 찾았다.

높은 곳에서 아래쪽을 폭넓게 조망한 형국으로 한 마을이 내려다보인다. 그림의 중심이 점점 아래로 내려와 마을 초입의 당산나무, 그 옆으로 흐르는 개울, 기와집 두어 채로 옮겨 간다. 기와집을 중심으로 초가집들이 부챗살 형국으로 펼쳐져 나가며 마을을 이루고 있다. 마을에서 시작한, 해마다 풍작을 이루는 널따란 들은 건너편 산에 의해 걸음을 멈춘 형국이다. 다시 그림의 중심에 당산나무가 등장하고, 지친 사람에게는 언제나 끝이 아득해 한없이 원망을 사는 길이 나타난다. 길섶에는 질경이와 민들레들이 자라고 있다. 길가에는 키 큰 명아주 풀이 바람이 불 때마다 몸을 흔드는 모습도 보인다. 마을 앞을 흐르던 개울이 어느덧 폭을 넓히고 수량도 한결 불어났다. 쫄쫄 소리 내며 흐르던 개울물이 문득 소리를 죽였다. 개울물은 시내를 만나 흐르는 소리도 죽이고 그 모양도 감춘다. 개울물이 소인배의 마음과 같아 쫄쫄거리며 흐른다면 시냇물의 흐름은 군자의 마음과 같아 흘러도 짐짓 그 모양을 지어 보이지 않는다는 것인가. 그럼 시냇물이 강을 만날 때는 어떤 모습을 짓는 것인가. 또 강이 바다를 만날 때는 또 어떤 모습을 짓는 것인가.

솔이 네가 보이고, 너의 눈이 멈춘 곳에 오동나무 한 그루가 우뚝 서 있다. 아름드리 품에 키가 지붕을 훌쩍 넘기고 있는 걸로 보아 쓰일 때가 지난 것 같다. 오동나무는 딸아이를 낳을 때 심어 그 딸아이의 출가와 운명을 함께하는 것이라 하는데, 아마 심은 사람이 뜻을 펼칠 수 없는 사정이 되어 오동나무가 행운을 누리고 있는 모양이다. 오동나무 잎이 넓고 그늘이 짙은 것이 그 때문인지 부질없어 보인다. 다행히 오동나무 그늘이 아래 놓인 평상에 내려앉아 가까스로 제 몫을 하고 있다. 대나무로 짠 평상이 네댓 잇대어 있는 것으로 미루어 보아 그곳은 손님의 출입이 잦은 장소인 것 같다.

그런 짐작 어름을 오르내리고 있는 사이, 마침 네 옆으로 낯선 사람이 하나 등장한다. 무릎과 팔꿈치에 덧대어 기운 자국이 선명한 나달나달한 바지저고리 차림의 초라한 솔이 너의 검덕귀신 같은 행색이야 멀리 있어도 금방 알아볼 수 있다. 밤얽이로 얽어 양어깨에 맨 나무 궤가 볼 때마다 더 무거워 보인다. 그 항아리 상자의 무게가 너를 땅속으로 짓눌러 넣고 있는 것 같구나. 그렇지 않아도 작달막한 너의 키가 더 작아지면 어쩐다지. 그런 생각을 하고 있는 사이, 도포 차림의 사내가 너의 옆에 다가와 걸음을 멈춘 것이다. 그 도포 차림의 사내는 지금까지 보지 못했던 낯선 인물이어서 눈길을 끈다. 도포 차림이지만 그 입성도 물 구경한 지가 오래된 듯 때에 절어 있고 머리에 쓴 갓도 왼쪽 귀 뒤가 찌그러져 있다. 십년일관(十年一冠)의 추레한 행색이 솔이 너와 별 진배없는 몰골인데, 옆에 등짐을 진 구종*이 따르고 있는 걸로 보아 양반 물림인 듯하다. 행색은 추레하지만, 구레나룻을 잘 다듬은 얼굴에 눈빛이 날카롭다. 눈

---

* 양반을 수행하는 하인.

과 얼굴에 구김이나 그늘이 없는 것이 좀 의아스럽다. 세상을 살되늘 이기며 살아온 사람의 자신감에 넘친 여유 있는 표정이다. 도포 밑단과 소매 끝이 때에 절고 보풀이 일어나 있는 추레한 입성과는 딴판인 자신만만한 표정이 어쩐지 어울리지 않아 보인다. 옆에 거느리고 있는 구종의 행색은 솔이 너보다 더 구저분하다.

누렁이 한 마리가 집 뒤란에서 어슬렁거리며 나온다. 낯선 사람을 보고도 짖지 않고 구종에게로 다가와 코를 들이민다. 가랑이 사이로 머리를 들이밀며 냄새를 맡는다. 겁을 집어먹은 구종이 급히 누렁이를 피한다. 누렁이는 그런 구종에게 별 관심이 없다는 눈치다. 구종뿐만 아니라 다른 사람에게도 흥미가 없었던지 누렁이는 올 때처럼 어슬렁거리며 뒤란으로 다시 돌아간다. 구종이 등에 진 짐을 마루 위에 부려 놓을 즈음에야 부엌에서 인기척이 났다. 부엌에서 나온 아낙은 객들에게 가 있던 시선을 거둬 하늘을 살핀다. 해가 아직 동쪽 하늘에 치우쳐 있었다.

"때가 좀 이르지만, 우리는 어제부터 곡기를 구경하지 못했네. 국밥이라도 한 그릇씩 말아 주게."

"잠시 마루에 계세요. 준비되는 대로 올리겠습니다. 약주는 안 드시겠습니까?"

"아직 때가 좀 그렇지 않나?"

재바르지 못한 것 같던 첫인상과는 달리 어느새 차렸던지 국밥을 올린 개다리소반을 들고 아낙이 곧 부엌을 나온다. 마루에 앉아 있던 도포 차림이 홀로 상을 받고 구종과 솔이는 따로 상도 없이 마룻바닥에 앉아 국밥을 받는다.

오지그릇 전까지 찰랑거리는 국에 시래기가 가득하다. 기장이나 수수 같은 밥알은 보이지 않는다. 숟가락을 넣어 젓자 밥알이 떠오르는데 보리에 기장이 조금 섞여 있다. 국밥을 보자 구종의 눈이 반짝 빛을 뿌린다. 구종은 게걸스럽게 후루룩 몇 번 소리 내지 않고 게 눈 감추듯 먹어 치운다. 솔이의 국밥 그릇을 넘겨다보는 것이 아직 배가 다 차지 않는다는 기색이다. 솔이 네가 국밥 그릇을 다 비우자, 지켜보고 있던 구종의 낯빛이 그만 시무룩하게 흐려진다. 이어 도포 차림도 숟가락을 놓고 물로 양치를 한다. 도포 차림도 시장했던 터라 후루룩 한 그릇을 금방 다 비운 모양이다.

국밥 한 그릇을 비운 도포 차림의 얼굴에 화색이 감돌고 표정이 한결 여유롭다. 도포 차림은 여유 있는 눈으로 주막 여기저기를 둘러본다. 마루에 잇대어 널찍한 봉놋방이 있고 그 옆으로 작은 방이 두어 칸 연달아 붙어 있다. 손님이 들지 않은 빈방은 다 문이 활짝, 활짝 열려 있고 마당에 놓인 평상도 썰렁해 보인다. 집 안을 한 바퀴 천천히 둘러본 도포 차림의 시선이 툇마루에서 문턱을 넘어 봉놋방으로 들어간다. 봉놋방에서 무엇을 보았던지, 시선이 한곳에 머물러 쉽사리 움직일 것 같지 않다. 꼼짝하지 않고 뚫어지게 한곳을 응시하고 있던 도포 차림은 이윽고 몸을 일으켜 시선의 거리를 줄이며 방으로 들어간다. 도포 차림이 벽을 향해 다가가자 벽에 걸려 있던 산수화 한 폭이 크게 형자를 드러내 보인다. 미처 장황(裝潢)*은 하지 않고 달랑 흙벽에 화선지 네 귀를 붙여 놓은 초라한 꼴

---

* 비단이나 종이를 덧발라 화첩, 족자 등을 꾸미는 것.

이다. 벽이 고르지 않아 그림의 면도 울퉁불퉁 고르지 않다.

그림 속의 풍경은, 여러 겹의 산등성이가 펼쳐져 있고 아래쪽에는 강이 휘어져 흐르고 있다. 강 이쪽에는 물풀이 자라 있고 산은 등성이가 서로 겹치며 아득히 벋어 나가며 희미해지다 마침내 자취를 감추는 형국이다.

그림을 보고 있던 도포 차림의 머릿속에 그림 속의 산이 가득 펼쳐지더니, 꿈틀거리며 새롭게 살아난다. 산은 자신이 품고 있는 것을 차례 없이 도포 차림의 머릿속에다 펼쳐 보인다. 해를 따라가며 쉴 새 없이 키를 키우는 나무들을 먼저 보여 준다. 제철이 되지 않으면 결코 꽃을 피우지 않는 금낭화도 초롱꽃도 피워 보여 준다. 으름덩굴과 다래덩굴을 가지에 이고 있는 굴참나무도 무거운 몸을 흔들고 있다. 느릅나무 위에 둥지를 튼 박새도 금방 보이더니 후루룩 날아간다. 흙을 파고 새끼를 낳는 오소리며 너구리도, 사나운 멧돼지나 승냥이도 품속에 품고 있음을 산은 숨기지 않는다. 산속에서는 사람들이 모르는 싸움이 치열하게 전개되고 있다. 나무뿌리는 흙을 뚫어야 더 깊고 멀리 뻗어 나갈 수 있고, 귀여운 새끼를 먹여 살리기 위해 새는 매미와 잠자리, 메뚜기를 희생물로 삼지 않을 수 없다. 큰 나무 그늘에서 신음하는 작은 나무들의 고통도 사람들은 알 리 없다. 풍우는 아무도 모르게 바위를 삭이고, 밤이면 별은 큰 짐승에게 희생된 작은 짐승들을 애도하며 반짝인다.

도포 차림의 머릿속에 펼쳐졌던 산이 아스라이 자취를 감춘다. 대신 눈앞의 그림으로 문득 되돌아온다. 눈앞의 산속에는 그러나 나무도 새도 어린 짐승도 보이지 않는다. 도포 차림이 거듭 상상력을 발휘해도 아까 어지럽게 펼쳐 보이던 여러 형상은 다시 나타나지 않는다. 산의 외양만 보일 따름이다. 산의 외양은 사람의 외로움과 무슨 깊은 관련이 있는 것인가. 외양만 보고 있어도 가슴이 막막해진다. 산은, 조금 전 큰비가 그친 것인지, 아래에 물안개가 자욱이 피어오르고 있다. 물안개가 자욱이 피어오르며 강도 수양버들도 집도 마을도 다 지워 버린다. 다만 비에 젖어 무거워 보이는 산이 조용히 앉아 있을 뿐이다. 육중한 자태가 오래 묵은 울음을 머금고 있는 듯하다. 사람 사는 마을을 지우고 홀로 서 있는 무거운 산, 도포 차림은 비장감에 젖으며 옅은 신음을 토해 놓는다. 낙관이 희미하다. 애써 판별해 읽던 도포 차림은 뚝 숨을 멈춘다. 고강이라, 틀림없는가! 화제(畵題) 끝에 벌레처럼 흘려 쓴 서명을 본 순간 도포 차림의 가슴 속에 뜨거운 불기둥 같은 것이 불끈 치솟는다.

"주모, 주모를 잠깐 불러오너라."

주모를 찾는 도포 차림의 음성이 다급하다. 구종이 한달음에 달려가 주모를 불러온다. 치맛자락에 젖은 손을 닦으며 다가온 주모는 방으로 올라오라는 손님의 말에 주저하며 경계한다. 마흔 중반쯤 되었을까, 산전수전 다 겪은, 닳을 대로 닳은 주모의 눈이 재빠르게 손님의 행색을 거듭 살핀다.

"이 그림의 내력을 듣고 싶구려."

도포에 갓을 썼으나 시골 선비들 누구나 하고 다니는 흔한 차림이었다. 때가 앉은 입성에 낯빛도 초췌하다. 다만 표정에 군색한 기가 없다. 날카로운 눈빛 때문인가, 남 밑에서 고생한 사람의 비굴한 기색은 눈곱만큼도 찾아볼 수 없다. 손님의 정중한 부탁에 주모의 표정도 공손하게 바뀐다. 주모가 방으로 들어가자 손님이 그림에 대해 칭찬을 늘어놓는다. 손님의 칭찬에 잠시 귀를 기울이고 있던 주모가 시큰둥하게 대꾸한다.

"쉰네야 그림에 대해 뭘 아는 게 있어야지요. 그냥 한 싱거운 인사가 놓고 가서 붙여 놨을 뿐입니다."

"싱거운 인사라!"

도포 차림은 주모의 표현이 재미있었던지 그대로 되풀이하여 말한다.

"그럼요. 미친 사람이라고 하지 않은 것만도 다행이지요."

"미친 사람이라 했나?"

"그런 사람을 미쳤다고 하지 않으면 어떤 사람을 미쳤다고 하겠어요."

그림을 쳐다본 순간 주모는 지난 몇 달간 발걸음을 뚝 끊은 궐자의 모습이 먼저 떠오른다. 미친 사람이지! 그런데 다녀갈 때가 벌써 일여덟 파수는 더 지났는데도 코끝도 보이지 않는 그 미친 궐자의 소식이 궁금하기도 하다. 사실 주모는 궐자를 미친 사람이라 이르면서도 진심으로 미친 사람이라 여기지는 않았다. 아무 데서나 치마를 걷어 올리고 변을 보거나, 아무도 알아들을 수 없는 노래를 흥얼거리며 장터를 헤매는 사람, 건장한 남정네만 보면 무조건 시비를 걸어 얻어맞는 사내, 주막 앞에서 며칠이고 춤을 추던 아낙네, 제가 제 정신을 통제하지 못해 사람들이 금을 그어 정해 놓은 도리라는 틀을 벗어난 행동을 함부로 저지르는 사람, 이런 미친 사람들과는 정녕 같지 않았다. 그러나 주모의 요량으로는 갈 데 없는 미친

240

사람 중 하나였다.

궐자의 첫날 행티가 아직도 기억에 생생하다.

"척 마루에 올라앉아 술 한 동이를 대령하라 하지 않겠어요. 배포 한번 크다 싶어 한 말짜리 동이를 가져다주었어요. 그런데 언제 비웠는지 곧 한 동이를 더 대령하라고 고함을 지르지 뭐예요. 주막에서 큰소리치는 손님 어디 한둘이라서 쉰네가 눈이나 꿈쩍했겠습니까. 또 한 동이를 가져다 안겼지요. 술 앞에 장사 있겠어요. 술 두 동이에 곯아떨어졌다가 다음 날 낮에 일어나더니 돈이 없다면서 그림 한 장을 달랑 내놓지 않겠어요. 미쳐도 단단히 미쳤지. 술 두 동이와 안주 값으로 아무 쓸데도 없는 종이 나부랭이를 내놓고 그 값이라니 쉰네가 속이 안 뒤집어졌겠어요. 멱살이라도 잡고 흔들려다 사람이 어찌나 순해 보이던지, 성질을 부려 술값을 때우려다 그럴 수도 없고, 다음 파수에 반드시 갚겠다는 말을 믿는 척할 수밖에요. 그 말을 믿어서가 아니라, 아무리 뜯고 헤집어도 돈 나올 데가 없을 것 같아 포기하고 보낸 것이었어요. 그런데 한 달쯤 지났을까, 그 작자가 척 나타나 또 술을 청하지 뭐예요. 쉰네가 한 번 속지 또 속을 것 같아요. 술 없다고 손을 휘휘 내저었어요. 그랬더니 그 작자가 등에 지고 있던 봇짐을 열더니 돈 꾸러미를 꺼내 놓지 뭐예요. 지난 파수에 먹은 술이며 안주 값이라며 던져 놓는 것이 닷 냥이나 되었어요. 쉰네에게야 돈이 정승이지요. 한 상 잘 차려 올렸지요. 그리고 지난번 받은 그림을 돌려주려고 했어요. 그냥 아무렇게나 구겨 놓으려다 술 두 동이, 국밥 한 그릇에 잡은 그림을 그냥 버리기가 서운해 벽에다 붙여 놨거든요. 쉰네가 벽에서 그림을 떼어 내려는데 그 작자가 벽력같이 고함을 지르지 뭐예요. 그림을 그대로 두라는 것이었어요. 지금 자기가 돌려받는다 해도 어디 둘 데도 마땅치 않는데 사람이 번다하게 드나드는 이런 주막에서 많은 사람의 눈을 탄다면 그림으로서야 더 바랄 것 있겠느냐는 것이었어요. 거의 우격다짐으로다 그림을 놓아두게 되었지요."

고강이 틀림없다! 그는 술을 찾아서 마시지는 않았지만 한자리에서 술 두어 동이는 혼자서 벗 없이도 마셨다. 그는 벗을 좋아하기는 했다. 그러나 번거로운 것을 싫어해 좋아하는 벗도 자주 가까이하지는 않았다. 혼자 있는 일에, 외로움에 그는 매우 잘 단련이 되어 있었다. 특히 그림 그릴 때는 혼자 있기를 바랐고, 무엇인가 골똘히 생각할 일이 있을 때도 사람들을 피했다.

그런데, 그림을 손에 넣으려면 주모에게 어떤 사례를 하면 될까. 그냥 달라고 하면 될까. 아니지, 아까 입에 침이 마르도록 칭찬을 늘어놓고서 이제 저것을 공짜로 달라고 하면 호락호락 내놓겠는가. 내가 입이 앞섰군. 말을 아껴서 손해 보는 일은 없는 것이라고 소싯적부터 귀가 따갑도록 들어 왔건만, 왜 그 격언 하나 지키지 못했던가. 설화(舌禍)가 집안을 망치고 일신을 망치는 예를 얼마나 자주 목격해 왔던가! 이왕 칭찬을 늘어놓았으니, 한 50냥쯤 내놓아야 입을뗄 수 있겠지. 지금 구종의 전대에 그만한 돈은 있을까? 잠시 그런 궁리를 하고 있는데, 주모가 다시 입을 열어 이야기를 계속했다.

"궐자가 한 달에 한 번 파수로 주막에 왔는데, 첫날처럼 술을 두동이나 마신 적은 없었어요. 다만 국밥에 술 두어 됫박이면 거나해서 쇤네를 찾고는 했어요. 쇤네를 왜 찾은 줄 아세요? 그림 때문이었어요. 먼저 그림은 이러이러해서 잘못된 데가 많다는 것이었어요. 그림에 눈이 밝은 인사가 보았다면, 필경 그 흉을 다 알아차렸을 것이라나 뭐라나. 쉰네야 뭘 알아야 무슨 대꾸를 하지요. 궐자혼자서 벽에 붙은 그림을 놓고 온갖 흉을 다 보는 거지 뭐예요. 마치 그림을 두고 재판하는 격이었어요. 그러면서 괴나리봇짐을 풀고 그림을 한 장 내놓으며, 그것으로 바꿔 붙이라는 것이었어요. 쉰네야 뭘 알아야지요. 궐자가 그러라면 그렇게 할 수밖에요. 먼저 걸린 그림을 떼어 내고 새로 가져온 그림을 벽에 붙이면 궐자는 떼어 낸 그림을 박박 찢어 버렸어요. 그리고 벽에 걸어 둔 그림을 두고 찬사를 늘어놓는 거예요. 마치 세상에 그 그림보다 더 훌륭한 그림은 없다는 것처럼 들렸어요. 다른 손님이 있든 없든 상관하지 않았어요. 자기 그림에 대한 자부심이 대단했어요. 마침 다른 손님들도 구경할 때가 있었지만 궐자의 말에 촉을 다는 사람은 하나 없었어요. 그런데 한 달쯤 뒤 다시 와서는 또 똑같이 지난 그림 흉보는 것으로 입이 아플 지경이 되었어요. 그리고 당장 떼어 내게 하여 박박 찢어 버리고 새로 가져온 그림을 붙이게 했지요. 저번에도 마찬가지였어요. 새로 붙인 그림에 대한 칭송이 사서삼경에서 뽑은 좋은 구절은 다 동원한 것 같았어요. 쉰네 문자 속이 어련하겠습니까만, 세상에 두루 쓰이는 말이라면 쉰네가 모르는 것이 없는데 쉰네가 모르는 문자를 구구히 길게 늘어놓는 것으로 미루어 짐작하건대 사서삼경을 집으로 삼지 않고서야 그것이 어디에 집을 삼고 있는 문자겠습니까. 그렇게 하기를 거듭한 것이 지난 3년 여 동안 아마 서른 번쯤은 됐을 겁니다."

“서른 장의 그림을 찢어 버렸다는 말인가?”

도포 차림은 기함을 하듯 놀라며 비명을 올렸다.

“그럼요. 매번 지난 그림은 틀렸다지 않습니까. 그런 틀린 그림을 세상에 남겨 두는 것은 죄를 짓는 것과 다를 바 없다나 뭐라나. 저것이 맨 마지막에 붙인 그림이에요.”

아, 그래서 초막에 그림이 한 점도 없었던 것인가!

“허허, 참으로 기이한 일이구려! 허면 다른 일은 또 없었나?”

손님은 기가 막혔던지 천장을 쳐다본다. 도리질을 하며 비탄에 찬 표정으로 한숨을 길게 내뿜는다.

“늘 허름한 베옷 차림에, 상투를 틀어 칡으로 불끈 동여 묶은 행색에다 혈색이 아주 안 좋은 사람이었어요. 동행은 물론 한 번도 없었고, 술과 국밥 한 그릇을 시켜 놓고 가끔 혼잣소리를 지껄이기는 했지만 쇤네가 알 바 아니었지요. 다른 말은 기억나는 게 없고 늘 비슷한 말을 했는데, 정 진사는 그림을 모른다는 것이었어요. 그래서 분식이 잘된 것만을 좋게 여기는, 세상 풍정에 매인 고루한 사람이라나 뭐라나, 가끔 그렇게 투덜거리고는 했어요.”

“정 진사라면, 주모가 아는 사람인가?”

도포 차림은 귀가 번쩍 뜨인다.

“쇤네가 아는 사람이라고 하기에는 뭐하지만, 짐작은 가는 데가 있습니다.”

정 진사가 그림을 모르는 사람이라고 했다면, 필경 고강과 그림에 관한 논의가 있었던 관계임을 미루어 짐작할 수 있지 않은가. 그가 정 진사에 관해 더 묻기 전에 미리 주모가 말했다.

244

"이 원근에 진사님이라면, 능내에 김 진사, 마진에 이 진사 그리고 벌말에 정 진사밖에 없는 걸요. 아마 벌말의 정 진사를 두고 그림에 대해 청맹과니라고 투덜거린 것으로 짐작됩니다."

벌말을 찾아가면 정 진사를 만날 수 있겠거니, 속으로 헤아리다가 고강의 일이 떠오르자 새삼 한숨이 나온다.

"그건 그렇고 벌써 다녀갈 때가 여러 파수 지났는데, 통 소식이 없어 쇤네는 궐자가 요즘 부쩍 궁금하네요."

"다신 못 올 걸세."

"나리께서 궐자를 아십니까?"

"나와 동문수학한, 소싯적 동무일세. 재주가 각별했는데……."

주모의 머릿속에 여러 생각이 한꺼번에 일어났던지 표정이 여러 겹으로 빠르게 변한다. 뜻밖이라는 빛이 표정에 역력하다.

"헌데, 저 그림을 내게 줄 수 없겠는가?"

"저 그림을 말씀입니까?"

주모가 의외라는 표정으로 되묻는다.

"그냥 달라는 것은 아니네."

"그래도 우리 주막에 정이 든 물건인데, 더구나 서른 장의 그림을 저것이 다 아우르고 있는 셈인데……."

주모가 대답을 망설이고 있는 사이, 도포 차림은 구종을 불러 이른다. 남은 돈을 헤아리는 구종을 본 도포 차림은 마지막 50냥 꾸러미를 주모에게 내주라고 분부하였다.

"저 그림 값으로 치자면, 한참 모자라네. 하지만 내가 가진 것이 이것뿐이네. 만약 서운하다면 우선 이것을 받고 훗날 내가 또 이만큼 더 보내겠네."

"원, 이런 황감할 데가."

"황감할 것 조금도 없네. 저 그림이 어찌 50냥 가치뿐이겠나. 주모 말마따나 저 그림은 지난 서른 장의 그림을 다 품고 있는 셈인데."

얼결에 50냥을 받아든 주모는 얼굴이 확 붉어져 있다. 벌린 입을 미처 다물지 못하고 놀란 눈으로 손님을 쳐다본다. 다시 돌려 달라고 하지나 않을지 걱정이 되어 돈 꾸러미를 등 뒤로 돌려 감춘다. 그리고 무슨 죄나 짓고 있는 것은 아닌지 속으로 자꾸만 저어한다. 저런 하찮은 것에 50냥이나 내놓다니, 없던 일로 하자고 하기 전에 얼른 이 자리를 파하고 싶었다. 나중에 50냥을 더 가져다주겠다고 하지만 지금으로서도 너무나 황감할 따름이었다.

도포 차림은 구종에게 조심하여 벽의 그림을 떼어 내라고 분부한다.

궐자의 얼굴이 다시 떠오른다. 낡은 베옷 차림에 핏기 없는 얼굴, 한 번도 웃어 본 적이 없는 것처럼 굳은 표정, 술이 한참 들어가면 스스로 풀려 걷잡을 수 없이 나대던 궐자의 미친 것 같은 언행들, 그 궐자의 그림에 저렇듯 큰돈을 내놓다니, 궐자가 행색과는 딴판인 어엿한 양반 물림이었단 말인가. 궐자와 주고받았던 수작이며 그동안 소홀히 대하며 구박을 삼가지 않았던 자신의 무람없는 행동을 예사로 받아넘겨 준 그가 돌이켜 생각나자 주모는 그 모든 것이 뒤늦게 미안하고 송구스러웠다.

뼈로 앉아 있는 고강

하마터면 목판을 떨어뜨릴 뻔했다. 바뀐 광경이 너무나 끔찍했기 때문이다. 아무런 예시나 암시도 없이, 느닷없이 그런 끔찍하고 참혹한 장면을 펼쳐 보이다니, 눈을 질끈 감지 않을 수 없었다. 미리 어떤 예시를 받고 마음의 준비를 했더라면 그보다 더 참담한 모습인들 그렇게 심한 충격을 받았을까.

아무런 준비 없이 살이 다 흘러내리고 뼈만 앙상한 인골을 보여 주다니, 너무 잔인한 처사였다. 염습을 해 본 일도 없고 면례(緬禮)의 경험도 없는 내게 눈도 코도 입도 모두 텅 빈 구멍뿐인 해골을 느닷없이 들이대다니 모골이 송연하였다. 이쪽 정서는 조금도 배려하지 않고 그 참혹한 모습을 한층 더 돋우어 또렷이 보여 준다. 머리 위에 성글게 얹혀 금방 흘러내릴 것 같은 검은 두발이 더욱 징그럽고 으스스하다. 가슴이며 배며 아랫도리도 뼈만 앙상하게 남아 있겠지만 무명베 저고리와 바지가 가리고 있어 그나마 다행이다. 옷이 가리고 있지 않았다면 그 흉한 꼴을 보고 어찌 쉬이 감내했겠는가. 옷으로 가려 있지 않은 양손과 양발의 앙상한 뼈가 어찌나 소름 끼치는지 오래 눈을 주고 있을 수가 없다. 본시 왼쪽 다리를 뻗은 다음 오른쪽 다리를 왼쪽 허벅지 아래에 고이고 몸을 앞으로 숙인 채 죽음을 맞이한 모양이다. 인골의 자세가 앉은 채로 유유히 죽음을 맞이한 선승이 좌탈(坐脫)한 형상이다.

목판은 인골과 인골 둘레를 한동안 계속 펼쳐 보인다. 처음의 충격과 두려움이 조금씩 가시자 이윽고 여유를 되찾으며 주위를 살피게 된다. 인골 앞에 화선지가 펼쳐져 있다. 화선지의 네 귀가 돌멩이로 눌려 있다. 화선지에 무엇인가 그리다 만 그림이 보인다. 무슨 흙먼지 같은 이물질이 그림의 형체를 덮고 있기 때문인지, 아니면 형체 없는 광경을 발묵(潑墨)으로 처리하였기 때문인지, 그림의 형상이 희미하다. 그러고 보니 오른손에 붓이 쥐어져 있고 붓끝이 마른 벼루에 닿아 있다. 아마 모르긴 해도 그림을 그리던 도중에 죽음을 맞이한 모양이다. 그림을 그리던 자세 그대로 죽음을 맞이할 수 있었다니…….

그때 마침 무슨 소리가 들려 목판을 지켜보니, 주위가 갑자기 환해진다. 인골이 앉아 있는 어두침침한 방의 지게문이 확 열어젖혀지고 순간 빛이 왈칵 방 안으로 쏟아져 들어온 것이다. 동작 빠른 빛과는 달리 뒤를 이어 천천히 갓이 보이고 사람의 얼굴이 나타난다. 낯이 익은 듯해 잘 살피려는 찰나 그 머리가 다급히 문밖으로 빠져나간다. 방 안의 참혹한 광경에 놀라 뒷걸음질 친 모양이다. 어디선가 꿩 소리가 들리고, 무슨 나무 열매가 떨어져 풀숲에 안기는 소리가 들리고, 그리고 숨을 돌리려는데, 아까의 갓을 쓴 사람이 방으로 들어선다. 고개를 숙이고 조심스럽게 인골을 살핀다. 앞에 펼쳐져 있는 화선지와 붓이 닿아 있는 마른 벼루도 천천히 살핀다. 방 안을 한 바퀴 휘둘러본다. 천장의 서까래는 듬성듬성하고 뒷벽의 손바닥만 한 봉창으로 바깥 산이 내다보인다. 사방 벽은 다 흙에 짚을 섞어 이겨 바른 흙벽이다. 옷가지가 걸려 있는 횃대와 화구를 담은 망태기가 왼쪽 벽에 걸려 있고, 윗목에는 붓과 벼루가 각기 놓여 있다.

얼굴을 쓰다듬던 손을 떼고 화구가 담겨 있는 망태기를 살펴본다. 이어서 윗목에 놓여 있는 붓과 벼루를 살핀다. 그는 한곳에 눈을 뚫어지게 박고 있더니 이윽고 손을 뻗어 바라보고 있던 물건을 집어 든다. 망태기 속에서도 비슷한 물건을 꺼내 눈에 바짝 가져다 대고 살핀다. 엄지손가락 굵기의 옥과 돌이 순간 내 눈에도 크게 보인다. '고강(古崗)' 두 글자가 새겨진 낙관이다. 대전(大篆), 소전(小篆), 예서(隸書)로 서체를 달리한 그것이 세 개나 있으니, 인골의 주인이 주막의 그림 임자임을 짐작하기 어렵지 않다. 낙관을 읽어 낸 사내의 안색이 흙빛으로 어두워진다. 이윽고 볼이 움찔거리고 눈에 안개 같은 기운이 피어오른다. 낙관을 확인하기 전까지 방 안의 참혹한 광경이 자기 예상을 빗나가 주기를 바랐던 모양이다. 그 기대가 불행히도 어긋나자 금세 얼굴이 참담하고 비통하게 뒤틀어진 것이다. 그는 인골 앞에 무너지듯 꿇어앉는다.

"이보게, 나 승종일세."

질끈 깨문 입술에서 피가 번진다. 아까부터 낯이 익다 싶더니,

주막에서 본 바로 그 도포 차림이다. 그는 머리를 숙여 가슴에 묻은 채 한참 동안 움직임이 없다. 숨도 멈춘 것 같다. 얼마나 그렇게 있었을까, 이윽고 고개를 들고 다시 인골을 살핀다.

하얀 인골은 젓가락으로 두드리면 경쇠처럼 맑은 소리가 울릴 것 같다. 가슴이며 허리 부분의 베옷은 살에 묻어 함께 썩었는지 검붉다. 앉은 자리에는 썩은 살이 흘러내려 고였다가 말랐는지 짙은 고동색 더께가 져 있다. 비통한 표정으로 강하게 도리질을 하며 인골을 살피던 승종은 방을 나간다. 먼저 하늘을 쳐다본다. 구름 몇 점이 유유히 떠 있지만 그것이 그의 눈에 들어올 리 없다. 다시 도리질을 한다. 이래서는 안 돼, 이럴 수는 없어, 속으로 그렇게 외치고 있는 듯 비통한 얼굴이다.

"홍아, 경해사에 올라갔다 오렴. 주지 스님께, 고강이 돌아갔으니, 인부 두엇을 구해 산역할 준비를 해 오시라고 전하거라."

승종은 구종을 불러 그렇게 이른다.

두어 시진 후, 경해사 주지 지운 스님이 향이며 초며 삼베서껀 장례에 소용되는 물품을 준비해 행자에게 들려 앞세우고 초막으로 내려온다. 수인사를 나눈 후 승종이 일의 전후 사정을 주지 지운 스님에게 간략히 들려준다. 지운 스님이 얼마 후 도착한 산역꾼을 부리며 장례 준비를 하는 동안 방으로 들어간 승종은 유골을 수습한다.

그는 절에서 가져온 삼베를 펼쳐 놓고 그 가운데다 소쿠리를 뜯어 마련한 깔판을 깐다. 앉아 있는 모습 그대로 깔판 위에 옮겨 놓을 요량이었으나 용이하지 않았다. 살이 내려 시신이 삿자리와 엉겨 붙어 있었기 때문이다. 구종을 시켜 시신에 엉겨 붙은 부분만큼 방바닥으로부터 삿자리를 뜯어내게 하고서야 겨우 움직일 수 있었다. 어쩌다 뼈가 어긋나 허물어지기라도 할세라 등 뒤에서 조심스럽게 안아 들었다. 인골을 들어 올리던 승종은 순간 섬뜩 놀란다. 사람의 일평생이 이토록 가벼운 것인가. 30년 세월의 무게가 이렇게 가볍단 말인가. 이토록 가벼울 뿐인데 그토록 무겁고 버겁게 몸부림쳐야 겨우 살아 낼 수 있는 것이 우리들 삶이란 말인가. 생각할수록 허망하였다. 비통한 표정의 승종은 삼베에 마련한 깔판 위에 고강을 올려 앉히는 동안 숨 한 번 쉬지 못한다. 혹시 머리카락 한 올이라도 흘려 놓지 않았는지 주위를 거듭 확인한 다음 침착하고 경건하게 삼베를 접어 동여맨다.

고강의 인골을 가슴에 감싸 안고 방을 나선 승종은 산마루로 올라간다. 기다리고 있던 지운 스님과 굿일을 끝낸 산역꾼이 그를 맞이한다. 당부한 대로 앉은 모습으로 모실 수 있도록 반길 넘게 깊이 파 놓은 구덩이를 보고 승종은 안도한다. 바닥과 사면 벽을 따라가며 미리 마련해 둔 푸새와 잔가지를 넉넉하게 눕히거나 세워 놓은 것도 마음에 든다. 고강을 그 한가운데다 모셔 놓고 승종은 저도 모르게 크게 한숨을 내쉰다. 이렇게 보내야 하는 것인가. 좀 더 준비를 완벽하게 한 다음 온전한 장례 절차를 밟아 보내야 도리가 아닐까. 그런 아쉬운 마음이 몸놀림을 굼뜨게 한다. 고강이 앉아 있는 구덩이 위에다 준비한 나무를 촘촘히 걸쳐 놓고 거적을 올려 덮는 산역꾼을 바라보고 있는 승종의 눈에 물기가 번져 간다. 층층이 떼를 심으며 봉분을 다져 올리는 동안 승종은 고강과의 하직을 더욱 아쉽게 실감한다. 만가라도 한 가락 구성지게 불러 보내면 좋으련만, 소리꾼이 없는 것도 아쉬웠다. 명복을 비는 기도의 말이 그의 마음속에 흘러넘칠 듯 가득 차오른다. 신중히 발 다짐을 해 가며 봉분을 다 쌓아 올린 후 승종은 구종이 건네주는 곡주를 받아 봉분 위에 뿌린다. 봉분 앞에 무릎을 꿇은 지운 스님이 눈을 지그시 감고 염주를 돌리며 입속 소리로 천도게*를 염송한다.

이윽고 산역을 마친 일행이 초막으로 내려온다. 산역꾼들에게 삯을 지불해 먼저 보내고 승종은 지운 스님과 작별의 예를 나눈다. 산을 올라가는 지운 스님의 뒷모습을 물끄러미 지켜보고 있는 승종과 구종의 모습이 오롯이 남는다. 이런 모습들이 바람에 넘어가는 책장처럼 빠르게 전개되어 보이다가 문득 멈춘다. 무엇 하나 천천히 제대로 살필 겨를이 없다. 마치 무엇에 쫓겨 숨 가쁘게 달려가는 아이처럼 제대로 숨도 쉬지 못하고 지켜보고 있던 나는 이윽고 마음을 가다듬는다.

승종의 애석해하는 마음이 펼쳐진다. 고강은 그림을 그리다 앉은 자세 그대로 숨을 거둔 것이 틀림없었다. 방 안 어디에도 외부에서 다른 사람이 침입한 흔적은 찾아볼 수 없었다. 짐승이 드나든 자취도 없었다. 방문은 닫혀 있었고, 그리다 만 그림은 물론 다른 물건들도 하나 흩어진 데 없이 온전했다. 그림의 상하좌우는 막돌의 문진으로 눌려 있고, 오른쪽에서 시작해 그려 나가던 산은 중간에서 허리가 잘린 채 멈추어 있었다. 붓이 벼루에 놓인 채 말라 있는 것으로 보아 붓을 묵지에 담근 채 다음 이어갈 붓 길을 구상하

---

* 사자(死者)를 위한 법문.

고 있었던 것으로 짐작되었다. 그렇다면 왜 그런 변을 당했을까. 돌연 기가 막히거나 혈이 막힌 것일까. 아니면 자기도 모르게 몸 안에서 자라던 어떤 몹쓸 병이 도져 돌연 그의 목숨을 앗아간 것일까. 그 어느 쪽이라도 그의 죽음은 너무 이르다. 서른을 넘긴 지 얼마나 지났다고.

　지지난해에 보낸 서찰에서 고강은 자기가 생활하고 있다는 초막 주위의 경관을 자세히 묘사해 전했다. 초막에서 내려다보면 서울로 흘러 내려가는 큰 강이 있고 강 건너편에는 산이 아름답게 펼쳐져 있다고 했다. 그가 지은 초막은 산속에 있되, 사나운 짐승은 구경할 수 없고 고라니와 토끼, 너구리들은 자주 볼 수 있다고 했다. 새들은 그 이름이 각기 다르고 생김새며 특성도 다 다를 터이지만 자기에게 식별해 보는 눈이 없어 한결같은 새들로만 보여 안타깝다는 말도 했다. 이름 모를 그 새들이 각기 다 다른 목소리와 음정으로 노래를 부르는데 어찌나 아름다운지 귀를 기울이고 있다 보면 어느 새 한나절이 훌쩍 지나가 있기 예사라며 고강은 자기로서는 산속에 푹 파묻혀 산의 묘의를 터득하기 위해 정기를 모으고 있지만, 산은 제 속내 드러내기를 주저하고 있어 답답하다고 적었다. 산이 자꾸만 더 기다리라, 더 기다리라고 하며 속내 드러내기를 망설이는 까닭을 왜 스스로 살펴 알지 못하겠는가. 그렇지만, 기다림이 지루한 것을 어찌 더 감당할 수 있겠느냐는 탄식도 덧붙였다. 산이 말을 해도 자신에게 아직 알아들을 지혜가 온전히 갖추어져 있지 않으니 어쩌겠나. 산이 속삭이는 말을 제대로 꿰뚫어 알아듣지 못할 터이므로 산의 대응이 늦춰지는 것이 당연한 일이라 짐작되지만, 마냥 기다린다고 자기 귀가 더 밝아지리라는 보장이 어디 있느냐고 안타까워하기도 했다.

주위를 둘러보니 고강이 서찰에 그려 보인 경관이 틀림없었다. 지운 스님 또한 초막의 위치를 잘 일러 주었다.

승종은 경해사 지운 스님에게 매달 보름마다 거르지 말고 고강에게 은밀히 소금과 양식을 조달해 주도록 부탁했다. 행자에게 밤을 도와 초막 사립 앞의 키 큰 오리나무 가지에 소금과 양식 자루를 걸어 놓고 오도록 지운 스님은 조처했다. 그림자처럼 조신하게 움직인 탓에 행자는 한 번도 고강에게 발각된 일이 없었다. 그러기를 3년 여, 어느 날 오리나무 가지에 걸어 둔 소금과 양식 자루가 손도 대지 않은 채 그대로 있었다. 행자는 몇 번이나 들고 간 것과 지난번 걸어 두고 갔던 것을 바꿔 들고 돌아가기를 되풀이하였다. 그러기를 네댓 번, 마침내 다른 곳으로 몸을 옮긴 것으로 짐작하고 지운 스님에게 여쭌 다음 행자는 식량 나르기를 멈추었다. 경해사 지운 스님으로부터 고강이 거처를 옮긴 것 같다는 기별을 받은 것이 해소수 전쯤이었다. 옮겼으면 어디로 옮겼는지, 소식이 있을 것 같아 승종은 기다렸다. 그러나 몇 달을 기다렸으나 아무런 소식도 오지 않았다. 궁금하던 차 영남 쪽 원행 길을 마치고 귀경하던 중 승종은 고강의 초막을 찾은 것이었다. 그런데 그를 맞이한 것이 고강의 앙상한 인골뿐이라니……

그림은 다 어디로 갔나?

고강답게 생을 마감했다는 생각도 없지 않았다. 그러나 그런 자위도 애석함과 슬픔을 덜어 주지는 못했다. 고강이 아니고서야 이런 심산유곡에 홀로 들어와 자신이 가장 소망한다던 그림에만 매달리지는 않았을 것이다. 그의 앞에는 환로가 환히 열려 있었다. 이조(吏曹)에서는 그의 결곡함이 높은 고임을 받았을 것이고, 예조(禮曹)에서는 그의 전례(典禮)에 관한 해박한 지식이 요긴하게 쓰였을 것이다. 홍문관에서 일을 했다면 그의 문장이 널리 칭송받았을 것이다. 반정(反政)에 성공한 후, 공신들이 요직에 두루 앉아 있었고, 그의 공훈이 이미 높이 드러나 있었으므로 그는 많은 사람들로부터 기림을 받았을 것이다.

그는, 과장에서 거벽(巨擘)*으로 하여금 은밀히 대신 작성하게 한

---

* 과거에서 시지를 대신 작성해 주는 대작꾼의 별칭.

시지를 제출하다 발각되어 10년 유배형을 받은 조부를 두었고, 집안의 수치와 불리를 만회하기 위해 무리하게 모반의 패에 끼여 불의를 도모하다 검거되어 원지에 유배당한 부친을 둔 부끄러운 집안 전력 때문에 과거 응시의 길이 막혀 지냈다. 그는 학문이 심오했으나 청운의 뜻을 접은 대신 그림에 열중하며 자신을 달래었다. 그러나 어지러워진 세상을 투시하는 눈은 남달리 예리하고 그 비판은 날카로웠다. 그는 잘못된 세상을 바로잡아야 한다고 기회 있을 때마다 동접들을 곡진하게 설득하였다. 그리고 동접들이 한 축이 되어 반정을 도모하자 과감히 거기에 참여하였다. 반정이 성공하자 그 결과를 두고 가장 흐뭇해한 것도 바로 그였다.

반정에 참여한 인사들의 공훈록이 작성되고, 공훈에 따라 맞춤한 벼슬이 주어지며 득의의 나날을 보내던 어느 날, 대우가 찾아와 승종에게 서찰을 한 통 전했다.

서찰을 전한 대우는 승종 등이 반정의 성공으로 득의의 나날을 보낸 것과는 반대로 반정으로 인해 도리어 크게 낭패를 당한 동접의 벗이었다. 이조에 봉직하던 대우의 부친께서 부당하게 인사(人事)를 전횡했다는 무거운 죄를 입고 파탈관직에 가옥을 포함한 모든 재산을 몰수당하고 원지로 귀양 가 있었다. 집도 없이 길에 나앉게 된 대우는 모친을 봉양하고자 스스로 호구지책을 모색하지 않을 수 없었다. 수소문 끝에 겨우 비어 있던 지인의 남산 밑 허름한 초가삼간을 구해 거처를 삼았지만, 입치레가 문제였다. 손을 벌릴 데도 없었다. 적몰된 처지에 세상의 냉대는 응당 겪어야 할 시련으로 받아들여야 했다. 밖으로 드러내 놓고 그를 돕는 인사는 드물었다. 게다가 그의 강직한 성격이 벗들의 동정을 다 뿌리쳤다. 그는 오로지 자신이 가진 재주를 펼쳐 밥을 구하고자 거리로 나섰다. 그가 지닌 으뜸 재주란, 글 읽고 문장 짓는 것이었다. 그 재주를 유용하게 펼칠 데는 쉽사리 구해지지가 않았다. 그가 가슴속에 품고 있는 장차의 큰 이상을 돌볼 겨를이나 여유는 당연히 없었다. 당장의 호구를 위해 그가 얻을 수 있는 일거리는 거리에 전을 펴는 것밖에 달리 없었다. 운종가를 오르내리며, 행인이 많은 곳을 찾아 이야기를 파는 전기수로 나선 것이었다. 처음에는 오다가다 마주치는 벗들의 눈을 피하려는 눈치였으나, 얼마 지나지 않아서는 이야기 파는 일에 전념하게 되었다. 남의 눈치에 좌우되고서는 그 호구지책마저 별무소용이 될 터였기 때문이었다. 다른 사람의 눈치를 개의치 않게 될 무렵 그는 다행히 이야기 짓는 재미에 푹 빠져 지냈다.

대우가 건넨 서찰은 고강의 것이었다.

不用裁爲鳴鳳管　지어 봉황 소리의 젓대로 삼지 아니하고
何須截作釣魚竿　어찌 모름지기 끊어 낚싯대로 지을까
千花萬木凋零後　모든 꽃, 모든 나무 말라 떨어진 뒤에
留向紛紛雪裡看　분분히 날리는 눈 속에 풋풋이 서 있을지어다

칠언절구(七言絶句) 한 수가 달랑 씌어 있고 옆에 낯익은 그의 서명과 낙관이 찍혀 있었다. 칠언절구를 아무리 따져 읽어도 뜻을 짐작할 수 없어 고개를 갸우뚱 기울이자 대우가 그 뜻을 일러 말해 준다.

"봄이 무르익은 철에 홑옷을 갈아입고, 기수(沂水)에 가서 목욕하고, 기우단(祈雨壇) 근방에서 바람을 쏘이고, 노래 부르면서 지내겠다는 뜻 아닌가!"

공자가 세상이 너희를 알아주면 너희가 어떻게 하겠느냐고 묻자, 자로(子路)는 재빨리 군란과 기근이 있는 천승의 나라라도 3년이면 백성들을 평안하게 할 수 있다고 대답한다. 염유(冉有)는 사방 60~70리를 제가 다스리면 3년 안에 백성을 요족하게 만들 것이라고 대답한다. 공서화(公西華)는 아직 능치 못하므로 더 배우기를 원한다고 대답한다. 이어 증석(曾晳)은 봄이 무르익으면 가벼운 옷을 찾아 입고 기수에 가서 목욕하고 기우단에서 바람을 쏘이다가 노래 부르면서 돌아오겠다고 대답한다. 자로와 염유는 벼슬에 뜻을 두고, 공서화는 겸손을 과장한다. 공자께서 이윽고 증석의 뜻을 가상히 여긴다. 논어 선진(先進) 편에 있는 내용에 빗대어 대우가 대답을 지어 낸 것이었다.

세상에 유용하게 쓰이기를 고집하지 않고, 홀로 이루어 남 다 진 뒤에 눈 속에서도 푸르름을 자랑하는 대나무 같은 존재가 되겠다는 것인즉, 속세를 등지고 숨어 살겠다는 뜻이란 말인가. 승종은 문득 마음이 허방이라도 짚은 듯 휘청한다.

진작 고강을 챙기지 못한 것이 후회막급이었다. 고강에게는 근친이 하나도 남아 있지 않았다. 조부와 부모는 일찍 욕되게 돌아가셨다. 형제들도 액운이 겹치자 실의를 견디지 못하고 하나둘 세상을 떴다. 부인과는, 고강 집안의 회복 불능의 치욕적인 몰락을 수치로 여긴 친정의 이간질로 고통스럽게 헤어졌다. 슬하에 있던 아들 하

258

나도 열병을 앓다 숨졌다. 이번 반정으로 그가 득의의 처지로 올라선 대신 그 부인의 부친과 형제들은 반정의 반대 세력으로서 가산이 적몰되고 형장의 이슬로 사라지는 비극을 겪었다. 세상일의 공교로움이 이보다 더한 경우가 없었다.

마음을 붙일 데가 없던 고강은 일찍이 그림에 열중함으로써 세상을 잊고자 했다. 금고의 처지로 전락, 과거 응시의 길이 막혔을 때 좌절하지 않고 학문의 길을 그림으로 바꾼 것은 현명한 처사였다. 따라서 그림이 단순한 취미 수준에 그쳐 있지만은 않았다. 그의 그림에 관한 안목은 웅숭깊었다. 그림으로 학문을 대신했다고 하지만 이미 그의 학문은 동접들을 훌쩍 앞서 있었다. 과장에서 거벽노릇을 했다면 너도나도 불러 몸이 두셋이라도 모자랐을 뛰어난 문장가였다.

─하늘이 사람을 낼 때 다 쓰일 데를 따로 두었을 것이네. 환로에 나가 백성을 위해 헌신하는 것이 자네에게 주어진 일이니 일찍 급제하여 그 길로 나아가게 했고, 아름다운 강산을 찾아 그 가치를 발현해 내는 것을 내 소임으로 맡기기 위해 내게는 과거 응시의 기회를 박탈하고 그림을 익히게 했을 것이네. 급제하여 백성을 위해 헌신하는 것에는 미치지 못하겠지만 하늘이 낸 것인데 어찌 그림에 종사한다 해 그 생의 소중함이 덜하다 하겠나. 세상은 그림을 아직 미천하게 여기므로, 나처럼 훨훨 자유롭게 떠돌아다녀도 아무 걸릴게 없는 사람으로 하여금 그 일에 종사하게 하는 것이야말로 온당한 처사 아니겠나. ……다 하늘의 조화일세.

언젠가 고강이 한 말이 귓전을 맴돌았다. 처음에는 자조적으로 들려 뜨악했으나 곧 어떤 결의 같은 것이 느껴져 그를 유심히 쳐다보았던 기억이 새롭다.

그밖에도 그때 그는 여러 이야기를 했다. 특히 젊은이들이 지향할 바를 젊은 가치와 맺어 명철하게 제시한 것이 기억에 또렷했다.

―젊다는 것은 새로운 것을 지향하려는 의지와 함께할 때 더욱 빛나는 것이네. 그렇지 않은가? 우리 젊은이들은 어떤 분야에 종사하든 전대(前代)와는 다르게 생각하고 보다 새로운 것을 찾기 위해 눈을 부릅떠야 하네. 선대들이 받아들여 발전시켜 온 주자학에 안주해서도 안 되네. 이미 대륙은 변발 호복의 청(淸)이 장악하고 중화 문화의 전체를 변질시켜 낙후된 데 비해 우리나라에는 오히려 중화 문화의 진수가 꽃피고 있다고 자부심을 갖는 이들이 더러 있지만 거기에 현혹되어서는 큰일이네. 중화 문화의 원형을 간직하면서 주자 성리학을 발전적으로 계승하여 그 적통을 이어온 것으로 자부하는 것을 허물로 치부하거나 내칠 수는 없겠지만 우리 젊은이들은 그러한 자부심에만 안주하면 결코 안 될 것이네. 먼저 우리 국토에 대한 각성이 선행되어야 하네. 우리 국토에 대한 자각 없이 어찌 올바른 문화를 꽃피울 수 있겠나. 근래 들어 우리 강산의 아름다움을 찾아 그를 소재로 시를 짓고 그림을 그리고 음악을 만드는 젊은이들이 늘어 가는 것이 얼마나 다행인지 모를 일이네. 그런 움직임은 너무나 당연한 시대적 요구일세. 시, 서, 화에 그치지 않고 그런 움직임은 생활과 의식 전반에 걸쳐 두루 활발하게 전개해 나가야 할 것이네. 시대적 요청과 기운이 그러한데, 내가 거기에 부응해야지 여기서 물러설 수야 없는 일 아니겠나.

설령 승종이 옆에 있었더라도 그를 붙들어 놓지 못했으리라. 그래도 일찍 서둘러 이조에 손을 써 그에게 관복을 입혀 놓았더라면, 그를 세상에 붙들어 둘 수 있지 않았을까. 그러지 못한 것이 안타깝고 서글펐다. 그의 학문은 승종보다 훨씬 더 심오했다. 그가 상념하는 국가의 장래 모습은 승종이 생각한 것보다 훨씬 원대했고 휜휜했다. 하늘과 땅의 이치와 인간의 도리에 관한 그의 학문은 이상의 광휘를 발휘하며 반짝였다. 그의 학문은 현실에 묶여 있지 않았다. 사람 살아가는 일에만 국한되어 있지 않았다. 만물의 조화를 늘 사유했다. 이기적인 데도 없었다. 학문을 자기 이익만을 위해 오로지 하는 사람을 부끄럽게 여겼다. 그의 학문이 이 세상에 쓰였더라면 그 주위에 자애와 후덕의 물결이 넘실댔을 것이다. 그런 그의 학문을 세상을 위해 쓸 수 있도록 일찍이 조처하지 못한 것이 너무나 후회스럽고 안타까웠다. 승종은 자신의 부덕이 한탄스러웠다.

승종 자신은 가문이며, 가족, 일가친척, 이런 혈육으로 맺어진 관계뿐만 아니라 세상을 살아가면서 맺어진 인간관계, 이런 것들에 뿌리를 내리고 나무처럼 묶여 지내는 셈이지만, 그는 강물 위에 떠다니는 물풀 같은 처지였다. 그가 뿌리를 내릴 데는 아무 곳에도 없었다. 그는 세상을 살아오면서 맺은 인간관계도 친근한 상대보다 원망의 상대를 더 많이 가지고 있었다. 그를 나무처럼 한곳에 머물러 있게 할 수 있는 신뢰할 수 있는 인간관계의 대상은 몇몇 동문 수학한 동접들로 한정되어 있었다.

서찰을 보았을 때의 서운한 기분이 오래 지속되었다. 자네들은 벼슬을 하며 영화를 누리게. 나는 숨어 훗날 모든 꽃 다 진 뒤 백설

속에서도 홀로 푸르른 대나무처럼 고고한 존재가 되려네. 고강의 서찰은 우회적인 대우의 비유보다 더 직접적이고 간명한 결의와 의미로 승종의 가슴을 두드렸다. 그가 마침내 뜻을 이룬 것인가. 분분히 날리는 눈 속에 서서 뽐내는 대나무처럼 고고한 모습으로 서 있게 된 것인가. 그렇지만 앙상한 인골을 마지막 모습으로 남기고 고강은 저세상으로 가고 승종 자신은 이렇게 이 세상에 머물러 서로 헤어지다니, 허망하고 원망스러울 뿐이었다.

구종에게 그의 유품을 수습하게 시키고 그도 또한 집 안 여기저기를 돌아보며 살폈다. 솥이며 물독, 기명 등 부엌 세간에는 신경 쓸 이유가 없었다. 방 안의 화구와 벼루 등, 그의 혼과 정신이 배어 있는 유품만을 수습하라고 일렀다. 그리고 혹시나 하여 집 안팎을 이 잡듯 샅샅이 뒤졌다. 몇 해 이곳에 머무는 동안 그림을 손에서 놓지 않았을 것은 자명한 일이었다. 그런데 이상한 일이었다. 그가 그린 그림이 한 점도 보이지 않았다. 그는 그림을 그리기 위해 홀로 이곳 깊은 산속으로 들어왔다. 그의 그림에 대한 이상과 자부심은 하늘을 찌르고도 남음이 있을 정도로 드높았다. 그런데 그림 한 점 찾아볼 수 없다니, 그가 지난 세 해가 넘도록 그려 왔을 그림의 행방에 대한 궁금증이 승종을 견딜 수 없을 만큼 혹독하게 담금질했다. 그러나 아무리 집 안팎을 송곳으로 헤집듯 샅샅이 뜯어 살펴도 궁금증을 풀어 줄 단서 하나 발견할 수 없었다.

죽음의 길에 동반한 그리다 만 화선지 한 장과 말라 버린 붓 한 자루와 벼루가 그의 은둔 생활을 온전히 다 대변한다고 믿기에는 턱없이 부족하였다. 선반에 있던 화선지 뭉치와 망태기 안의 낙관만으로 어찌 이곳에서 머문 그의 지난 동안의 일을 다 짐작할 수 있다 하겠는가. 승종은 초조하기까지 했다. 구종이 유품을 다 챙겼다고 아뢰고 다음 처분을 기다렸다. 그는 구종의 마음을 모르지 않았다. 지금 출발해도 해 안에 산을 다 내려가기란 힘들 것이었다. 나서려면 서둘러야 마땅했다. 그러나 그는 이대로는 떠날 수 없다는 생각에 계속 방 안을 둘러보며 미적거렸다. 그는 초막을 다시 한 바퀴 휘둘러보았다. 벽 틈이며 처마 밑도 다시 꼼꼼히 살폈다. 다시 또 방으로 들어간 그는 천장이며 벽을 이 잡듯이 살펴 나갔다. 집 안팎을 다시 둘러본 후 승종은 고개를 좌우로 저으며 깊은 절망에 빠진다.

세 해가 넘도록 머물며 그림을 그린 사람이 그림 한 점 남기지 않았다니 이를 어찌 믿으란 말인가. 그리다 만 그림, 그것 한 점 챙겨 구종의 바랑에 넣은 것으로 발길을 돌려야 한다니 도무지 몸이 말을 듣지 않았다.

솔이 네가 떳집에 나타난 것은 바로 그 무렵이었다.

승종이 산을 오르고 있는 너를 먼저 발견한다. 경해사로 올라가려면 저쪽 능선에 이곳보다 더 편한 길이 있었다. 산꼭대기를 향해 오르지 않는다면 굳이 이 길을 탈 리 없었다. 사냥꾼인가. 사냥꾼 차림이 아니었다. 나무꾼인가. 지게를 지고 있지도 않았다. 심마니나 약초 캐는 사람인가. 망태기를 매지도 않았고 산 타는 차림 같지도 않았다. 짚신감발을 하여 종아리까지 올리고, 허리에 띠를 불끈 맨 떠꺼머리총각이었다. 승종의 눈이 의문에 잠긴다. 등에 무엇인가 무거운 것을 지고 있는 것 같은데, 산을 오르는 데는 어울려 보이지 않는다.

마침 솔이 너도 승종을 발견하고 반가운 기색을 띤다.

승종은 가까이 온 너의 모습을 거듭 살핀다. 나달나달 해져 있는 무릎 어름에서 기운 데가 많은 바지 자락으로 시선이 옮겨 가며 측은한 빛을 띤다. 너는 비쩍 마른 얼굴에 혈색도 좋지 않았다. 낯선 떠꺼머리총각이 눈을 반짝이며 곧장 자기에게로 다가와 반색하는 기색을 보이자 승종은 자기도 모르게 주춤 한 발 뒤로 물러선다. 승종의 앞에 다다른 너는 그러나 안도의 빛과 미소가 감도는 얼굴로 승종을 쳐다본다.

"고강 선생님이세요? 대우 님께서 보내셨어요."

떠꺼머리총각으로부터 예기치 않았던 말을 들은 승종은 깜짝 놀란다. 낯선 총각의 입에서 고강과 대우라니, 두 벗의 이름을 한꺼번에 듣자 불현듯 가슴이 뛴다.

"대우 님께서 보낸 서찰입니다."

총각은 보따리를 풀고 서찰을 꺼내 승종에게 건넨다. 자기가 고강이 아니라는 말이 미처 입밖에 나오지 않는다. 승종은 말없이 총각이 건넨 서찰을 받는다. 무슨 내용인지 궁금하여 그것을 뜯어 살펴 읽는다.

—……오늘날 이야기의 뛰어난 것으로는 『삼국지연의』와 『수호지』, 『서유기』 등이 서로 그 으뜸 지위를 차지했노라 주장하며, 거기에 겨눌 수 있는 것이 달리 없다고 하니 이는 망령된 것이네. 나관중은 진수(陳壽)의 『삼국지』를 골자로 그들의 이야기를 엮었고, 시내암은 북송(北宋) 선화(宣和) 연간에 민간에 회자되던 영웅호걸

담을 집성했으며, 오승은(嗚承恩)은 그들 선조들로부터 전해 들은 현장(玄奘) 법사의 인도 여행의 전설을 바탕으로 이야기를 엮었다네. ……우리만 해도 각 지방에 따라 방언이 다르고 풍속이 다른데 하물며 몇 천 리 밖, 말도 풍속도 다른 중국의 이야기만으로 우리가 만족해서야 되겠는가. 간혹 저들을 본떠서 새로 지은 것이 없지 않지만 그 내용을 모두 중국의 것으로 채우니 이를 어찌 안타깝게 여기지 않을 수 있겠는가. 우리는 마땅히 우리와 더불어 살아가는 우리 백성들의 생활과 풍속과 정 나눔과 다툼을 그려 본보기로 삼는 바가 있어야 할 것이네. 고강 자네가 화법을 중국의 화론에서 배워 우리 산천을 그려 가듯 나 또한 기법을 저들에게서 배워 우리 이야기를 지어내고 있네. 누가 알아주지도 또 구복의 수단으로도 별것이 아니지만, 내가 할 수 있는 일이 이것뿐이니, 도리어 하늘이 내게 맡긴 소임으로 알고 게으르지 않으려 늘 경계하고 있다네…….

서찰을 다 읽고 난 승종은 새삼스러운 눈으로 너를 살핀다. 대우는 이 낭자의 내력을 자기도 상세히는 모르지만, 노래를 찾아다니는 아주 특별한 낭자라고 소개하고 있었다. 남장을 하고 있는 네가 낭자라니. 자네 옆에 몇 달 두고 작업에 임하는 열정적인 모습과 자네 그림을 보고 새로운 이치를 깨닫게 할 필요가 있을 것 같아 자네에게 보내네, 라고 결론지어 말하고 있었다. 자네 그림을 보고 이 낭자는 반드시 스스로 터득한 바를 얻어 지금까지 찾지 못한 노래를 찾는 데 도움을 받을 것이네. 그렇게 쓰고 있었다. 노래를 찾아다니는 사람이 다 있다니, 승종은 미심쩍고 의아했다. 그러나 너에 대한 궁금증이 일어나는 것을 막을 수는 없었다.

"낭자가 노래를 얻고자 원행에 나섰다고 했소?"

"예, 그렇습니다. 뜻은 그러하지만, 그 뜻을 이룰 수 있을지, 갈수록 힘들 뿐입니다."

"무엇인들, 쉽게 얻을 수 있는 게 있겠소. 귀한 것일수록 얻기가 더 지난하다고 들었소. 낙심은 힘을 꺾고, 희망은 힘을 북돋는다고 하지 않았소. 희망을 가져야지. 헌데 대우가 낭자를 이곳으로 보낸 데는 다른 이유 때문이 아니라, 노래와 그림의 정신이 상통하는 바 있을 것이니 고강의 그림에 대한 정신을 배우라는 뜻일 터인데, 그러나 아쉽게도 한발 늦었구려."

승종은 말끝을 흐렸다. 자신의 입을 뚫어져라 쳐다보며 귀를 기울이고 있던 솔이 너의 미간이 좁혀지는 걸 본 승종은 무슨 말인가를 더 하려다 말고 마른침을 삼키고 만다. 아쉽게도 한발 늦었다니, 그게 무슨 뜻일까. 궁금증을 참지 못하고 말끝을 잡아 이어 내려고 승종을 쳐다본 너는 승종의 눈에 고여 있는 깊은 슬픔을 눈치채고 그만 말문을 닫는다. 승종은 그러나 얼마 있지 않아 스스로 입을 열어 솔이 너의 궁금증을 풀어 준다.

"나도 고강의 안부가 궁금해 오늘 이곳을 찾아왔다가 그의 주검을 만났구려. 조금 전 저 위 산등성이 양지 바른 데다 고강의 유골을 모시고 내려온 길이오. 나는 고강과 대우의 벗 승종이오."

솔이 너의 눈에 낭패의 빛이 확연히 그려진다. 고강이 이미 운명하고 이승에 없다는 말 아닌가. 힘든 원행이야 몸의 수고로 치부하고 말면 그만이지만, 고강의 화혼(畵魂)을 접할 기대로 한껏 부풀어 힘든 줄도 모르고 먼 길을 달려온 너는 실망이 자못 크다. 고강의 화혼에서 발양되는 영감과 열정을 취해 노래의 바탕으로 삼으려던 꿈이 수포로 돌아간 것이 너는 마냥 아쉽고 서운하다. 어찌할 바를 몰라 잠시 당황하고 낭패스러워하는 표정이 일순 너의 얼굴에 혼란스럽게 피어오른다.

"오늘은 이미 늦었구려. 지금 당장 내려가기도 아쉽고, 여기서 하룻밤 그를 진혼한 다음 내일 날이 밝으면 내려갈 생각이오. 낭자도 그러려오?"

"사정이 그렇다면 어쩔 수 없겠습니다. 내일 내려가 다시 서울로 가서 대우 님께 이 사실을 말씀드려야 할 것 같습니다."

"우리도 서울로 올라갈 것이오. 대우도 본 지 오래고, 이번에 겸사겸사 한번 만나 보지요. 내일 동행하도록 합시다."

벌말 정 진사

형편으로 따질 것 같으면 승종은 서둘러 귀경해야 할 처지였다. 집을 나선 지 두어 달, 안동을 거쳐 장호원을 지나온 지도 벌써 닷새가 지났다. 몸은 지쳐 어디라도 한 번 누우면 한 달 정도는 기신도 하지 못할 것 같았다. 이제 돈도 몇 냥 지닌 것이 없었다. 형편은 그렇듯 급박했지만, 이 일을 뒤로 미루고는 오래 견딜 수 없을 것 같았다. 벌말의 정 진사를 먼저 찾아보지 않고서는 서울로 가도 내처 다시 돌아오게 될 것이 틀림없었다. 정 진사와 고강은 어떤 사이로 어떤 교류를 한 것일까.

"나는 벌말에 들를 예정이오. 낭자도 동행하려오?"

"내치지만 않으신다면 저도 함께 가고 싶습니다."

정 진사의 집을 찾아가 만약 그곳에서 고강에 관한 소식을 들을 수 있다면, 솔이 너도 그 이상 바랄 것이 없겠다는 생각으로 진작 가슴 부풀어 있었다. 어쩌다 고강의 그림을 한두 점이라도 구경할 수 있다면, 그보다 더 큰 행운이 어디 있겠는가. 그림에 대해 밝은 눈을 지니지는 못했으나, 떳집에서 승종으로부터 들은 그의 죽음에 관한 이야기며, 조금 전 주막에서 승종과 주모가 주고받은 수작도 아직 귀에 쟁쟁했다. 그전에 이미 대우로부터 고강에 대해 들었던 이야기도 발목을 잡았다. 떼어 놓고 가려 해도 떼를 써서라도 동행하여 그 하회를 알고 싶은 심정이 간절했다. 그림에 대해 어떤 높은 이상을 지닌 사람이었기에, 전에 그린 그림을 모두 부정하고 새로 그린 그림만을 고집한 것일까?

주막을 출발한 후 네댓 시진쯤 걸음품을 팔았을까, 너희 세 사람 모두 더 움직일 수 없을 만큼 지쳤을 즈음, 벌말에 당도한다. 정 진사의 집을 찾는 일은 그다지 어렵지 않았다. 시골에서 보기 드물게 고래 등 같은 기와집이었다.

사랑으로 안내받기는 했으나 기다리는 동안이 예상보다 길어 막 역증이 일 즈음 굼뜨게 정 진사가 나타났다. 깁옷에 정자관을 쓴, 시골 양반으로서는 넘치는 의관 정제였다. 지천명을 넘겼을까, 점잖게 구레나룻을 쓰다듬으며 사랑으로 들어와 아랫목의 방석 위에 앉는다. 꾹 다문 입술로 보아 기분이 시틋한 모양이다. 눈을 들어 객을 뜯어 살피던 주인의 낯빛이 금방 흐려지고 눈에 노기가 서렸다. 찾아온 손이라는 것이 걸객이나 다름없이 추레하고 구저분했기 때문이다. 손의 뒤에 앉아 있는 추레한 총각과 구종에 눈이 멈춘 순간 더욱 노기가 짙어진다. 축객의 순간이 멀지 않았음을 짐작케 한다.

"이조에 봉직하는 김승종, 정 진사께 안부 여쭙니다."

주인의 달가워하지 않은 기색을 놓칠 리 없다. 승종은 일부러 목소리를 가다듬고 점잖게 인사를 올린다. 주인은 마지못해 인사를 받으며 예를 표한다. 이조에 봉직한다면 시골 양반으로서는 눈이 먼저 휘둥그레질 법도 한데 주인의 얼굴에 아무 표정의 변화가 없다. 하고 있는 행색이 이조에 벼슬 사는 구실아치라기에는 너무 변변치 않았다. 말로써야 누가 정승 판서 되지 못할까. 아무리 저명한 인사라 할지라도 눈앞의 저런 초라한 행색을 하고 있다면 어디 가서 대접을 받겠는가.

"가친께서 김 석자 순자이옵고, 조고께서 김 상자 갑자이옵니다. 이번 영남 원행에 우마를 마다하고 보행을 고집하였더니, 모습이 피폐합니다."

승종이 말을 다 마치기도 전, 가친의 성명을 들은 순간 정 진사의 안색이 금방 달라진다. 시골의 한미한 진사의 귀에 담기에는 너무 벅찬 함자였다. 반사적으로 금세 몸을 바로 하고 찌푸렸던 미간을 폈다. 볼에 미소를 지었다. 김석순이라면 노론 가운데서도 영수급에 속한 대유 아닌가. 몇 해 전 모해를 입어 원지로 귀양을 가고 가세가 몰락했다는 풍문이 자자했었다. 그러기를 수 년, 다시 반정에 성공한 노론이 실권을 회복하여 권력을 잡자 그 중심에서 천하를 호령하고 있는 권세가로 다시 등장하였다. 정 진사는 태도를 고치고, 앉은자리에서 일어나 앞으로 나와 허리를 굽혔다. 승종의 시선이 정 진사의 정수리에 날아와 박히듯 강렬하였다. 자신만만한 태도와 표정에 그런 집안 배경 없이는 짓기 힘든 오연함이 깃들어 있다. 언행은 잠시 눈을 속일 수 있으나 그 안에 감도는 엄위까지 꾸며 내기란 쉽지 않은 것이다.

"이런 누옥에 귀한 걸음을 하시어 광영입니다. 어인 사유로 한빈한 촌로를 애써 찾은 것인지요?"

말 몇 마디에 금방 돌변하여 정중하고 공손하게 나오는 정 진사의 태도에 승종은 속으로 쓴웃음을 짓는다.

"혹시 그림 그리던 고강을 아시는지요?"

정 진사의 눈에 얼핏 어두운 그늘이 스쳐 지나간다. 그림 그리던 고강이라는 말에 그 비루먹은 망아지 같던 궐자를 두고 하는 말임을 금방 알아차린 것이다. 속으로 저어되는 바 없지 않아 대답을 지체한다. 궁량을 해 보니 이미 알고 찾아온 듯한데 시치미를 뗄 수도 없는 노릇, 그래서 낯빛이 어두워진 것이다.

"예, 가끔 발걸음을 하기는 했습니다만?"

"고강과 저는 원경 선생 문하에서 함께 공부한 절친한 동접입니다. 이번 영남 지방 원행에서 돌아오는 길에 그의 거처에 들렀더니, 그의 혼백이 이미 이 세상을 뜨고 없더군요. 풍문에 정 진사와 고강 사이가 각별했다 하여 무슨 작은 사연이라도 들어 알 수 있지 않을까 하고 이렇게 번거로움을 끼치게 되었습니다."

정 진사의 얼굴빛이 더욱 흐려진다.

"아, 절친한 동접이라 하셨습니까?"

하찮아 보이던 환쟁이가 명문가 자제와 동문수학의 절친한 동접이라니, 그 역시 어느 명문가의 자제였단 말인가. 마음속으로 전에 있었던 일들을 더듬어 본다. 켕기는 바가 없지 않았다. 그러나 찾아와 만나기는 했으나, 그가 찾아온 연유는 자기와는 하등 관련이 없

는 일이었다. 그가 그림을 두고 가겠다고 할 때도 그 연유를 알지
못해 그냥 두고 가는 걸 어쩌지 못해 받아 두었을 뿐이었다. 그리고
궐자가 이미 이 세상을 뜨고 없다니, 그나마 다행인 것인가.

"예, 그 동무, 문장과 그림에 다 능했습니다."

문장과 그림에 다 능한 재사가 깊은 산골에 은신해 지냈다면 필
경 무슨 깊은 사연이 있었으리라. 그렇지만 다시 그의 얼굴을 되살
려 보아도 추레하고 궁기가 흐를 뿐 귀골로는 기억되지 않았다.

"과장에만 들어섰다면 급제는 따 놓은 당상이었을 겁니다. 그의
사집(私集)*을 빌려 급제한 인사도 있었으니 말해 무엇하겠습니까.
하지만, 선대의 누를 씻어 내고 사죄하는 데 쓰려고 했을 뿐 자기
재주를 자기를 위해서는 쓰려고 하지 않았습니다."

오로지 선대의 누를 씻어 내려는 송구스러운 마음을 가졌을 뿐
환로에 발을 들여놓지 않은 고결한 인품이 동무들의 존경을 받았
다는 고임의 말이었다. 승종의 말투에 그런 존경의 염이 깊이 스며
있었다.

"벼슬에 뜻을 두지 않고, 부귀영화에도 관심을 두지 않았군요."

"그렇습니다. 반정에 참여하여 공을 세웠으니 훈공이 따르지 않
을 수 없었지요. 하지만, 반정 참여의 공훈이 자신의 영달에 쓰이
는 것은 한사코 마다하고 조부와 부친의 불명예를 씻어 내는 데 쓰
이기를 바랐을 뿐이었습니다."

승종의 말에 정 진사는 다시 자리를 고쳐 앉는다. 입안이 바싹

---

* 개인이 손수 써 묶은 문집.

바싹 타들어 갔다. 반정에 참여한 인사라면 실세들과의 관계가 각별했을 터였다. 그런 귀한 인사를 미처 알아보지 못했다니, 눈을 달고 있되 미물의 눈을 달고 있는 것과 무엇이 다르다 하겠는가. 모르고 한 짓이지만 천것들 대하듯 함부로 홀대하기를 주저하지 않았으니 허물을 지어도 크게 지은 셈이었다. 더구나 종이나 붓을 구입하는 데 보태라고 몇 냥씩 던져 주고는 했지만 사람대접을 제대로 한 적이 없었다. 꼭 그럴 의도는 아니었으나 결국 그를 하대한 것과 다름없었다. 이 허물을 어찌하면 벗을 수 있단 말인가. 마른입을 다시던 정 진사는 안에다 대고 점잖은 목소리로 차 준비가 아직 되지 않았느냐고 재촉하였다. 그의 분부가 떨어지자 미리 준비를 하였는지 곧 차상이 나왔다.

다향이 사랑에 퍼져 감돌았다. 상 가운데 있는, 눈처럼 쌓인 하얀 유과도 군침을 돌게 한다. 정 진사는 잔을 들어 입안을 축이고 유과를 소리 나게 깨문다. 승종도 잔을 들어 입술을 축인다. 순간 정 진사는 내심 움찔하였다. 손에게 먼저 권하는 예를 차리지 못하고 자신의 갈증만을 돌본 자신이 겸연쩍었던 까닭이다.

"그런 고매한 인품이라면 주위를 감연케 하고도 남음이 있었겠습니다."

"그러했지요. 오로지 그림의 폐단을 바로잡아 보겠다는 포부를 안고 산속에 은거한 것 또한 그다운 행동이었지요."

"그림의 폐단이라니요?"

정 진사의 고개가 갸웃이 기울어진다. 듣느니 처음이다. 그림에 무슨 폐단이 있단 말인가. 모양을 흡사하게 흉내 내 그리는 것이 그림의 본령 아니던가.

"우리 그림에 우리 정신이 없다는 것이었지요. 우리 그림에 우리의 삶이 없기 때문에 우리의 정신도 보이지 않는다는 것이었습니다."

"저로서는 미처 생각지 못했던 사실입니다."

"저희들도 그의 깊은 뜻을 다 헤아려 알지는 못했습니다."

"필경 무슨 깊고 높은 뜻이 있는 모양인데……?"

"고강의 주장인즉, 우리 주위의 그림을 한번 잘 살펴보라는 것이었습니다. 우리 주위의 그림을 보면 쉽게 알 수 있는데, 산이며 들이며 강이며 사람들의 복색까지도 우리들 것이 없다는 것이었습니다. 대개 서화첩에서 본 것들뿐이라는 것이었지요."

"서화첩에서 본 것들뿐이라면?"

정 진사는 그의 모습을 돌이켜 생각해 본다. 그는 그림을 그려 올 때마다 자기 나름대로 품평을 해 댔다. 그 품평은 정 진사의 식견 밖의 것이었다. 그 때문에 그의 그림에 대한 평을 그냥 묵묵히 듣고만 있었다.

"서화첩은 대개 연경에서 들여온 것들 아닙니까. 그림 속의 산이며 들이며 사람들이 다 그런 서화첩 속에서 베낀 것들이라는 주장이었습니다. 그의 그런 주장을 듣기 전까지는 우리도 무심코 지났습니다. 그냥 그러려니 하였지요. 주장을 듣고 보니 사실 우리 그림들은 중국 그림의 흉내를 내고 있었던 것입니다. 그것을 바로잡아 우리 산천을 그리고, 우리들 스스로가 사는 모습을 그려 내겠다는 포부를 품고 산으로 홀로 숨어든 것입니다."

정 진사는 속으로 크게 감탄한다. 그런 고결한 뜻을 품고 스스로

고생을 사서 했다는 걸 미리 알았더라면 그를 좀 더 후하게 대접해
주었을걸, 이제 세상을 뜨고 없다니, 서운한 일이 아닐 수 없었다.

걸객의 방문

처음 고강이 정 진사를 찾아왔을 때의 일이 그림처럼 펼쳐진다. 낯선 객이 방문했다는 아랫것의 아룀을 듣고 정 진사는 천천히 사랑으로 나간다. 사랑 앞마당에 무릎을 꿇고 머리를 조아리고 있는 객이 눈에 들어온 순간 정 진사의 얼굴빛이 달라진다. 낯선 객이라는 것이 베옷에 상투를 지어 칡으로 동여맨 굴왕신 같은 추레한 모습이었다. 오갈 데 없는 걸객이었다. 저런 걸객을 손이라고 아뢰어 수고를 끼치다니, 정 진사의 얼굴에 노염이 그려진다. 미간을 잔뜩 찌푸리고 얼굴을 홱 돌린 정 진사는 큼큼, 헛기침을 몇 차례 한다. 되돌아 안으로 들어가려는 순간 마당에 부복한 걸객이 입을 열어 말한다.

"그동안 보살펴 주신 은공에 보답할 길이 없어 보잘것없는 솜씨지만 제가 그린 그림 한 점을 가져왔습니다. 이를 받아 주시면 마음이 가벼워지겠습니다."

어느새 굴왕신 같은 걸객이 그림 한 폭을 펼쳐 들고 있다. 산을 옆으로 눕혀 길게 그린 그림이었다. 그림을 잘 모르기는 했으나 고개를 길게 빼 늘이고 살핀 그림에는 마음을 끄는 데가 있었다. 궐자의 목소리도 밝고 정중했다. 태도도 예를 다 갖추었다 할 수 있었다. 얼굴을 외로 틀고 휙 바람처럼 안으로 들어가려던 정 진사는 몸을 지그시 굽혀 마당을 내려다본다. 웃자란 머리에 상투랍시고 틀어 어설프게 정수리 어름에 칡으로 묶고 있는 것이며, 해지고 구지레한 옷차림이며, 구정물이 흐르는 얼굴이 정나미가 떨어진다. 그러나 그런 추레한 행색과는 달리 그가 그렸다는 그림은 눈길을 끈다. 그동안 보살펴 주신 은공에 보답할 길이 없었다니, 그것 또한 알지 못할 궁금한 일이었다. 내키지는 않았으나, 마지못해 궐자에게 사랑으로 올라오라고 이른다.

아랫목 책상을 앞에 하고 양반 다리를 하고 앉은 정 진사는 윗목에 앉아 차를 마시는 궐자를 다시 살펴본다. 자란 대로 그냥 둔 듯 볼이며 턱이 다 수염으로 가려 있다. 코와 입과 눈과 이마를 차례로 뜯어본다. 코, 턱, 양 광대뼈, 이마 등 오악(伍嶽)이 귀조(歸朝)하는 귀골의 상은 아니었다. 그러나 천골이 아닌 것 또한 분명하다. 쏘는 듯 바라보는 눈길이 예사롭지 않다. 자부하는 바가 없는 사람으로서는 결코 지닐 수 없는 날카로운 눈빛이다. 무엇인가 이루거나 아니면 이루고 있다는 자부심을 지닌 생생하고 도발적인 눈빛이다. 모진 비바람이나 어떤 고난도 이겨 낼 수 있다는 결의도 함께 느껴진다. 그런 강렬하고 굳센 눈빛에도 불구하고 그의 행색이 그래도 너무 추레하다. 손도 씻은 지 오래됐는지, 먹물과 온갖 먼지와 때가 덕적덕적 더께 져 앉아 있다. 점잖은 말투와 눈빛에서 느껴지는 어떤 교양이나 의지 같은 것은 입성이나 외양 어디에서도 찾아볼 길이 없다. 아무리 외양을 소홀히 하는 사람이라 할지라도 남의 집을 찾아 방문하려면 입성을 바로 하고 얼굴과 손은 씻고 다듬는 등 기본 예의는 갖추어야 하지 않겠는가. 정 진사의 얼굴이 다시 흐려진다.

"소인의 초막에 매달 보름이면 소금과 양식이 와 있는 것을 지난 몇 달 동안 무심히 받아먹기만 했습니다. 하지만 그렇게 앉아서 받아먹기만 해서는 도리가 아니라는 생각에 은인을 찾아 나섰습니다. 그러기를 한 달 소수, 가엾은 이웃에게 자선을 베푸는 이는 진사님 외에는 이 고을 원근에 다시없을 것이라는 사실을 확인하고 늦게나마 이렇게 찾아 인사를 올리게 되었습니다. 그동안 베풀어 주신 은혜에 보답하기에는 아직 제 솜씨가 부끄러운 수준입니다. 더 단련하여 장차 은공에 보답할 만한 경지까지 이르도록 힘을 아끼지 않겠습니다."

정 진사로서는 도무지 짐작 가는 바 없는 일이었다. 이런 작자에게 자선을 베풀다니, 그런 일은 결코 없었다. 어쩌다 마을 사람에게 자선을 베풀기는 했으되 장리를 좀 깎아 주는 정도 아니면 흉년에 구휼미 몇 섬 내준 정도밖에 한 일이 없었다. 이런 생면부지의 인사를 위해 소금과 양식을 베풀었다니, 자기 모르게 안에서 한 일인가, 그렇게 생각하며 궐자의 말을 접어 두었다.

궐자의 그림을 다시 살펴본 정 진사는 담담한 표정이다. 정 진사는 사실 그림을 잘 알지 못했다. 의식주와는 관련이 없는 것에 그는 관심을 애써 기울인 적이 없었다. 그렇지만 그림을 의식주 밖의 소용에 쓸모 있는 것으로 여기며 그것을 완상하는 사람이 있다는 사실은 들어 알고 있었다.

정 진사는 살아오는 동안 한 번도 그림과 관계를 맺은 적이 없었다. 그림 구경이라는 것도 어쩌다 남의 집 벽에 걸려 있는 것을 무심코 흘려 본 것이 전부였다. 정 진사는 지금까지 그림 한 점 소장한 적 없었고, 그림의 소용에 대해 생각해 본 적도 없었다. 집 안 어디에도 산수화 한 점 걸어 둔 적이 없었다. 그의 삶은 한 번도 그림과 직접 관련을 가져 본 적이 없었다. 정 진사의 그림에 대한 무관심은 사실 큰 흠은 아니었다. 서화에 특별히 관심을 가진 사대부들 외에 일반 백성 열에 일여덟이 그렇게 살았다.

승종도 약관 때까지는 서와 화의 관계에 별로 마음 쓰지 않고 공부했다. 약관을 지나 서체와 인품을 견주어 평가하는 사세에 임박해 비로소 붓을 들 때마다 반드시 의재필선(意在筆先), '붓을 들기 전 뜻을 먼저 하라.'라는 기본 경구를 명념해야 함을 배워 알았다. 글씨와 그림은 용필(用筆)에 있어 다르지 않다는 점을 강조하는 스승을 통해, 글씨는 인간의 마음을 그려 내는 것이고, 그림은 하늘의 뜻을 그려 내는 것이라는 사뭇 두려운 격언을 들어 가까스로 가슴에 새긴 바 있었다.

그 후 그는 그림에 관심을 기울여 사혁(謝赫)으로부터 비롯된 회화에서의 여섯 규범을 외워서 알았고, 수묵화의 정신은 백묵(白墨), 다묵(茶墨), 단채(單彩)로서 구현해 낸다는 화론도 접하게 되었다. 그리고 나중에는 화론의 정경(正經)이라 할 곽희(郭熙)의 『임천고치

(林川高致)』를 비롯하여 황공망(黃公望)의 『사산수결(寫山手訣)』, 종병(宗炳)의 『화산수서(畵山水序)』, 그리고 오파계(嗚派係)의 걸출한 화백인 고병(顧炳)의 『고씨화보(顧氏畵譜)』는 물론 청대(淸代) 석도(石濤)의 『화어록(畵語錄)』이나 남종화론의 대표 격인 『개자원화보(芥子園畵譜)』같은 화론집을 애써 구해서 감상하고 느낀 바를 가슴 속에 여투어 두기도 했었다.

그러나 그런 식견을 갖추지 못한 정 진사의 눈에는, 당연한 일이지만 고강의 그림이 제대로 보였을 리 없었다. 눈을 끄는 데가 있기는 했을지 모르지만, 화결(畵訣)에 대한 이해가 없는 그로서는 화선지 위를 달린 붓 길을 제대로 파악해 알지 못하고 사물의 형용을 흉내 낸 것이 그림이려니 여기는 정도에 머물렀을 것이다.

별 생각 없이 그림을 받아 두고 궐자가 돌아간 다음 정 진사는 안사람에게 이러이러한 일이 있었느냐고 물었다. 안사람은 그런 일이 전혀 없었노라고 대답하였다.

이야기를 듣고 난 승종은 빙그레 미소 지었다.

"제가 경해사에 부탁하여 매달 보름에 식량을 보내도록 조처했습니다."

"그럼, 귀공께서 베푼 은공을 고강이 알지 못했군요."

"그 곧은 성격에 제가 손을 쓴 것을 알았다면 필경 어디 우리 손이 닿지 않은 곳으로 옮겨 가고 말았을 것입니다."

"고결한 분이었군요. 하, 그러고 보니, 저로서도 이해할 수 없는 일을 당하기는 했습니다."

"이해할 수 없는 일을 당하다니요?"

정 진사는 잠시 눈을 감았다. 지난 일이 돌이켜 생각나는 듯 감
회에 젖은 표정이다. 이윽고 눈을 뜬 정 진사는 찻잔을 들어 입을
축였다.

소리 무늬 산

　고강이 다녀간 후 정 진사는 그에 대해 까맣게 잊고 있었다. 자신이 그에게 쌀 한 톨 베푼 일이 없었고, 안에서도 모르는 일이라고 했다. 엉뚱한 오해에서 비롯된 허튼 인사를 받은 것이려니 여기고 그만 잊어버렸다. 그림에 대한 애착도 별로 없었으므로 그냥 다락에 올려놓고 다시 찾지 않았다. 그러던 어느 날, 뜻밖에 궐자가 또 불쑥 찾아왔다. 정 진사를 보자 지난번처럼 고개를 깊이 숙여 베풀어 준 은공에 치사를 올렸다. 자기는 베푼 일도 없고 모르는 사실이었으므로 그의 오해를 풀어 주어야 할 것 같았다. 일단 사랑으로 오르게 한 후 다과를 내놓았다.

　"그대는 내가 그대를 위해 양식을 베풀었다고 하는데, 나는 그런 사실이 없고 또 안에 물어봤으나 안에서도 그런 일이 없다고 하니, 필경 다른 사람이 베푼 은공을 두고 내가 인사를 가로채 받고 있는 것이 틀림없소. 이처럼 민망스러운 일이 하늘 아래 또 어디 있겠소."

눈에 힘을 주고 목소리를 가다듬어 말하는 정 진사의 모습이 진중하다.

"겸양지덕이 높은 어른께서 어찌 그런 자선을 자신이 베풀었다고 함부로 내세우시겠습니까. 아무리 아니라고 하셔도, 하늘이 알고 땅이 알고 제가 알고 있는 사실입니다. 아무튼 고마울 따름입니다. 저는 정성을 다해 그림의 진경으로 보답드리겠습니다."

정수리에서 끈으로 묶기는 했으나 미처 묶이지 않은 머리털이 늘어져 귀를 덮고 있고 살쩍에서 턱까지 아무렇게나 뒤덮여 있는 수염이며 때 묻은 손, 해진 남루한 옷차림 등 지난번과 조금도 다름없는 추레한 행색이다. 목소리는 밝고 정중했으나 그 행색은 거름 속에서 금방 나온 것 같다. 정 진사의 엄숙한 표정에 외려 그는 웃음 지으며 손사래를 쳤다.

"내가 겸양해서 그런 게 아니라, 사실이 그렇다는 것이오."

"알겠습니다. 어쨌든……."

정 진사의 말을 귓등으로 흘려들었는지 궐자는 등에서 벗어 놓은 봇짐을 당겨 그것을 풀었다. 그 속에서 화선지 두루마리를 꺼낸다. 잘 볼 수 있게 정 진사의 턱 밑에다 화선지를 펼쳐 놓는다.

"지난번 그림 있지 않습니까. 번거롭겠지만, 그걸 좀 보여 주시겠습니까."

자신의 말을 귓등으로 흘려듣고 도리어 자기 얘기부터 하려 드는 궐자의 수작이 정 진사는 달갑지 않았다. 그러나 무엇을 하자는 수작인지 영문이나 알아보자는 속셈으로 다른 토는 더 달지 않는다. 정 진사는 안에다 대고, 벽장에 넣어 둔 그림을 내오라고 분부

하였다. 용자가 고운 색시가 등 뒤에 땋은 머리를 치렁거리며 화선
지 두루마리를 들고 사랑으로 들어온다. 정 진사의 책상 위에 그것
을 가볍게 올려놓고 얼른 걸음을 재촉해 돌아 나간다. 고강이 손을
뻗어 그것을 집어 오늘 가져온 그림 옆에다 펼쳐 놓는다.

"이 산은 외양을 보아 모양은 그럴듯합니다. 하지만 눈앞에 펼쳐
진 것만을 잡은 것이 흠결입니다. 제가 산을 통해 흉중(胸中)을 그
려야 한다는 화론에 어두워 이렇게 그린 것이 아닙니다. 산을 그리
되 눈앞에 전개되어 있는 모양만을 그려서는 진실되게 그렸다고 할
수 없고, 내 뜻을 옮겨 산의 빼어난 신기(神氣)를 나타내지 않으면
안 된다는 화론은 익히 알고는 있었습니다. 그러나 재주가 미치지
못해 옛 가르침인 전신사의(傳神寫意), 즉 사물의 혼과 뜻을 담아내
는 데에 이르지 못했습니다. 하지만 오늘 가져온 것을 보십시오. 아
무 말도 없고 움직임도 없고 애써 표정을 지으려 하지 않아도 어딘
지 그리움에 젖어 있는 모습 아닙니까. 제가 살피기로는 조금쯤은
진경이 있는 것으로 사료됩니다. 그래서 지난번 것과 바꿔 드리기
위해 찾아뵈었습니다."

말을 마치자 그는 지난번 그림을 앞으로 당겨 두 손으로 와락 구
겨 버렸다. 깜짝 놀라 만류할 겨를도 없었다. 궐자는 아예 그림을
박박 찢어 버렸다.

"그럼 또 진경이 보이면 찾아뵙겠습니다."

예기치 않았던, 너무 갑작스러운 일에 정 진사는 넋이 나갔다.
정중히 인사를 하고 사랑을 나가는 궐자를 정 진사는 아직도 몽롱
한 정신으로 지켜보며 눈으로 배웅하였다.

그 후, 그는 거의 한 달 파수로 정 진사를 찾아왔다. 올 때마다 지난번 그림을 찢어 버리게 하고 새로 그려 온 그림을 대신하게 하였다.

"그림을 매번 찢어 버렸다는 것입니까!"

승종의 비명 소리가 목판 밖으로 튀어나오는 것 같다. 내 귀에 분명 그의 절망적인 외침 소리가 들렸던 것 같다. 주막에서의 기행이 여기서도 벌어졌단 말인가. 기가 막히고 어이가 없었다. 내가 왜 일찍 은밀히 손을 쓰지 못했던가. 후회와 분노가 뒤섞인 승종의 착잡한 표정이 마치 울음이라도 참고 있는 것 같다. 승종의 입에서 흘러나오는 탄식이 내 귀에도 그대로 다 들린다.

"제가 재차 양식을 가져다 놓은 적이 없다고 사실을 밝혔으나 그는 곧이듣지 않았습니다. 제가 겸양하는 것으로 오해하며, 저를 더욱 신뢰하는 눈치였습니다. 그는 그림을 가져와 지난번 그림의 잘못된 부분을 자세히 설명하고 새로 그려 온 그림의 장점을 제게 누누이 힘주어 설명한 후 지난번 두고 간 그림을 내오게 해 찢어 버렸습니다. 하지만 제가 두어 번 겪고 나서 생각을 고쳤습니다. 그림을 찢어 없애는 것은 굳이 스스로 수고할 것이 아니라 아랫것들을 시켜도 무방하니 술이나 한잔 들고 가라고 술상을 차려 내고는 했습니다. 처음에는 자기 손으로 그림을 없애 버려야 마음이 놓인다고 고집을 부렸으나 제가 거듭 아랫것들을 시켜 반드시 찢어 없애겠다고 다짐하고 술을 권하자 어떻게 생각했던지 잠잠했습니다. 그리고 붓과 종이를 마련하는 데 소용되지 않겠느냐며 많지는 않았지만 지필묵을 마련할 정도의 돈을 제공하기도 했습니다. 그 후에 받은 그림은 하나도 내놓지 않고 보관하였습니다."

"아, 그게 사실입니까? 지금 그림을 보관하고 계신단 말씀입
니까?"

승종의 얼굴이 지옥의 어둠이라도 뚫고 나온 사람처럼 환하게
밝아진다. 앉은걸음으로 정 진사에게 바짝 다가앉는다.

"그렇습니다. 고스란히 다 간직하고 있습니다."

감격에 겨운 나머지 무람없이 정 진사의 손을 덥석 잡는다. 이런
놀라운 사실이 기다리고 있었다니, 정 진사의 손을 놓은 승종은 벅
찬 감동을 견디느라 주먹을 불끈 틀어쥐고 흔든다.

"그렇지 않아도 그가 지난 세 해 동안 그렸을 그림의 행방을 몰
라 여간 애를 태우지 않았습니다. 그의 장례를 치르고 초막 안팎을
샅샅이 살폈으나 그림 한 점 찾아볼 수 없었습니다. 서울로 돌아가
던 길에 요기를 하기 위해 들른 삼거리 주막에서 우연히 그의 그림
을 본 것이 행운이었습니다. 그 주막 주모로부터 그림을 붙여 두게
된 내력을 듣고 많은 그림이 그의 손에 의해 세상에서 일실되었음
을 알고 안타까웠는데, 정 진사님께서 그의 유작을 간직하고 계셨
다니 이 무슨 기연이란 말입니까."

"주막에서도 그림을 다 찢어 버리게 했다는 말씀이시오?"

"그렇습니다. 정 진사께 했던 것처럼 지난 그림을 다 없애도록 했
답니다. 더구나 주막에서는 벽에 붙여 둔 그림을 스스로 떼어 내 찢
어 버린 탓에 맨 마지막 것 하나가 유일하게 남아 있었습니다. 그의
그림을 모두 좀 구경할 수 있겠습니까?"

"그렇게 하다마다지요. 알고 보니 그림의 임자가 바로 귀공이셨

군요."

아랫것을 불러 시키지 않고 정 진사가 일어나더니 직접 안으로 들어갔다.

잠시 후 정 진사가 다시 사랑으로 나왔다. 다과상과 술상을 마련해 온 색시가 그 뒤를 따랐다. 그리고 아까의 아리따운 색시가 품에 화선지 두루마리를 한 아름 안고 사랑으로 들어온다. 들고 온 화선지 뭉치를 정 진사의 책상 위에 올려놓은 다음 색시는 아까처럼 뒷걸음질로 물러나 사랑을 나간다.

승종은 마음이 급했다. 체면이나 예의 따위를 돌볼 겨를이 없었다. 서둘러 정 진사의 책상으로 다가간 그는 화선지 두루마리 뭉치를 내려 펼친다. 윗목에 다소곳이 앉아 두 사람이 나누는 말을 듣고 있던 솔이 너의 궁금증도 배가된다. 승종의 옆으로 한걸음 다가간 너는 그가 펼치는 그림을 눈여겨 살핀다.

한 장 한 장 펼칠 때마다, 승종의 입에서 감탄의 소리가 터져 나온다. 그림을 보는 눈에 마냥 감개무량한 기운이 감돈다. 승종이 보기에 한 점 한 점 다 눈부시지 않은 것이 없다. 산수는 형태로써 도를 이룬다, 라는 옛말이 계속 머릿속을 맴돌고 있다. 문자로써 도저히 나타낼 수 없는 우주의 신비는 산수화로써 이룬다, 라는 옛말도 상기되었다. 어느 그림을 봐도 법도에 어긋나지 않아 보였고 나아가 새롭지 않은 것이 없어 보였다. 법고(法故)하되 창신(創新)하지 않은 것은 한 점 없어 보였다.

그림에 넋을 잃고 있던 승종은 정신을 가다듬고 숫자를 헤아려 보았다. 무려 30여 점에 이르렀다. 기암괴석이 있는가 하면, 다리를 건너가는 아낙네의 모습도, 고양이와 닭과 개도, 안개가 피어오르는 강도, 논에서 일하는 농부의 모습도 보였다. 주름살이 가득한 늙은 농부의 얼굴이 너무나 생생했다. 매화와 국화도 있었고, 대나무와 노송이 화선지를 가득 채운 것도 있었다. 물살을 힘차게 헤쳐 오르는 잉어도 있었다. 특히 산을 다룬 그림이 반을 넘었다. 산의 여러 모습이 화폭에 담겨 있었다. 수법(樹法), 석법(石法), 영모법(翎毛法) 등 옛 명인의 화결(畵訣)을 깊이 궁구하여 두루 체득한 바 있었음이 분명했다.

"이 그림은, 인물의 옷이 중국옷을 방불해 버려야 한다고 했습니다."

정 진사는 그림 한 점을 뽑아 승종이 보기 편하게 펼쳐 보였다. 채마밭에서 괭이질을 하고 있는 농부의 모습을 그린 그림이었다. 낮은 담장 안에 송아지에게 젖을 먹이는 암소가 한가롭고 그 뒤로 초가의 처마가 그려져 있었다. 옷을 보니 앞자락이 길게 무릎까지 내려와 있었다. 고강의 우려가 마땅하다 여겨졌다. 그러나 정 진사는 알 수 없다는 듯 미소 짓고 있었다. 옷이야 어떤 것을 입고 있든 무슨 상관이냐는 눈치였다.

"이 그림은, 그림 속 인물이 탄주하고 있는 거문고가 우리 것과 달라 안 된다 했습니다. 방작(倣作)을 애써 피한다고 피했는데, 의식 속에 중국 그림이 그림자를 드리우고 있었던지 중국 거문고를 그려 넣고 말았다고 했습니다. 그러므로 없애 버려야 한다는 것이었습니다."

소나무 아래에 앉아 거문고를 켜고 있는 선비의 모습이 한가로웠다. 언젠가 북악 아래 최발의 집 뒤뜰에서 거문고를 켜며 한때를 보냈던 기억이 승종의 머릿속에 그려졌다. 고강의 지적은 옳았다. 우리 거문고는 폭이 좁고 줄이 적었다. 중국 것은 폭이 넓고 줄이 많았다. 우리 거문고를 그리지 않았으니 마땅히 경계하고 저어할 바였다. 승종은 전에 들었던 일화 몇 토막이 상기되었다.

세상에 천품(天品)으로 칭송받는 그림이 있었다. 장송 아래 한 사람이 고개를 쳐들어 우듬지를 쳐다보는 모습을 그렸는데, 소나무와 사람이 실물을 그대로 방불했다. 이 그림을 본 고명한 화가 안견이 '그림이 비록 묘하기는 하지만, 사람이 고개를 꺾고 위를 쳐다보면 목 뒤에 반드시 주름이 잡히는 법인데, 이 그림에는 그 주름이 없으니 그 뜻을 다했다 할 수 없다.'라고 결함을 지적했다. 그로부터 그 그림은 천품의 칭송을 잃고 버린 물건이 되다시피 했다.

또 옛날 묘품(妙品)으로 칭송받는 그림이 있었다. 늙은이가 손자를 안고 숟가락으로 밥을 떠먹이는 모습을 그린 것인데, 사람이 살아 있는 듯 실감이 났다. 세종 임금께서 그 그림을 보고, '이 그림은 비록 형상은 잘 그렸다고 할 수 있으나 무릇 사람이 어린아이에게 밥을 먹일 때는 자신도 모르게 절로 입이 벌어지는 법인데, 입을 다물고 있으니 허물이 아닐 수 없다.'라고 지적했다. 형상은 얻었으되 뜻은 얻지 못하였다 하여 그로부터 이 그림은 묘품의 칭송을 잃었다는 것이다. 그림을 품평할 때 가장 으뜸의 것을 천품으로, 그 다음을 묘품으로, 그 아래를 능품(能品)으로 친다.

"또 매화는 더 춥고 고고하게 그려야 하는데, 너무 화사하게 그려 이치를 감안하지 않은 소홀함을 지적하는 이가 훗날 반드시 나타날 것임으로 없애 버려야 한다고 했습니다."

주인은 매화 그림을 승종 앞에 펼쳐 보였다. 고강은 형상만을 고스란히 그린 것은 그림이라 할 수 없다고 말했다 한다. 그 형상 안에 내재해 있는 어떤 핵을 불러내 그려야만 그림으로 불릴 가치를 지니는 것이라고 주장한 것이다. 고강의 그림에 관한 준열한 뜻을 주인은 다 이해하고 수용하고 있는 눈치는 아니었으나 들은 것을 조솔하게나마 기억하고 있는 눈치였다.

하기야 그림을 마음의 발현이라 믿는다면, 마음이 항상 같지 않아 그림 또한 항상 같을 수 없다는 점을 알고 쉽게 다름을 인정할 것이다. 그러나 고강은 그 다름을 감안하지 않고 다만 그림의 진경만을 고집스럽게 좇은 모양이다. 강물이 흐르되 어찌 늘 같은 모습으로만 흐르겠는가. 높은 데서 낮은 데로 흐를 때는 그것이 급할 것이다. 언덕이 막혀 있으면 천천히 그러나 끈질기게 무너뜨려 다음 채울 곳을 향해 흘러가게 마련일 것이다. 굽이를 돌아갈 때면 또한 물살이 거칠어지기도 하는 것이다. 마음도 또한 그러하여, 성날 때와 기쁠 때 그 그림이 같을 수 없고, 유족할 때와 핍박받으며 촉박할 때 마음이 또한 같을 수 없을 것이다. 산이 멀리 있어 바라볼 때는 정이 솟아오르고, 눈앞에 우뚝 서 있는 기암괴석은 마음속 기운을 촉발시킬 것이다. 그 두 장면의 그림 또한 다를 수밖에 더 있겠는가. 그런데, 그는 그림을 마음의 발현이 아니라, 무엇으로 생각한 것일까.

그가 바란 궁극의 경지는 어떤 것이었을까.

"그림이란 마음으로 어찌할 수 없는 운기가 생동해 나오는 것을 으뜸으로 삼고, 그 다음 차례로 마음에 품은 바대로 나오는 것을 치며, 그 아래에 붓에서 나오는 것을 놓는 것입니다. 붓에서 나오는 것 아래로 치는 것이 또 있으니 먹에서 나오는 것이 그것입니다. 먹에서 나오는 것이란 그 농담의 조정으로 밝고 어두운 것을 달리하는 것을 이르고, 붓에서 나오는 것이란 붓의 속도를 달리하고 누르는 힘의 강약을 달리하여 얻는 것입니다. 각종 준법(皴法) 또한 여기서 비롯되는 것입니다. 마음에 품은 바대로 나오는 것이란 붓이 마음을 따라 달리고 마침내 그린 이의 바라는 바를 이루는 경지를 말합니다. 마음으로 어찌할 수 없는 경지란, 얻고자 하는 바가 있었으나 대상은 방불함을 잃고 미진하기만 하고 만족스럽지는 않으나 더 보탤 데를 찾을 수 없고 지울 데 또한 찾을 수 없는, '마음 밖의 뜻'을 얻은 경지, 즉 천상묘득(遷想妙得)의 경지를 말하는 것입니다. 마음 없이 나오는 경지는커녕 마음에 품은 바에도 이르지 못한 것을 어찌 남겨 둘 수 있겠습니까.”

고강은 제 살을 저미듯 그렇게 탄식했다 한다.

“한 자 크기의 대나무로 우주의 세를 감복케 하는 것이 그림입니다. 닮음으로써 떨어지고, 닮지 않은 것으로써 뜻을 이루는 것이 우리가 얻고자 하는 바 이상입니다. 그런데 이 그림은 새와 나무를 너무 자세하게 그려 '붓 밖의 뜻'을 얻지 못하였으니, 흉이 아니고 무엇이겠습니까.”

고강은 또 그렇게 탄식을 이었다고 한다.

'마음 밖의 뜻'을 얻고 '붓 밖의 뜻'을 얻는 경지, 그것이 고강이 지향한 궁극의 이상이었던 것인가.

“이 그림은, 골산(骨山)과 토산(土山)을 구분해 그리지 않은 잘못을 저질렀다고 했습니다. 저야 무슨 뜻인지 잘 모를 말이었지만, 토산도 수직선을 내려 긋는 실수를 범했으므로 이 그림도 세상에 남겨 둔다면 훗날 부끄러움을 살 수밖에 없으리라 했습니다."

골산인 경우에는 서릿발준법(霜鍔皴法)과 도끼발준법(斧劈皴法)을 아울러 쓰며 선묘(線描)로 이를 표현하고, 수목이 우거진 토산은 이른바 미가운산법(米家雲山法)이라는 묵묘(墨描)로 이를 표현해야 한다는 화론을 염두에 두고 고강이 경계로 삼은 모양이었다.

정 진사가 앞에 펼쳐 보이는 그림을 유심히 살피던 승종은 숙연한 표정으로 고개를 끄덕였다. 고강이나 대우, 최발 등은 그림이든 시든, 노래든 모두 이전의 진부한 것과는 다 달라져야만 한다고 한목소리를 냈다. 아직 그들의 주장에 귀를 기울여 주는 세상 사람의 숫자는 매우 희소했다. 처음 시작은 미미할지라도 시일이 흘러 세상에 퍼져 나가면, 호응하는 숫자도 자연 늘어나리라는 희망을 그들은 버리지 않았다.

성리학을 지배 이념으로 삼은 조선은 정신적 젖줄을 중국에 대고 있었다. 특히 송나라 초기 문학에 있어 일대 혁신 운동인 고문운동(古文運動)에 치우쳐 있었다. 고문 운동의 근간은 도문일치론(道文一致論)의 대전제 아래 문통론과 도통론으로 갈려 있었다. 조선에서는 글에 도를 싣는다는 문이재도론(文以載道論)*을 널리 숭상하였다. 그 중심 조류의 영향은 심대하여, 문장이나 시부(詩賦) 등 사장(詞章)은 물론이고 그림이나 음악에도 마땅히 도를 실어야

292

한다고 믿었다. 음과 악은 당송의 것을 본으로 삼아 도를 싣는 것을 으뜸으로 쳤고, 그림도 당송화를 방불하게 그려야만 비로소 천품이나, 묘품 또는 능품이라 칭송받았다.

고강은 세상의 대세를 이루고 있는 그런 맹목적인 모화사상*을 비웃었다. 우리가 여러 방면에 미처 독자적인 도를 갖지 못해 그들로부터 기법을 배워 오는 것은 어쩔 수 없는 사세라 할 수 있겠지만, 그것을 우리 정서에 맞게 변화, 발전시키지 못하고 산 모양까지 중국의 마이형(馬耳形) 산을 그대로 옮겨 그리는 현실이 통탄스럽다고 했다. 우리가 늘 보고 정을 느끼는 우리의 산이나 우리들이 사는 모습을 그려 내야만 정서적 감흥이 자연스레 발양될 터인데, 책 속의 남의 나라 산이나 인물을 그려 놓고 희희낙락하다니 한심한 일 아니냐며 탄식했다. 그래서 현실과 상상이 일치하는 우리 산천을 표현하기에 알맞은 새로운 그림 기법을 창안해야 한다고 고강은 입버릇처럼 주장해 왔다. 그림을 보고 있자니, 그의 완강한 음성이 귓가에 쟁쟁 징 소리처럼 크게 울리는 듯하였다.

"이 그림에 관해서 언급한 것은 없었습니까?"

굽이굽이 꿈틀거리며 흘러내린 산 모습이 아까부터 승종의 눈길을 끌었다.

"아, 그 그림 말씀입니까? 그렇지 않아도 말씀드릴 참이었습니다. 귀공 앞에 놓인 그림과 이 그림이 비슷하지 않습니까."

주인이 손님 앞에 비슷한 그림 두 폭을 펼쳐 놓았다.

---

* 중국의 문물과 사상을 흠모하여 따르려는 사상.

"그렇군요. 같은 산을 그린 것이로군요."

"헌데, 제가 보기에는 두 그림에 아무런 차이가 없는 것 같은데, 이 그림은 없애야 한다고 했습니다. 왜냐하면 산 형세가 '소리 무늬'를 짓고 있는데, 이 그림 속의 산은 아무 소리도 내지 못하고 벙어리로 앉아 있을 따름이라는 것이었습니다."

도무지 당치 않은 주장 아니냐는 듯 주인은 승종의 동의를 구하는 눈치였다. 그러나 승종은 아무 대꾸 없이 옆의 그림을 주시하고 있었다. 언젠가 고강의 말이 상기되어 새삼스레 귀에 울린다.

—만물을 수정처럼 투시하는 맑은 지혜, 즉 고랑청철(高朗淸徹)은 젊음의 열정에서 얻을 수 있는 총명이 아니라네. 헤아리기 어려운 높고 깊은 경륜 속에서 가까스로 무르익은 사유의 결실이라네. 초목으로 뒤덮인 산을 내가 왜 골산으로 그리는지 아는가. 눈이 보는 유의 근원을 보이지 않은 무에서 찾으려는 노력일세.

나고 죽는 것의 차이 없음과 형체의 근원에 관한 도교적 사유는 승종은 물론 동접들 사이에 자주 입에 오르내렸던 화제였다. 예컨대 형체는 움직여 형체를 낳지 아니하고 그림자를 낳고, 소리는 움직여 소리를 낳지 아니하고 울림을 낳는다고 했다. 무는 움직여 무가 아닌 유를 낳고, 삶이 있는 것은 곧 삶이 없는 것으로 돌아가며, 형체가 있는 것은 곧 형체가 없는 것으로 돌아간다는 것이다. 삶이 없는 것은 본시부터 삶이 없던 것은 아니고, 형체가 없는 것도 본시부터 형체가 없던 것은 아니었다. 이는 곧 존재의 배후에 있는 깊은 표현 정지의 무를 봐야 한다는 것, 형상 뒤에 있는 형상, 유의 배후에 있는 무, 항상 유를 포섭하고 있는 무를 포착하라는 당부와 각오에 다름 아니었다.

"그런데, 바로 그 그림 속의 산은 끊임없이 출렁거리고 있어 보는 사람으로 하여금 절로 어깨춤이 일어나게 하지 않느냐는 것이었습니다. 귀공 생각은 어떻습니까?"

승종은 저도 모르게 양반 다리를 풀고 무릎을 꿇으며 그림 앞에 고쳐 앉았다.

"그렇군요. 아까부터 어디선가, 무슨 여운 같기도 하고, 메아리 같기도 한 그런 아련한 음향이 귓전을 맴도는 것 같았는데, 그 출처를 몰랐더니 바로 이 그림에서 나는 소리였군요. 그렇습니다. 이 산은 '소리 무늬'를 지으며 흐르고 있습니다!"

승종의 엄숙한 태도와 진지한 표정 앞에 정 진사는 겸연쩍은 듯 턱을 쓰다듬는다. 승종의 말에 솔이 너 또한 가슴속에 긴 메아리가 여운을 끌며 휘감아 돌고 있는 듯 아련한 느낌이 든다.

고강은 마침내 한 경지를 이루었음에 틀림없었다. 무릇 산수화는 산의 기운이 화폭에 생생하게 살아 있어야 하고, 그 그림을 보고 있는 사람의 가슴속에 저절로 자연의 신기가 북받쳐 올라오게 해야 한다. 그것이 으뜸의 경지라 하였다. 바로 눈앞의 그림이 속삭이고 있는 저 아름다운 음률을 가슴이 지금 듣고 있지 않은가. 산수를 그릴 때에는 뜻이 붓 앞에 있어야 한다, 했는데 외형의 산이 아닌 산의 음률로써 우주의 높은 경지를 노닐게 하고 있지 않는가. 더 높은 경지는 또 어떤 것이 있는지 사뭇 헤아릴 길 없지만, 고강은 분명 그만의 새로운 경지를 열었음에 틀림없어 보였다.

"제 안목이 미치지 못해 모르려니와, 그린 이가 가진 것을 다 바치고 나서야 겨우 얻을 수 있는 높은 경지의 그림 같습니다. 즉 이는 몸에 꽂힌 정신이라는 심지를 고스란히 다 태우고 나서야 가까스로 얻어 낼 수 있는 심원한 경지의 그림이 아닌가 생각됩니다!"

"그렇습니까! 그래서 그때 그가 득의 만만한 표정으로 이 그림의 소리를 한번 들어 보라고 제게 재촉했던 거로군요. 그나저나 이 그림을 마지막으로 모습을 보이지 않아 그렇지 않아도 궁금했는데, 귀공께서 그의 흉사를 알려 주시어 궁금증은 풀었지만, 애석한 일입니다. 앞으로 더 훌륭한 그림을 그릴 수 있는 재사가 세상을 떴다 하니……."

"이 그림이 마지막 그림이라고 했습니까?"

"예, 귀공의 감식안이 가히 경탄스럽습니다."

그림을 뚫어져라 바라보고 있던 승종의 얼굴에 처연한 빛이 완연하다. 고강의 죽음이 너무나 애석했다. 자신이 어떤 희생을 치러 그를 되살려 올 수만 있다면, 그런 묘방을 알기만 한다면 어떤 희생이나 어떤 험난한 일이라도 기꺼이 치르고 그를 되살려 받아 오고 싶은 심정이 간절했다. 아, 이제 그의 그림을 그로 대신할 수밖에 없단 말인가. 승종은 비통한 표정으로 고개를 저었다. 이 그림들이 고강의 생애를 증거해 주리라. 그러나 그것만으로는 서운함이 씻어지지도 그리움이 다 달래지지도 않았다.

헤어질 무렵, 정 진사는 그림의 주인은 고강이 작업하는 동안 식량을 대 준 귀공이 틀림없으니, 지금 그림을 다 가져가라고 내놓으며 고집을 부렸다. 그러나 승종의 말은 달랐다. 그림의 주인은 마땅히 정 진사라는 주장이었다. 고강에게 매번 그림을 내주었다면 지금은 마지막 그림 한 점밖에 더 남아 있었겠느냐. 정 진사가 찢어 없애라는 고강의 당부를 외면하고 그림을 없애지 않고 고스란히 간직해 두었으니 그것이 남아 있는 것 아니냐. 사세가 그러하므로 그림의 주인은 정 진사가 틀림없는 사실이라고 고집스럽게 말했다. 다만 대가는 치를 것이니 그림을 양도해 줄 수 없겠느냐, 라고 승종이 간청을 드렸다. 승종의 정중한 제의에 정 진사는 웃으며 마땅히 주인에게 돌려 드리는 것인데, 뭘 망설이겠느냐고, 흔쾌히 약속했다.

승종은 가급적 빠른 시일 안에 다시 찾아뵙겠다고 약속한다. 그렇지만 만약을 위한 당부도 잊지 않는다. 지금으로서는 서울 사정을 알지 못함으로 찾아오는 일이 좀 지체될지 알 수 없다. 설령 지체가 될지라도 반드시 찾아올 것이니, 자기가 올 때까지 그림을 잘 간수해 달라고 거듭거듭 부탁한다. 승종은 말은 하지 않았지만, 수천 냥은 반드시 가져와 치러야 할 것이라 속으로 셈을 헤아린다.

나는 고강의 여자다

"저는 이곳에 남겠습니다. 잠시나마 고강 선생의 묘소를 지키고
싶습니다."

솔이 너의 말에 승종은 놀란다. 혈연도 아닌 데다 세속적 인연도
없는 사람이, 더구나 여자의 몸으로 외진 산속 고강의 묘소를 혼자
지키겠다니 얼른 납득이 가지 않은 것이다. 깊은 산속에 있는 초막
이 어찌 아녀자의 보금자리로 마땅하다 할 수 있겠는가. 스스로를
위험에 내던지려는 무모한 짓과 무엇이 다르다 하겠는가. 그러나 승
종은 곧 고개를 끄덕인다. 너의 얼굴에 새겨진 굳은 결의를 보았기
때문이다. 얼굴에 새겨진 결의가 너의 심정과 의도를 충분히 읽고
도 남음이 있게 하였다. 더구나 대우가 고강에게 보낸 서찰의 내용
이 떠오르자 만류할 생각을 접을 수밖에 없었다.

네가 찾아 나선 노래가 어떤 것인지 모르지만, 그 노래에 고강의
예술혼을 받아 담으려는 너의 간절한 소망을 알아차린 승종은 문

득 너의 등을 두드린다.

　주막에서 주모로부터 주워들은 이야기만으로도 자극은 충분했을 터였다. 정 진사 댁 사랑에서 함께 구경한 서른 점 남짓한 고강의 그림에 어찌 매료되지 않을 수 있었겠는가. 고강의 그림에 감동한 나머지 고강이 그림을 그린 처소에 머물겠다는 너의 결의가 미쁘기 그지없다. 그래, 그의 산소를 돌보며 그의 처소에 머무는 동안 어쩌면 찾아올지도 모를 어떤 높은 예술의 경지, 그것을 어찌 흠모하지 않을 수 있겠는가. 또한 그 묘처에 머무는 동안 어떤 노래의 진수를 만나게 되는지 어찌 알겠는가. 그런 기대와 예감으로 남모르게 가슴 떨고 있을 너를 승종은 유심히 바라본다. 그의 눈에 감사의 기운이 감돈다.

　"알겠네. 아무쪼록 뜻한 바를 이루시게. 경해사 지운 스님에게 양식은 부탁해 두겠네. 노래를 이룬 다음 반드시 대우와 나를 찾아와야 하네."

　묵묵히 발끝으로 땅을 헤집고 있던 너는 눈을 들어 승종을 쳐다본다. 너의 얼굴에 미소가 감돈다. 승종의 배려와 당부가 너의 기운을 북돋아 준 것이다.

　삼거리 주막 어름에서 너는 승종과 헤어진다.

　승종을 배웅한 너는 타박타박 한나절 걸음품을 팔아 고강의 떳집에 이른다. 방 안에 오동나무 궤를 벗어 두고 먼저 고강의 산소를 찾는다. 무덤 앞에 이르러 공손히 절을 올린 다음 무릎을 꿇고 앉아 고강의 명복을 빈다.

　'……사람들이 보되 눈으로만 볼 뿐 그 진수는 정작 마음으로밖에 볼 수 없는 것인데, 눈으로 보이는 것만으로 만족하는 사람들의 구태를 벗고 진정 마음으로 보기 위해 홀로 여기 은거하며 길게 사유하고자 한 당신의 뜻을 어렴풋이나마 알 것 같습니다. 강이며 산이며 바위며 나무며 구름들이 어찌 사람들의 눈에 보이는 모습만으로 이루어져 있겠습니까. 깊은 속 천변만화(千變萬化)를 꿰뚫어 알지 않고 그것을 다 안다고 믿는 천박함을 용납할 수 없어 번민한 당신의 강직함을 소녀는 조금 이해할 수 있을 듯합니다. 만상의 존재 이유와 그 이치를 기존의 틀을 깨고 그 틀 밖에서 새롭게 찾으려는 당신의 안타까운 노력에 소녀의 고개가 절로 숙여집니다. 모든 동식물들은 다 스스로의 의지와 조건에 맞게 존재하는 법, 스스로의 의지와 그 시각이 아니고서는 바르게 보지도 바르게 알지도 못하는 것인데, 그것을 깨닫지 못하고 오로지 가지고 있던 관념에 의해서만 지득할 뿐 더 바르고 깊게 알려고 하지 않는 세상 사람들의 방관과 태만을 용납하지 않으려 한 당신의 정신을 소녀는 가슴에 깊이 새겨 두었습니다. 소녀는 또한, 인간의 눈으로써는 도무지 파악할 수 없는 사물의 언어와 존재 자체에 대한 답을 찾고자, 존재물 스스로의 의식과 눈을 얻고자, 그 존재의 눈으로 의식하기 위해 그토록 피를 말리며 애를 쓴 당신의 번민을 짐작으로 헤아리며 놀라움을 금할 수 없었습니다. 나아가 존재 스스로의 눈으로 지각하고 그대로 그려서 얻고자 지닌 피를 다 말려 버린 그 열정에도 감명받았습니다. 당신의 높은 뜻과 이상을 제가 다 파악했다고는 감히 말할 수 없습니다. 다만 당신께서 한사코 부정했던 전작의 흠결, 그 흠결들을 메워 가다 보면 마침내 사물 스스로의 의지와 그 눈으로 사물을 그려 낼 수 있으리라 믿은 당신의 무모한 열정이 저를 이곳으로 이끌었습니다. 그 열정을 제가 찾고자 하는 노래의 방편으로 삼고자 여기에 온 것입니다. 제게 힘이 되어 주십시오……'

봉분은 듬성듬성 떼가 성글었고 흙이 푸슬푸슬 일어날 것 같아 불안해 보인다. 바람만 좀 불어도 금방 다 흩날려 버릴 것 같다. 봉분을 돌아가며 토닥토닥 흙과 뗏장을 손으로 다진다. 그래도 마음이 놓이지 않아 다시 흙과 뗏장을 다지며 무덤을 더 돌고 난 뒤 너는 뗏집으로 내려온다.

각오를 한 만큼 뗏집에서의 생활은 한가할 겨를이 없다. 아침저녁으로 묘소를 참배하고, 낮이면 뗏집에서 바라보이는 강과 그 강 건너의 산을 바라보는 것을 중요한 일과로 삼는다. 뗏집을 나가 그림과 일치된 광경을 찾는 일도 쉽지 않았다. 어쩌다 그림과 일치되는 광경이 펼쳐져 있는 것을 발견했을 때의 너의 기쁨은 하늘에라도 오른 듯 앙양된다. 주막에서 본 그림과 같은 풍경도, 정 진사 댁의 그림들 가운데서 보았던 산과 강도 너는 찾아낸다. 그림에서 보았던 경치를 발견할 때면 너는 한나절씩 그곳을 바라보며 구름처럼 일어나는 상념을 기억에 여투어 둔다. 여러 광경들이 각기 다른 상념을 불러오고 같은 광경도 아침저녁 찾을 때마다 각기 다르게 보여 한 장소도 여러 번 거듭 찾게 되었다. 너의 가슴속을 흘러가는 상념은 늘 모습을 달리해 하늘을 가로질러 가는 구름들보다 더 변화무쌍하다.

어느 날 너는 산을 내려간다. 뗏집에서 볼 수 있는 풍경은 한정되어 있었다. 산을 감고 흐르는 강과 강 건너 여러 겹으로 늠실늠실 펼쳐져 있는 산과 산기슭에 옹기종기 모여 앉아 있는 작은 초가들만으로는 고강의 세계를 다 헤아려 알았다 할 수 없었다. 그의 그림에는 농사짓는 농부들의 모습도 강물 위를 노니는 원앙이나 물새들도 있었다. 그런 화제들을 찾아 그의 화의(畵意)를 좀 더 명확히 헤아려 알고 싶었다.

이윽고 산을 내려간 너는 강변을 따라 오르내리며 물새를 찾는다. 철이 아니어서 원앙이며 청둥오리들은 보이지 않는다. 대신 수양버들과 물풀과 연꽃의 여러 매혹적인 자태들이 눈을 끈다. 연꽃과 갈대와 수양버들도 그림으로 살려 두기에 좋아 보였다. 그러나 고강의 그림에서는 찾아볼 수 없던 것들이었다. 왜 연꽃과 수양버들은 화제로 삼지 않았을까. 그렇듯 헤아리기 쉽지 않는 고강의 화의를 거듭 궁금하게 여기며 며칠이고 다리품을 팔기를 게을리 하지 않는다.

어느 날 너는 한나절 다리품을 판 끝에 한 마을에 당도한다. 그 마을에서 농사짓는 농부들의 모습을 볼 수 있어 반가웠다. 고강의 그림 속 광경과 꼭 같지는 않았으나 들일을 하는 남정네며 아낙네들의 모습이 그림 속 광경을 방불해 한동안 그 모습을 지켜보며 고강의 화의에 대해 깊이 궁구한다.

언제나 살아 있는 강과 산은 생명의 원천이며 정감의 곳간이다. 그침 없이 흐르는 강과 언제나 같은 자리를 지키고 있는 산이 속삭이는 말을 비로소 알아듣는 사람은 지혜와 덕이 높을 것이다. 고강은 강과 산이 속삭이는 말을 다 알아들었으리라. 그렇지 않고서야 어찌 그런 심오한 경지의 그림을 그릴 수 있었겠는가. 게다가 그 강과 산의 품속에서 삶을 엮어 가고 있는 민호들의 모습을 제대로 그려 낼 수 있었겠는가. 솔이 너는 비로소 고강의 세계를 제대로 엿본 것 같은 느낌에 용기를 얻는다. 그렇듯 분주히 보내기를 두어 달여, 어느 날부터 솔이 너는 띳집에 칩거한다. 아침저녁 고강의 묘소 참배와 몸이 필요로 하는 작은 움직임 외에는 일체 바깥출입을 끊고 방 안에 정좌한다. 눈을 감고 앉은 너는 정 진사 댁에서 봤던 고강의 그림을 머릿속에 복원해 그려 낸다. 머릿속에 그림이 펼쳐지면 그 그림 속에 전개되어 있는 고강의 화의를 탐색한다. 금방 마음속을 가득 채워 오는 감동이 있는가 하면, 아무리 궁리해도 안개 속 풍경처럼 어렴풋할 뿐 분명히 잡히는 상념이 없어 안타까울 때가 더 많다. 솔이 너의 지식이 어찌 고강의 고준한 학식을 넘볼 수 있겠는가. 그는 거벽으로서도 손색이 없다 하였다. 너는 교방에서 겨우 2년 남짓, 서책을 기웃거리기만 했을 뿐 아직 문리가 트기에는 요원한 지경이었다. 고강의 화의를 다 밝혀 알아내려면 너의 학식이 그의 학문에 근접해야만 하리라. 학식이 옅은 너는 어쩔 수 없이 그 표피밖에는 닿을 수 없는 처지이다.

그러나 너는 영특하여 곧 그림이 던지는 감동만으로 그림을 어느 정도 너의 정신적 자양분으로 삼을 수 있게 된다. 너의 칩거가 한 달이 또 지나가고 나서야 그 경지에 겨우 이르렀으니, 그것 또한 쉽게 얻을 수 있는 것은 아니다.

깊이 생각하고 또 깊이 궁리하여, 그 생각이 고통으로 그리고 번민으로 변해 너를 핍박한 까닭인가, 나날이 너의 얼굴은 핼쑥하고 파리해져 간다. 눈만 번뜩일 뿐 기력은 나날이 소진되어 가는 듯 쇠

약해 보인다. 묘소 참배는 거르지 않는 대신 몸을 돌봐 곡기를 찾는 일마저 게을리해서 그런 것인가.

어느 날 너의 쇠잔한 몸에서 노래가 흘러나오기 시작한다. 너의 마음속에 펼쳐진 고강의 그림과 그의 방황과 번민이 서로 어우러져 너 자신도 모르는 사이 소리가 되어 입을 통해 밖으로 나온 것이다. 어떤 노래의 기운이 너의 몸을 가득 채운 나머지 더 들어갈 곳이 없게 되자 스스로 넘쳐 밖으로 흘러나온 것이다. 그렇게 며칠 동안 노래를 부르던 너는 드디어 항아리를 앞에 놓고 마주 앉는다.

몸을 바로 하고 목을 가다듬는다. 눈을 지그시 감고 잠시 생각의 길을 따라 바장인다. 한없이 펼쳐져 있는 생각의 길을 따라 오르내리던 너는 이윽고 노래를 부르기 시작한다. 너의 노래는 띳집의 지붕을 가르고 하늘로 하늘로, 높이높이, 솟아오른다. 그림의 가장 높은 경지란 어떤 것인가. 세상을 만든 이의 의식과 그 눈으로 보는 것 아닐까. 시의 가장 으뜸 경지란 어떤 것인가. 세상을 만든 이의 의식과 정감을 그대로 재현해 내는 것 아닐까. 천지간에 가장 으뜸 노래란 어떤 것인가. 세상을 만든 이의 귀를 넉넉하게 만들 수 있는 물소리 바람 소리가 아닐까. 지금 너의 노래는 분명 시속의 때를 벗어나 있다. 하늘과 땅의 기운이 녹아들어 사람에게서 기쁨으로도 슬픔으로도 나타나듯, 너의 노래는 그 어떤 기운의 어름을 분명히 그려 내고 있다. 몇 곡이 계속되는 동안 나의 귀는 점점 황홀하게 키워진다. 가슴으로 스며든 너의 노래는 모든 감정의 남상(濫觴)이며 원천으로 고여 오래오래 메아리칠 것 같다.

나의 황홀한 느낌도 잠시, 너는 불현듯 노래를 그친다. 항아리로부터 무슨 징후를 보았던 것인가, 너의 얼굴에 절망적인 흙빛이 번진다. 눈에 가득 슬픈 빛이 고여 간다. 항아리가 또 네가 부른 노래 담기를 거부한 것인지, 절망적인 얼굴로 고통을 견디던 너는 그만 앞으로 폭 쓰러지고 만다.

"고강의 고통은 고강의 것이고, 고강의 성취 또한 고강의 것이다. 너는 너의 고통으로 이루어야지, 고강의 고통과 성취로 대신하려 해서야 될 말이냐?

……전작을 다 부정하고 피를 말리며 새로운 경지를 모색한 고강의 예술혼을 네가 노래에 구현하려면 더 많은 고생을 치른 다음이라야 해! 게다가 조금 전 네가 부른 노래, 그것은 옛것과 하나 달라진 데가 없잖아?"

항아리의 단호한 선언이 너의 가슴속에 선명한 칼자국으로 새겨진다. 너는 한동안 죽은 듯 꼼짝도 하지 못한다.

그날 밤.

솔이 너는 한 사내의 방문을 받는다. 낡은 베옷 차림에 상투를 짓고 칡으로 불끈 상투를 동여맨 사내는 행색이 추레하다. 적당한 체수에 구레나룻이 얼굴을 뒤덮고 있다. 살결은 희고 얼굴은 창백하다. 눈빛이 형형한 것이 특히 두드러진다. 낯선 사내를, 그러나 너는 반색을 하며 맞이한다. 까닭 모르게 너의 가슴속에 기쁨이 가득 차오른다. 사내는 스스럼없이 옷을 벗는다. 바람을 쐬고 햇볕에 말린 것처럼 살갗이 부스스하다. 언제 옷을 다 벗었는지 솔이 너도 알몸이 되어 있다. 금방 물에서 올라온 것처럼 온몸에 윤기가 자르르 흐른다. 봉긋한 가슴과 가느다란 허리 선, 알맞게 둥근 엉덩이가 육

감적이다. 사내가 먼저였는지 솔이 네가 먼저였는지 서로 얼싸안는
다. 너희들은 곧 한 몸이 되어 뒹군다. 너는 사내의 손길이 부드럽
고 감미롭다고 느낀다. 너의 귓불을 빠는 입술은 자극적이다. 마침
내 그의 몸이 너의 몸속으로 깊숙이 들어온 순간 너는 그만 정신이
몽롱하다. 너는 더 적극적으로 팔에 힘을 주어 그의 가슴에 너를
밀착시키며, 다리를 힘껏 감아 그를 격렬하게 흡입해 들인다. 너는
견디지 못하고 감창소리를 내지른다. 너는 곧 황홀한 정원에 이르러
까무러치고 만다.

한바탕 질펀하게 색정을 나눈 사내는 일어나 담담히 옷을 입는
다. 혼절해 있는 너에게 일별도 보내지 않는다. 사내는 훗날의 기약
도 남기지 않고 방을 나간다. 문을 열고 나간 그는 산속 어딘가로
유유히 사라지고 만다.

정신을 차리고 소스라치게 놀라 눈을 뜬 솔이 너는 앞섶이 헤쳐
져 있고 아랫도리에 사랑의 흔적이 낭자함을 확인한다. 전에 한 번
도 느껴 보지 못했던 열락의 기운이 온몸을 감미롭게 휩싸고 도는
것을 생생히 느낀다.

'고강이 날 찾아왔어!'

솔이 너는 환하게 미소 짓는다. 자신을 안았던 남자의 얼굴을 떠
올리려고 애를 쓰자 남자의 얼굴 대신 정 진사 집에서 본 고강의
그림들이 한 덩어리로 뭉쳐 머릿속을 가득 채워 온다. 아직도 꿈결
의 기억이 생생하다. 흥분은 가라앉지 않고, 몸의 떨림은 계속된다.
그 떨림은 너의 몸이 고강의 정신을 고스란히 다 받아들이는 감격
과 충격 때문일 것이리라, 너는 믿는다. 너는 마음속으로 훨훨 춤을

춘다. 잠시 후, 너는 입술을 깨물고 머리를 크게 주억거린다. 너는 고강을 유일한 낭군으로 삼기로 마음을 굳힌다.

'그가 나를 가졌으므로, 이제부터 나는 고강의 여자다!'

너는 앞으로 그렇게 믿고 또한 주장하리라 굳게 결심한다.

다음 날, 솔이 너는 고강의 떳집을 뒤로 하고 산을 내려온다. 다시 노래를 찾아 길을 나설 운명인 것이다. 그 전정에 어떤 험난한 시련과 고생이 가로놓여 있을지 알 수 없다. 솔이 너는 너의 앞길을 가로막고 있을 시련이나 고생이 전에 겪은 어떤 시련이나 고생보다 훨씬 이겨 내기 힘들고 험할 것이라 예상한다. 그러나 전에 느껴 보지 못했던 자신감이 솟구친다. 이제부터 고강이 동행하지 않는가. 고강과 동행하므로 어떤 높은 바위산인들 넘지 못하고, 아무리 풍랑이 거센 바다인들 마침내 헤쳐 건널 수 없겠는가! 너는 입술을 꾹 깨문다.

(2권에서 계속)

유익서

1945년 부산 출생. 중앙대학교 국문과를 거쳐 동아대학교 법학과를 졸업했다.
1978년 《중앙일보》 신춘문예로 등단했으며 소설집 『비철 이야기』, 『표류하는 소금』, 『바위 물고기』와 장편소설 『새남소리』, 『민꽃소리』, 『아벨의 시간』, 『예성강』 등이 있다. 대한민국문학상, 이주홍문학상, 동아문인상 등을 수상했다.
중앙대학교 문예창작학과 대학원에서 뒤늦게 박사학위를 받았다.

1판 1쇄 찍음 2009년 9월 7일
1판 1쇄 펴냄 2009년 9월 11일

지은이 | 유익서
발행인 | 박근섭 · 박상준
편집인 | 장은수
펴낸곳 | (주)민음사
출판등록 1966. 5. 19. (제16-490호)
서울시 강남구 신사동 506 강남출판문화센터 5층 (135-887)
대표전화 515-2000 팩시밀리 515-2007
www.minumsa.com

ISBN 978-89-374-8284-7 04810
ISBN 978-89-374-8283-0 04810 (세트)